罗 宗 强 文 集

# 读文心雕龙手记

中 华 书 局

**图书在版编目(CIP)数据**

读文心雕龙手记/罗宗强著. —北京:中华书局,2019.7
(罗宗强文集)
ISBN 978-7-101-13655-5

Ⅰ.读… Ⅱ.罗… Ⅲ.《文心雕龙》-古典文学研究
Ⅳ.I206.2

中国版本图书馆 CIP 数据核字(2019)第 001580 号

| | | |
|---|---|---|
| 书　　名 | 读文心雕龙手记 | |
| 著　　者 | 罗宗强 | |
| 丛 书 名 | 罗宗强文集 | |
| 责任编辑 | 李碧玉 | |
| 出版发行 | 中华书局 | |
| | (北京市丰台区太平桥西里 38 号　100073) | |
| | http://www.zhbc.com.cn | |
| | E-mail:zhbc@ zhbc.com.cn | |
| 印　　刷 | 北京瑞古冠中印刷厂 | |
| 版　　次 | 2019 年 7 月北京第 1 版 | |
| | 2019 年 7 月北京第 1 次印刷 | |
| 规　　格 | 开本/920×1250 毫米　1/32 | |
| | 印张 8⅛　插页 2　字数 180 千字 | |
| 印　　数 | 1-3000 册 | |
| 国际书号 | ISBN 978-7-101-13655-5 | |
| 定　　价 | 28.00 元 | |

# 出版说明

罗宗强先生生于 1931 年，广东揭阳人。南开大学教授，曾任南开大学中文系主任、校务委员会委员，首都师范大学特聘教授，兼任中国古代文论学会顾问、中国明代文学学会顾问、中国李白研究会顾问、《文学遗产》杂志编委等。

罗宗强先生数十年致力于中国文学思想史、中国古代士人心态研究，成就斐然。曾获首届中国高校人文社会科学研究优秀成果一等奖，第二届思勉原创奖。

他是中国文学思想史学科的开创者，为该学科的建设作出了卓著贡献。他的一系列著作，代表了他所在研究领域内丰厚的成果，其中严谨之治学态度、科学之研究方法、深刻之理论内涵，为后学提供了十分重要的借鉴。

此次推出的《罗宗强文集》，收录了罗宗强先生的《魏晋南北朝文学思想史》、《隋唐五代文学思想史》、《明代文学思想史》、《玄学与魏晋士人心态》、《明代后期士人心态》、《读文心雕龙手记》、《李杜论略》、《唐诗小史》等专著，并根据罗先生开列的目录，将其历年发表的重要学术论文、序跋、讲演稿等整理成《因缘居别集》出版。

中华书局编辑部

2019 年 6 月

# 目　录

# 附　录

# 小　引

　　《文心雕龙》已有的研究成果，数量极大，涉及面也极广。就数量言，据戚良德先生在《文心雕龙学分类索引》中的统计，近百年的研究论文6143篇，专著348部，这还只包括大陆、港、澳、台、日、韩，也只是到2005年8月底为止。就涉及面言，则《文心雕龙》所存在的问题，无论是作者、版本、文字训读，还是理论命题，几乎都涉及了。但是，由于此书的博大精深，需要研究的问题又似乎比比皆是。仅就注释而言，1988年在广州召开的《文心雕龙》国际研讨会上，杨明照先生就提出了二十条理由，说明《文心雕龙》有重注的必要①。至于理论的研究，可探讨的余地就更大。

　　这既有研究方法、研究视角不同所能产生的不同理解，也可能有经典本身存在的巨大解读空间的问题。此两种可能，就使得对于《文心雕龙》的研究将永无止境。

　　就经典本身存在的巨大解读空间言，源于其容量之巨大。凡可以称得上经典的著作，大都具有理论涵盖面广的特点。它所涉及的理论问题，有的已经展开了，有的没有完全展开。这没

---

①杨明照《〈文心雕龙〉有重注必要》，饶芃子编《文心雕龙研究荟萃》页61—72，上海书店1992年版。

有完全展开的地方,就留下了给后人展开的余地。而且,经典中所阐述的理论命题,有一些是高度概括的,带有普泛性。这些具有普泛性的高度抽象了的理论,后人通过社会实践,有可能给予它更为丰富的阐释。

当然,阐释过程中阐释者的主观因素的介入,应该说是阐释多样化的更为主要的原因。这随便可以举出一些例子。《庄子》这部书,有过各式各样的解读。据严灵峰先生的《周秦汉魏诸子知见书目》,《庄子》注、释共有873种。而此一统计,中国只到1975年,日本只到1973年,越南只到1960年,欧美只到1969年。而就我所知,此一统计也不完备,唐代与明代都有所遗漏。存世的《庄》注中,严先生编入他的《无求备斋庄子集成初编》和《续编》的,共138种。仅就这138种而言,对于《庄子》的解读就千差万别。郭象有郭象的庄子,成玄英有成玄英的庄子,林希逸有林希逸的庄子,王夫之有王夫之的庄子,释德清有释德清的庄子,等等。清人钱澄之与胡文英,甚至将庄子与屈原联系起来。《老子》也一样,有人把它当兵书读,有人从中读到君人南面之术,有人用它去经商,而哲学家则把它看作重要的哲学著作。

在中国的传统里,经典的解读向来有我注六经与六经注我两种路子。我注六经,当然要尽量做到接近于原著之本意,无论是辞语的训释还是理论的辨析,都要求严谨。六经注我,则是思想家们的活计,他们的本意,原不在读懂六经,或者虽读懂而意不在阐释其本义,而在于借六经以宣己意。思想家之六经注我,优秀者每每为思想史贡献新知,是思想发展之一种表现。当然,以六经注我,其中也不乏滥竽者,原本并非思想家,而又读不懂原著,既读不懂原著,又借原著之一言半语胡乱引申发挥以取宠。此一种之读法,往往误导读者,对于文化传统之承传,为害最大。

我以为,不论是六经注我还是我注六经,一个基本的前提,还是应该先读懂经典文本。《文心雕龙》是我国一部非常重要的文章写作理论经典,要读懂它实在非常不容易。近百年来学者们为此已经做了大量的工作,为这部巨著的解读留下了十分丰富的成果。近二十年来,我在为研究生开设《文心雕龙》导读课时,已有的这些成果对我帮助极大。但是在开课的过程中,我也发现有诸多问题其实并未解决。每读一次,几乎都有新的疑问产生,都有一种究其本意之强烈愿望。当此之时,往往孤灯寻思,辄为札记。这些札记,大体关乎一辞一句之训读,无关宏旨。愚者识其小,只是小小的一点一得之见而已。

# 释"文之为德也大矣"

## 一

刘勰《文心雕龙》第一篇《原道》的第一句话,就是"文之为德也大矣"。此一句,解者纷纷,而对于此一句本义之理解,其实关系到《原道篇》论述之逻辑讨程。兹将数种不同之解读列举如下:

**释文德为德教者:**

范文澜:"《易·小畜·大象》:'君子以懿文德。'彦和称文德本此。"[①]按,象传所称"文德",是指德教。《小畜·象》:"风行天上,小畜。君子以懿文德。"风,教化之象,君子之德风;谓君子以美其教化于上。范注之此一说法,与《原道》论文原毫无关系。且"文之为德"与"文德"是有差别的。李曰刚已指出此一点:"盖'文德'与'文之为德'有殊,'文德'重在德字,'文之为德'重在文字。言文为德者,观其效,而察其所得,明斯文之

---

① 范文澜《文心雕龙注》页6,人民文学出版社1958年版。

体与用，大可以配天地也。"①李曰刚的见解是对的，"文之为德"是文作为德，而不是"文德"。

李景溁与范文澜的理解有相似处，他没有对此句作出注解，但译为："文章所表扬的真理、德操与教化之功，实在伟大啊！"②

**释德为功用、属性：**

斯波六郎："文，即文章，文学；德为功德、效能之意。"③

钱锺书："《文心雕龙·原道》'文之为德也大矣'，亦言'文之德'，而'德'如马融赋'琴德'、刘伶颂'酒德'、《韩诗外传》举'鸡有五德'之'德'，指成章后之性能功用，非指作文时之正心诚意。"④钱说与范说有一相同点，都是将"文之为德"理解为"文德"，不过他解"文德"为功用、属性。

周振甫："文之为德是用广义的文……德指功用或属性，如就礼乐教化说，德指功用；就形文、声文说，德指属性。就形文、声文说，物都有形或声的属性；就情文说，又有教化的功用。文的属性或功用是这样遍及宇宙，所以说'大'。"⑤

马宏山：文之为德，"是说文的功能或作用很大"⑥。

王更生对此句未出注，而译作"文的作用，实在是关系重大

---

① 李曰刚《文心雕龙斠诠》页 20，台湾"国立编译馆"中华丛书编审委员会
　1982 年版。
② 李景溁《文心雕龙新解》，台湾翰林出版社 1968 年版。
③ 斯波六郎《〈文心雕龙〉札记》，引自王元化编《日本研究〈文心雕龙〉论
　文集》，齐鲁书社 1983 年版。
④ 钱锺书《管锥编》第四册，页 1505—1506，中华书局 1979 年版。
⑤ 周振甫《文心雕龙注释》页 3，人民文学出版社 1981 年版。
⑥ 马宏山《文心雕龙散论》页 151，新疆人民出版社 1982 年版。

啊!"可知他释"德"为作用①。

郭晋稀:"德,本指德性而言,为行文流利,故译为作用。"②按,此说难通,德性属体,作用属用,是两个不同的层面,不能为行文流利而通译的。

吴林伯:"德与《论语·雍也》'中庸之为德也'、西汉戴圣《礼记·中庸》'鬼神之为德也'、西晋陆机《瓜赋》'瓜之为德也'之'德'义同。赵宋朱熹《中庸集注》:'程子曰:"鬼神,天地之功用。"张子曰:"为德,犹言性情功效。"'程、张以'功用'、'功效'训'德',是也。"③

詹锳:"德即宋儒'体用'之谓,'文之为德',即文之体与用,用今日的话说,就是文之功能、意义。重在'文'而不重在'德'。由于'文'之体与用大可以配天地,所以连接下文'与天地并生'。"④

祖保泉:"文德,指文的本质特性和功能。"⑤

### 释德为特点、意义:

牟世金:"第一句中的'文'是泛指,包含一切广义狭义在内。'德',这里指文所独有的特点、意义。"⑥

王运熙、周锋:"德,性质、意义。"⑦

---

① 王更生《文心雕龙读本》页 11,台湾文史哲出版社 1981 年版。
② 郭晋稀《文心雕龙注译》页 2,甘肃人民出版社 1982 年版。
③ 吴林伯《文心雕龙义疏》页 12—13,武汉大学出版社 2002 年版。
④ 詹锳《文心雕龙义证》页 2,上海古籍出版社 1989 年版。
⑤ 祖保泉《文心雕龙解说》页 2,安徽教育出版社 1993 年版。
⑥ 陆侃如、牟世金《文心雕龙译注》上册页 2,齐鲁书社 1981 年版。
⑦ 王运熙、周锋《文心雕龙译注》页 3,上海古籍出版社 1998 年版。

**释德为规律：**

赵仲邑：此句未出注，而译为："文作为规律的体现多普遍！"①

冯春田："而'德'则是'道'在客观事物中的具体体现，是与事物之'理'相依的、事物自身特有的特殊规律。……总之，'德'指的是'道'在具体的或个别的事物中的存在，'德'体现出'道'在具体事物中的个性，以此使不同性质的事物彼此之间区别开来。……刘勰'文之为德'之'德'，就正是这个含义。"②

**释德为文采：**

王礼卿："《礼记·乐记》：'德者，性之端也。'《论语》：'道之以德。'皇疏引郭象曰：'德者，得其性者也。'《素问·解精微论》：'是以人有德也。'注：'德者，道之用，人之生也。'生即性字。是文德犹言文之性也。其性即文采，亦称文章。……而文采为万象所溥具，与天地等量，故谓之'大'。"③

**释德为道所派生：**

黄广华："我认为'文之为德也'之'德'与苏辙的'及其运而为德'之'德'同训一义，即'德'是'道'的运动表现形式。……那么，'文之为德也，大矣'这句话便可以解释为：作为'道'的形式表现的'文'（也即是'有'），渊源是深远的。"④

---

① 赵仲邑《文心雕龙译注》页21，广西人民出版社1982年版。
② 冯春田《文心雕龙释义》页3—4，山东教育出版社1986年版。
③ 王礼卿《文心雕龙通解》页11，台湾黎明文化事业股份有限公司1986年版。
④ 黄广华《"文之为德也，大矣"辨释》，《古代文学理论研究》第十三辑，页168—169，上海古籍出版社1988年版。

王元化:"至于《原道篇》一开头所说的'文之为德也大矣',其中涉及了'道'与'德'的关系。我认为刘勰所说的'道'与'德'的关系,也同样本之老子。韩非《解老篇》说:'道者,万物之所然也,万理之所稽也。理者,成物之文也……故曰:道,理之者也。'冯友兰对此曾作过一些解释:'各物皆有其所以生之理,而万物之所生的总根源就是道。''道'实际上就是本体,是万物(包括文)之所从生的本原。《管子·心术》曾这样说:'德者,道之舍,物德也生。德者,得也。'所谓'德者,道之舍'意思是说'德'是'道'所寄寓的地方。'道'无形无名,在什么地方显示出来呢? 只有通过万有显示出来。'德者,得也',物之得以为物,就是这个'德'字的正解。我想,这样来解释'文之为德也大矣'就通了。再根据'道'与'德'的关系,文之得以为文,就因为它是从'道'中派生出来的。"①

张光年:"《原道篇》第一句'文之为德也大矣',各家解释不同,有的译本采取回避或含混态度。说老实话,我对这句的译解也是颇费周折的。我注意到王元化1988年在一次学术讨论会上演讲,根据《管子·心术》'德者道之舍,物德也生。德者,得也'的说法,指出:道'只有通过万有显示出来,"德者,得也",物之得以为物,就是这个"德"字的正解'。并说:'我想,这样来解释"文之为德也大矣"就通了。再根据"道"与"德"的关系,文之得以为文,就是因为它是从"道"中派生出来的。'他讲的有根有据,我受到启发。还有几位学者,将《原道》篇这头一句,解释为文之渊源深远,也很有道理。我现在的解释:文是道的体现(德),从道中派生出来,而且是与天地同时诞生的。用口头语

① 王元化《文心雕龙讲疏》页332,广西师范大学出版社2004年版。

翻译出来,就有了'文的来头大得很啊'这样看来有些突兀的句子。"①

对《原道篇》开头这一句的不同解读还有一些,但大体就是上引那几类。此六类不同之解读,究竟哪一种更近于彦和的原意呢?有的解读,同样引《老子》,引《管子》,引《周易》,却得出不同的结论。这实在是一个颇值得深思的问题。之所以说值得深思,不仅由于对这一句的解读关系到《原道篇》的逻辑结构,关系到《原道篇》所原之"道"的性质,而且关系到对刘勰思想的理解,因之也就有寻根问底的必要。

## 二

"文之为德"的"文",并非指文章,而是泛指文采,指道之文。在《原道篇》中"文"的演进是从道之文到人文,再具体到文章的。此一点,似无更大之分歧。问题主要在对"德"的理解上。我们来从上述六种解读中寻求一个更切近彦和原意之答案。

将"文之为德也大矣"的"德"解读为"文德",并将"文德"与《易·小畜·大象》的"文德"等同起来,指称德教。持此种解读之研究者,往往也引《论语》"中庸之为德也"作证。《易·小畜·大象》之"文德",与《论语》"中庸之为德",都属于道德范围,而《原道》要说的是文原于道,而不是原于道德。这是两个不同的层次。若作德教解,则首先与下一句就无法连接。"文之为德也大矣,与天地并生者,何哉?"人文怎么能与天地并生

---

① 张光年《骈体语译文心雕龙》页53—54,上海书店出版社2001年版。

呢？彦和是说，有了天地之后，才有人文："高卑定位，故两仪既生矣；惟人参之，性灵所钟，是谓三才。为五行之秀，实天地之心。心生而言立，言立而文明，自然之道也。"他论述的逻辑思路是：天地→人→言→文。此篇开章明义，是要说明天地皆有文采，此种之文采，乃是道之文。天地有文，万物有文，人亦有文，这就是自然之道。

　　功用属性说之难以解通，在于前提是将此一句之"文"，理解为文章、文学。在此一前提之下，才有将"德"解为属性、功能之可能。钱锺书先生甚至将之具体化到写作上，称"指成章后之性能功用，非指作文时之正心诚意"。而彦和此处所论，乃是广义之"文"，指一切文采，如天地山川动植皆有文，彼等之"文"，皆原于道；人亦有文，人文当然也原于道。彦和之本意，乃在于寻索一切"文"之原，非直指文章、文学而言。从一切之文，到文章、文学，还有一个从广义到狭义的论述过程。户田浩晓对此一点有明快、精辟的分析。他在引了《原道篇》"夫玄黄色杂"到"声发则文生"一大段文字之后说：

　　　　根据这段话，我们即可明了："道"，是作为天地自然理法的道，"文"是"道"的显现，从日月星辰、山川动植，到林籁泉石之响，全部是作为这一"道"所显现的"文"，即道之文。且人参之天地，开始成为天、地、三才，则人文生焉。在这其间，无识开始朝有心展开，心生而言立，作为人言之文，即言之文就产生了。这一"言之文"，即为文章，乃至为文学。至此，"道"也从天地自然理法的道，向圣人大道之道转化。①

户田浩晓把从"自然理法的道"到"圣人大道之道"的转化、从道之文到人之文的转化说清楚了。持属性功能说者之错误,就在于将结果当成了开始,没有看到这个转化的过程。

持特点、意义说的牟世金先生是看到了"文"的泛指的性质了,但是把"德"解为特点、意义,仍然与上一说一样,将结果当成开始。意义是价值判断,而文原是所从来。他将此句译成"文的意义是很重大的。它和天地一起开始,为什么这样说呢?"②刘勰说有天地就有文,是说文和天地并生,接着说"此盖道之文也",是说有道就有文,文和道不可分,文是道的表现,而不是意义之所在。

上述诸说中,最值得注意的是后三说。此三说共同的特点都是看到了文是道的表现,看到了"文之为德"的"德"与"道"的关系是体与用的关系。"道"是体,"德"是用。只不过"规律"说把此种体用关系上升为规律,是否符合于刘勰的原意颇可怀疑。这里有一个认识差距的问题。刘勰只是说文作为道的表现,如此而已。现代人以现代思维的能力,把它上升为"规律",那只是现代人的认识,似乎缺乏历史实感。说得最为清楚的是王元化先生,他从"道"与"德"的关系切入,"道"无形无名,借万物以显现,这就是"德",文之得以为文,就因为它是从道中派生出来的。王先生的这一解读,如果再加上对于"大"字的释义,《原道篇》开头这一句与全篇的含意就可以合乎逻辑地

①户田浩晓著、曹旭译《文心雕龙研究》页44,上海古籍出版社1992年版。
②陆侃如、牟世金《文心雕龙译注》上册,页4。

贯通了。"大"有遍义,指范围之广大。这样,"文之为德也大矣,与天地并生者,何哉?"就可译为:"文作为道的表现是很普遍的,有天地就有文,为什么这么说呢?"下面接上天地万物之文,人之文,文无所不在,因道无所不在故。一切之文,均为道之文,文原于道,这就是原道的本意。

附带说几句。张光年先生从王元化先生对"德"的解读,引而申之,将此一句译为:"文的来头大得很啊,何以说它与天地同时诞生呢?"这样一翻译,就偏离"德"的本意了。"德"为"道"的表现,无关"来头"之大小。张先生是误解王先生的原意了。

# 三

对《原道篇》开头这一句的解读,也涉及对刘勰的"道"的理解问题。关于原道的道,是道家之道,还是儒家的道,还是佛家的道,还是杂家的道,海内外有过种种之解读,各说各话。这其中既涉及对《原道篇》的解读,亦涉及对刘勰思想之不同理解,涉及思想史发展之复杂现象。

有研究者已指出,《原道篇》"其中辞句意念,根源于《周易》经传者很多,本于《系辞》上下传者,尤其不少"①。作者还列表说明《原道》与《周易·系辞》意义相近之文句,并进一步说明:

　　《文心雕龙》的主导思想,来自《周易》,特别是《系辞》;而《周易》经传的思想,本来就相当庞杂,再加上文字

————————
① 陈耀南《周易系辞与文心原道》,见其《文心雕龙论集》,香港现代教育研究社 1989 年版。

圆熟，后人容易随意为说，而不容易准确解说。到了刘勰的时代，佛道流行，"道"的内涵，就更形复杂。

《系辞》作年，或在战国中期①。《原道》之文句，确有不少与《系辞》相近，如"日月叠璧，以垂丽天之象"与《系辞》"悬象著明莫大乎日月"之类。但是，《原道》之基本理念，似非断自《系辞》所能了决。我们从《文心雕龙》中的《诸子》、《史传》诸篇，可知彦和涉猎十分广泛。他的原道的思想，正是他广泛涉猎之后所形成，很难说定于任何一家。

　　早于《周易》的当然是《老子》。上已言及，"文之为德也大矣"之理念，来源于老子对道的理解。《老子》讲天地万物原于道，"道生一，一生二，二生三，三生万物"。道生一，道就是一，二是天地，有了天地，就有第三者，有了第三者，就有万物。道生一这个模式，也就是老子说的："天下万物生于有，有生于无。"一是有，是最初的物质形态，是从"无"开始的。"无"不是说空无所有，而是说明它在出现之前没有出现，如此而已。所以他又说："有物混成，先天地生，寂兮寥兮，独立而不改，周行而不殆，可以为天下母。吾不知其名，字之曰道，强为之名曰大。"道无形而生成万物，这是文原于道思想的最早来源。《管子·心术》上也有类似思想："虚无无形谓之道，化育万物谓之德"；"以无为之谓道，舍之之谓德。""德"为"道"之舍。刘勰"文之为德"

---

① 朱伯昆认为《庄子》中关于太极的说法，当是《系辞》中所说"太极"之来源；又说，《系辞》中的概念、命题、术语，反映了战国中期以后哲学和学术思想发展的情况，不会早于庄子、商鞅和《管子·内业》。见其《易学哲学史》上册，页49，北京大学出版社1986年版。

说当然也与《管子》有关。他在《诸子篇》中说过:"管、晏属篇,事核而言练。"《管子》书他是看过的。以后的道家,都有类似的思想,如《文子·上德》:"天道为文,地道为理……天覆万物,施其德而养之。"《诸子篇》:"情辨以泽,《文子》擅其能。"《文子》他也是读过的。他接受无形之道化育万物的思想,才提出来文原于道。

但是,《老子》与《管子》、《文子》,并没有神道设教的思想,而彦和却受到神道设教思想的影响,《原道》:"人文之元,肇自太极。幽赞神明,《易》象惟先。"他于是把人文之产生,与河图、洛书联系起来,《原道》:

> 爰自风姓,暨于孔氏,玄圣创典,素王述训,莫不原道心以铺张,研神理而设教,取象乎河洛,问数乎蓍龟,观天文以极变,察人文以成化。然后能经纬区宇,弥纶彝宪,发挥事业,彪炳辞义。

此种思想,来自《周易·观卦·彖辞》:"圣人以神道设教,而天下服矣。"又,《系辞上》:

> 探赜索隐,钩深致远,以定天下之吉凶,成天下之亹亹者,莫大乎蓍龟。是故,天生神物,圣人则之。天地变化,圣人效之。天垂象,见吉凶,圣人象之。河出图,洛出书,圣人则之。

这是说,圣人法天地以成教化。后来,儒家把道与圣人联系起来,惟圣人能感知天道,秉天道以设教。《礼记·礼器》第十:

"天道至教,圣人至德。"《礼记·中庸》:

> 天命之谓性,率性之谓道,修道之谓教。道也者,不可
> 须臾离也。大哉! 圣人之道洋洋乎,发育万物,峻极于天。

陆贾《新语·道基》:

> 故知天者仰观天文,知地者俯察地理。跂行喘息,蜎飞
> 蠕动之类,水生陆行,根著叶长之属,为宁其心而安其性,盖
> 天地相承,气感相应而成者也。于是圣人乃仰观天文,俯察
> 地理,图画乾坤,以定人道……于是百官立,王道乃生。①

孔安国:"古者伏羲氏之王天下也,始画八卦,造书契,以代结绳
之政,由是文籍生焉。"②翼奉:"臣闻之于师曰:天地设位,悬日
月,布星辰,分阴阳,定四时,列五行,以观圣人,名之曰道。圣人
见道,然后知王治之象,故画州土,建君臣,立律历,陈成败,以视
贤者,名之曰经。贤者见经,然后知人道之务,则《诗》、《书》、
《易》、《春秋》、《礼》、《乐》是也。"③
　桓谭《新论·闵友》:

> 扬雄作《玄》书,以为玄者,天也,道也,言圣贤著法作

① 王利器《新语校注》页 7—9,中华书局 1986 年版。
② 严可均辑《全上古三代秦汉三国六朝文·全汉文》卷十三,页 195,中华
　书局 1958 年版。
③ 同上书卷四十四,页 367。

事,皆引天道以为本统,而因附属万类。①

应玚《文质论》：

> 盖皇穹肇载,阴阳初分,日月运其光,列宿曜于文,百谷丽于上,芳华茂于春。是以圣人合德天地,禀气淳灵,仰观象于玄表,俯察式于群形,穷神知化,万物是经。故否泰易趋,道无攸一,二征代序,有文有质。②

丁仪《刑礼论》：

> 天垂象,圣人则之。③

只有圣人能体道,道通过圣人以垂训,这样天道就成为人道。人道的表述,就是"经"。在思想的发展过程中,儒、道互相渗透,道家的无形无名的"道",与儒家的道德的"道",就沟通了,作为天地万物本原的道,也就成了道德的道。荀悦《申鉴·政体第一》：

> 夫道之本,仁义而已矣。五典以经之,群籍以纬之,咏之歌之,弦之舞之……立天之道,曰阴与阳;立地之道,曰柔

---

① 严可均辑《全上古三代秦汉三国六朝文·全后汉文》卷十五,页 551。
② 同上书卷四十二,页 701。
③ 同上书卷九十四,页 980。

　　与刚;立人之道,曰仁与义。①

天道、地道、人道,三位一体了。从天道到人道,《原道篇》的结尾归结两句话:"故知道沿圣以垂文,圣因文而明道。"

　　这样,我们就可以看到,《原道篇》的道,是从老子、到《易》、到儒道融通的道,说明着刘勰所接受的思想影响的复杂性。而此种之复杂性,与他广泛的涉猎有关,与诸家思想在发展过程中相互渗透也有关系。

--------

①荀悦《申鉴》卷一,文渊阁四库全书本。

# 释"惟人参之"

1909年李详在《国粹学报》发表《文心雕龙黄注补正》,1920年杨鸿烈在《晨报副刊》发表《文心雕龙的研究》,近一个世纪来研究《文心雕龙》的论著之多,实在令后来者望而生畏。仅大陆而言,至2005年止,论文近六千六百余篇,专著二百二十余种;加上港、台与国外的同类论著,数量就更大。许多问题的研究,已相当深入了。虽然如此,由于这部巨著义理之精深,表述之藏珠隐秀,至今对它的解读,疑问又似乎比比皆是。前已谈及《原道篇》首句"文之为德也大矣"的解读问题,此处再对《原道篇》中的另一句"惟人参之"的理解谈点看法。

一

《原道》开篇叙及道之文之后,有这样一段话:

> 仰观吐曜,俯察含章,高卑定位,故两仪既生矣,惟人参之,性灵所钟,是谓三才。为五行之秀,实天地之心。心生而言立,言立而文明,自然之道也。

此段意欲由天文而及人文,谓人而有文,乃自然而然之道理。人之所以有文,是由于聚性灵、参天地所致。聚性灵、参天地,便成了理解这段文字的要点所在。

多数《文心雕龙》的注释,都未对"惟人参之"作出解释,如黄叔琳注、李详补注、范文澜注、杨明照校注拾遗。这些《文心雕龙》的重要注释者,似都认为此句不必加注而其义自明。然事实上并非如此。学者们对此句之理解其实是存在差异的。

郭晋稀《文心雕龙注译》的解释是:

> 参,既有三义,也兼有参入义。①

"参"的三义,应读为 sān,而"参"的"参入"义,应读为 cān,既两义并存,读音将如何处理?

持两义并存的,还有詹锳《文心雕龙义证》。詹著注"惟人参之"谓:

> 《荀子·王制》:"故天地生君子,君子理天地。君子者,天地之参也。"杨倞注:"参,与之相参,共成化育也。"《礼记·孔子闲居》:"三王之德,参于天地。"郑注:"参天地者,其德与天地为三也。"《中庸》:"可以赞天地之化育,则可与天地参矣。"朱注:"与天地参,谓与天地并立为三也。"《汉书·扬雄传》上:"参天地而独立兮。"注云:"参之言三也。""之",指天地。②

---

①郭晋稀《文心雕龙注译》页3,甘肃人民出版社1982年版。
②詹锳《文心雕龙义证》页5,上海古籍出版社1989年版。

按,此处"之"非代词,谓其"指天地",大误。此是题外话,且不论。詹注未说出自己对"参"的理解,然从引文可了解,他是从"相参"与"三"两义解释"参"的。杨惊解"参"为"相参","相参"是等齐、并列的意思,此义"参"应读为 cān。郑注、朱注、颜注"参"应读为 sān。持两义并存者,就我所知,还有两种注译本,不再赘举。

更多的学者则释"参"为"三",如周振甫《文心雕龙选译》,注称:"参,三。"译称:"只有人和天地相配。"①李曰刚《文心雕龙斠诠》此句直解为:"惟人生于两大之间……与天地并立为三。"②龙必锟《文心雕龙全译》注谓:"参,三。"③

也有学者释"参"为"加上"、"相参"者,如赵仲邑在他的《文心雕龙译注》中,"惟人参之"一句未作注,语译是连同"性灵所钟,是谓三才"一起意译的,为:"后来加上了集中表现了聪明才智的人,与天地并列为三。"④他似是用"与天地并列为三"来译"是谓三才",那么,"加上了"就是译"参"的,意为人加入进去。作此解释的还有王礼卿。他译"参"为"相参"⑤。《中国古代文论选注》:"参,参入……惟人参入天地两仪之中。"⑥

① 周振甫《文心雕龙选译》页 19,中华书局 1980 年版。
② 李曰刚《文心雕龙斠诠》页 16,台湾"国立编译馆"中华丛书编审委员会 1982 年版。
③ 龙必锟《文心雕龙全译》页 3,贵州人民出版社 1992 年版。
④ 赵仲邑《文心雕龙译注》页 21,漓江出版社 1982 年版。
⑤ 王礼卿《文心雕龙通解》页 12,台湾黎明文化事业股份有限公司 1986 年版。
⑥ 北京师范大学中文系文艺理论教研室编《中国古代文论选注》页 126,陕西人民出版社 1983 年版。

　　也有学者对此"参"字未作明确的阐释,如陆侃如、牟世金合著《文心雕龙译注》"惟人参之"一句未出注,语译与"性灵所钟"连译,为:"后来出现钟聚着聪明才智的人类。"①向长青于此句亦未出注,语译亦与"性灵所钟"连译,为:"由于天地灵气所钟,产生了人。"②因"参"义未明确指译,难以判断其作何种之理解。

　　这样,在我们面前,"惟人参之"的"参"就有三、等齐、加入等解释。以"三、等齐、加入"释此"参"字,于理虽可通,但若考察《原道》全篇之论述意向,则又似有未尽如人意者。彦和谓天地有文,人参之,人亦有文,故《赞》谓:"天文斯观,民胥以效。"这"天文斯观,民胥以效",乃是彦和论天文、人文之基本观点,人文乃仿效天文而来,是则论述天地有文采之后,论人亦有文,仿效的意义自亦不言而在其中。这样,"惟人参之"就存在着另一种解释,即:人仿效天地。参,参拟、模拟、效法。

# 二

　　对"惟人参之"之此种理解,其实涉及刘勰思想的一种历史渊源。在中国思想史上,有一种以人比类天地的观点。关于此种观点,钱锺书先生曾略论及③,今且更申而言之。

　　以人比类天地,属于复杂的天人关系问题中的一个层面。关于天人关系问题,由于涉及的面太广,本文不拟综论。本文要

---

①陆侃如、牟世金《文心雕龙译注》上册页4,齐鲁书社1981年版。
②向长青《文心雕龙浅译》页39,吉林人民出版社1984年版。
③钱锺书《管锥编》第二册,页506—507,中华书局1979年版。

追索的,只是以人比类天地这一思想层面上的一些问题。

从思想发展的脉络考察,以人比类天地,大抵可分为比象与比德两类。

比象说的最初思想,似是从有关本体的哲学思考发展而来的。它的初始形态,只是说万物一体,还没有进入比类的阶段。《老子》二十五章:"人法地,地法天,天法道,道法自然。"这里说的"人",不是指某一个个体,而是一个类的概念。"法",以之为则。王弼注说:"人不违地,乃得全安,法地也。地不违天,乃得全载,法天也。天不违道,乃得全覆,法道也。道不违自然,乃得其性,法自然也。法自然者,在方而法方,在圆而法圆,于自然无所违也。"①法地、法天、法道,最终法自然,也就是不违万物的本然状态。(后来《庄子·秋水》把这一思想表述得既明确又形象生动:"牛马四足,是谓天;落马首,穿牛鼻,是谓人。")人法地,就是不违背地之本然状态。这种思想可能源于早期人们对自然的认识。对于自然的依赖,就不能违背自然的生生之理。《逸周书·文传》:"山林非时不升斤斧,以成草木之长。川泽非时不入网罟,以成鱼鳖之长。不麛不卵,以成鸟兽之长。畋猎以时,童不夭胎,马不驰骛,土不失宜。"②依于事物之本然而不要人为地破坏它,强调与自然的和谐统一。这种思想发展到庄子,就走向了万物一体。道通为一,从空间上说,有无、彼此,均相对而存在,本就无须区分;从时间上说,死生存亡亦均相对而存在,方生方死,方死方生,亦不须区分,最后就从物我一体走向物我两忘。这当然不必再强调"法"的问题。似乎可以说,老子的

---

① 王弼《老子道德经注》,楼宇烈《王弼集校释》页65,中华书局1980年版。
② 《逸周书》,文渊阁四库全书本。

"人法地……"的思想,到庄子就变成了人融入自然,人消融进自然中,泯一物我了。

　　但也正是这万物一体、万物一气的思想,提供了比象说的基础。这种思想的一种发展,便是从本体向具象,从法则向比类转移。《文子·九守》:"头圆法天,足方象地;天有四时、五行、九曜、三百六十日,人有四支、五藏、九窍、三百六十节;天有风雨寒暑,人有取与喜怒;胆为云,肺为气,脾为风,肾为雨,肝为雷。人与天地相类,而心为之主,耳目者,日月也;血气者,风雨也。"①《文子》的这段话,也出现在《淮南子·精神训》中,除"人与天地相类,而心为之主"一句作"以与天地相参也,而心为之主"之外,其余文字全同。从这略异的一句,也可看出"相参"即"相类"。《文子》中这种人天比象的思想,除了与老子的法地、法天说有思想的渊源关系外,可能还受到阴阳五行说的影响。邹衍的五德终始说如何以人身比类五行、四时,已不得而知。《意林》引公孙文子谓:"人有三百六十节,当天之数;形体有骨肉,如地之厚;有孔窍血脉,如川谷也。"②刘勰说:"邹阳养政于天文。"(《诸子》)以此可见他是把阴阳五行与政教联系起来的。《管子》中《四时》、《五行》诸篇,已建立了人道、地道、天道的结构模式;而《水地篇》论人之成形,颇有阴阳五行家思想的踪迹,如谓:"酸主脾,咸主肺,辛主肾,苦主肝,甘主心,五藏已具,而后生肉。"③把五味与五脏的生成联系起来,实际上也就是把五脏与五行联系起来,味、气、色、声与五行,其时常常被看作是一

①李定生、徐慧君《文子校释》页102,上海古籍出版社2004年版。
②《意林》卷二,文渊阁四库全书本。
③黎翔凤撰、梁运华整理《管子校注》页815,中华书局2004年版。

个互相关联的整体。《左传》昭元年载医和论疾,谓:"天有六气
(阴、阳、风、雨、晦、明),降生五味(辛、酸、咸、苦、甘),发为五色
(白、青、黑、赤、黄),徵为五声(宫、商、角、徵、羽),淫生六疾
(寒、热、末、腹、惑、心诸疾)。"昭二十五年载赵简子论礼,亦谓:
"天地之经,而民实则之。则天之明,因地之性,生其六气,用其
五行,气为五味,发为五色,章为五声。淫则昏乱,民失其性。"①
《管子·水地篇》与《左传》的上述思想,可能都来自阴阳家,阴
阳家以人身比类五行四时的思想,与前引《文子》的观点甚为
相似。

杨朱亦有类似思想,《列子·杨朱篇》引杨朱曰:"人肖天地
之类,怀五常之性,有生之最灵者也。"张湛注:"肖,似也。类同
阴阳,性禀五常也。"②而这种思想更多的表述,似在道教的典籍
中。《太平经 分别贫富法》谓."人生皆含怀天气具乃出,头
圆,天也;足方,地也;四支,四时也;五藏,五行也;耳目口鼻,七
政三光也。"③晚于刘勰的作于晚唐五代间的《关尹子》亦云:
"我与天地,似契似离,纯纯各归。"牛道淳注谓:"如上说,我
通天地,天地通我,即是我与天地似契合,则又不契合。天地
有人,人亦有天地,天地即大人,人即小天地。"《二柱篇》又
说:"心应枣,肝应榆,我通天地。"牛道淳注谓:"天地生物,各
属五行。枣赤,属火,火在脏为心,故云心应枣也。榆青,属
木,木在脏为肝,故云肝应榆也。天地阴阳二气交通,而生枣

①杨伯峻《春秋左传注》页1222、1457,中华书局1981年版。
②杨伯峻《列子集释》页234,中华书局1979年版。
③《太平经合校》卷三十五,中华书局1960年版。

榆,心应枣,肝应榆,是我与天地相通也。故云我通天地也。"①道教内丹派的种种修炼,似都与这种人即小天地,天地即大人的思想有关。

董仲舒《春秋繁露》中也有大量比象天地的论述。他讲天人相副,《为人者天》章:"为生不能为人,为人者天也。人之为人本于天,天亦人之曾祖父也。此人之所以乃上类天也。人之形体,化天数而成;人之血气,化天志而仁;人之德行,化天理而义;人之好恶,化天之暖清;人之喜怒,化天之寒暑;人之受命,化天之四时。人生有喜怒哀乐之答,春秋冬夏之类也。喜,春之答也;怒,秋之答也;乐,夏之答也;哀,冬之答也。"《王道通》章:"人生于天,而取化于天。喜气取诸春,乐气取诸夏,怒气取诸秋,哀气取诸冬。"《人副天数》章:"人有三百六十节,偶天之数也;形体骨肉,偶地之厚也。上有耳目聪明,日月之象也;体有空窍理脉,川谷之象也;心有哀乐喜怒,神气之类也。""此见人之绝于物而参天地。是故人之身,首坌而圆,象天容也;发,象星辰也;耳目戾戾,象日月也;鼻口呼吸,象风气也;胸中达知,象神明也;腹胞虚实,象百物也。百物者最近地,故要以下,地也。天地之象,以要为带。颈以上者,精神尊严,明天类之状也;颈而下者,丰厚卑辱,土壤之比也。足布而方,地形之象也。……天地之符,阴阳之副,常设于身,身犹天也,数与之相参,故命与之相连也。天以终岁之数,成人之身,故小节三百六十六,副日数也;大节十二分,副月数也;内有五藏,副五行数也;外有四肢,副四时数也;乍视乍瞑,副昼夜也;乍刚乍柔,副冬夏也;乍哀乍乐,副阴阳也;心有计虑,副度数也;行有伦理,副天地也。"他从天人

①《关尹子》卷二,《道藏》本。

相副又讲到天人相感,《同类相动》章:"天有阴阳,人亦有阴阳。天地之阴气起,而人之阴气应之而起,人之阴气起,而天地之阴气亦宜应之而起,其道一也。……非独阴阳之气可以类进退也,虽不祥祸福所从生,亦由是也。"①他由此又讲到灾异。他是主张大一统的,讲君权神授,因之他的天人相副说又由比象进入比德,最后归着到圣人与治道上。董仲舒而后,天人感应思想一直在中国政治生活中占有重要地位。一切灾异,均归之于天人感应。干宝《山徙论》论山徙与政治之关系,用的就是人天比象的方法:

> 善言天者,必质于人;善言人者,必本于天。故天有四时,日月相推,寒暑迭代,其转运也,和而为雨,怒而为风,散而为露,乱而为雾,凝而为霜雪,立而为虹蜺,此天之常数也。人有四肢、五脏,一觉一寐,呼吸吐纳,精气往来,流而为荣卫,彰而为气色,发而为声音,此亦人之常数也。②

关于天人感应的材料,数量之多,几至于无法复述。

比象思想的又一支,在医家中有所表述。《黄帝内经素问》:"天有四时五行,以生长收藏,以生寒暑燥湿风;人有五藏化五气,以生喜怒悲忧恐。"③"天有阴阳,人有十二节;天有寒

---

① 苏舆撰、钟哲点校《春秋繁露义证》,依次为页 318—319、330、354—357、360,中华书局 1992 年版。
② 严可均辑《全上古三代秦汉三国六朝文·全晋文》卷一百二十七,页 2193,中华书局 1958 年版。
③ 《黄帝内经素问》卷二《阴阳别论篇》,又见《天元纪大论篇》,文渊阁四库全书本。

暑,人有虚实。"①十二节,谓对应十二个月之经脉;虚实,医家谓邪气盛则实,精气夺则虚。把人体之气与天地之气看作是一种对应关系,以气候比类脉象,以至认为气候影响脉象。"夫圣人之起度数,必应于天地。故天有宿度,地有经水,人有经脉。"②宿,指二十八宿;度,指三百六十五度。《灵枢经》亦谓:"人之合于天道也,内有五藏以应五音、五色、五时、五味、五位也,外有六府以应六律。六律建阴阳诸经而合之十二月、十二辰、十二节、十二经水、十二时、十二经脉者,此五藏六府之所以应天道。夫十二经脉者,人之所以生,病之所以成,人之所以治,病之所以起,学之所始,工之所止也。"③医家以人体构成比象天地,是把人与宇宙万物看作是一个整体,把发病机理与治则都建立在这一基础理论之上,是从生命的运营上着眼的。也就是说,是从人自身着眼的。

与比象同样以人比类天地,但主要不从象上着眼,而从德上着眼的,我们姑且把它称为比德说。比德说与比象说的另一点差别,是比象说以比类天地的"人",是一个类的概念,且系指自然的人;而比德说以之比类天地的"人",却是特指圣与王而言,且系指伦理的人。

《荀子·王制》:"故天地生君子,君子理天地。君子者,天地之参也,万物之德也,民之父母也。"④《礼记·经解》:"天子者,与天地参,故德配天地,兼利万物。"孔疏:"与天地参者,天

---

①《黄帝内经素问》卷八《宝命全形论篇》。
②《黄帝内经素问》卷八《离合真邪论篇》。
③《灵枢经》卷三《经别》,文渊阁四库全书本。
④王天海校释《荀子校释》卷九,页374,上海古籍出版社2005年版。

覆地载,生养万物,天子亦能覆载生养之功,与天地相参齐等。故云与天地参。"①《礼运》云:"故人者,天地之心也,五行之端也,食味、别声、被色而生者也。故圣人作则,必以天地为本,以阴阳为端,以四时为柄,以日星为纪,月以为量,鬼神以为徒,五行以为质,礼义以为器,人情以为田,四灵以为畜。"②《孔子闲居》:"子夏曰:'三五之德,参于天地,敢问何如斯可谓参于天地矣?'孔子曰:'奉三无私以劳天下。'子夏曰:'敢问何谓三无私?'孔子曰:'天无私覆,地无私载,日月无私照。奉斯三者以劳天下,此之谓三无私。'"③《中庸》:"唯天下至诚为能尽其性。能尽其性,则能尽人之性;能尽人之性,则能尽物之性。能尽物之性,则可以赞天地之化育,则可以与天地参矣。"郑注:"助天地之化生,谓圣人受命在王位,致太平。"《中庸》又谓:"仲尼祖述尧舜,宪章文武,上律天时,下袭水土。辟如天地之无不持载,无不覆帱;辟如四时之错行,如日月之代明,万物并育而不相害,道并行而不相悖,小德川流,大德敦化,此天地之所以为大也。唯天下至圣,为能聪睿知,足以有临也;宽裕温柔,足以有容也;发强刚毅,足以有执也;齐庄中正,足以有敬也;文理密察,足以有别也。溥博渊泉,而时出之,溥博如天,渊泉如渊,见而民莫不敬,言而民莫不信,行而民莫不说,是以……天之所覆,地之所载,日月所照,霜露所队,凡有血气者莫不尊亲,故曰配天。"④比德说论圣人、明王与天地之关系,是法天地,因之能等齐天地。

---

① 《礼记正义》卷五十,《十三经注疏》页 1610,中华书局 1980 年版。
② 同上书卷二十二,《十三经注疏》页 1424。
③ 同上书卷五十一,《十三经注疏》页 1617。
④ 同上书卷五十三,《十三经注疏》页 1634。

圣与王能体悟天地化生万物之德性,因之也就能禀天命以育民。

　　比象说与比德说在比类的着眼点和终极目的上显然存在差别,一在象,一在理;一在为身,一在治民。但是在发展过程中,它们也常常错杂存在。思想的发展史从来不存在纯而又纯的承传,它总是在互相影响中行进的。道家、道教、阴阳家、儒家都论天人关系,他们立论的目的各不相同,论点亦大异,大体说来,儒家比德而道家比象。但是在发展过程中,他们又互相吸收。在以人比类天地这一点上,董仲舒就是一例。他吸收道家和阴阳家的比象说,而却落脚到比德上。不过,各家着眼不论如何不同,有一点他们却是相同的,这就是把人与天地万物看作统一的整体,互相联系着。而在这统一中,是人参拟、仿效天地,比象或比德天地;而不是天地模仿人。人比象天地,因此人自身就是一个小天地,于是有道教的养生,有医家的治则;比德天地,于是有圣与王的禀受天命以行德政。在以人比类天地的最早的说法中,老子说道大、天大、地大、人亦大,庄子说万物一气,都是把人与天地并列而言。这种并列,是从归之于自然这个角度说的。具体到比象说,情形就起了变化。在目前所见的唐前有关史料中,似未有因比象而论证人与天地等齐者。在比象说中,人与天地相参,就是人参天地,参,就是参拟、仿效。人参天地,由是人与天地相副。人与天地并列的是比德说。比德说以人比类天地,有时候存有与天地等齐的意思,所谓同天地之化育,德配天地就是。但即使在比德说中,也还存在着参拟天地的说法。《礼运》谓:"故圣人参于天地,并于鬼神,以治政也。"孔疏:"故圣人参于天地者,政是圣人藏身之固。所以圣人参拟于天地,则法于天地是也。"孔颖达是把圣人参于天地理解为圣人仿效天地的。

《礼运》:"圣人作则,必以天地为本。"①"为本",也就是为据,就是为法的对象。

在现有解释古汉语的各种辞书中,"参"字未列"参拟、仿效"此一义项,而从上引思想史的材料考察,"参"的此一义项应该是存在的。唐人孔颖达已在《礼运》注中反映了此一义项,足可佐证。"参"的"参拟、仿效"义,在现代汉语"参照"等词中作为语素义仍然存在着。《文心雕龙·原道》"惟人参之"的"参",用的正是这一义项。刘勰说,道有文,"日月叠璧,以垂丽天之象;山川焕绮,以铺理地之形。此盖道之文也"。天地既分,天地都有文,人模仿天地,人亦有文;万物皆有文,人亦有文。这就是自然之道。这是从文采(相对于质言)的意义上说的。由文采而推至文化,人亦模仿道之文,"取象乎河洛,问数乎蓍龟"。文采与人文都取象乎天文,所以才说"天文斯观,民胥以效"。"效",也就是"惟人参之"的"参",就是仿效。《宗经篇》也说,经是恒久之至道,"故象天地,效鬼神,参物序,制人纪,洞性灵之奥区,极文章之骨髓者也"。"效"亦象义;"参物序"的"参",亦"比拟"义。从这些方面看,刘勰在论及文之起源时,显然有着比象说的思想影响。但刘勰并未停留在比象上,他在论文道关系时,把比象引向了比德。在《原道》、《宗经》中,他一再论证唯圣人能明道意,"道沿圣以垂文,圣因文而明道"。为什么要宗经,为什么不在人文与天文的直接关系中论文,而要在中间加上圣与经,这里边就有圣人与天地比德、禀受天命的思想影响在。当然,这两种思想的影响在《文心雕龙》中表现出明显的层次:由比象而比德,由参天地而体道明道。

――――――――――

① 《礼记正义》卷二十二,《十三经注疏》页 1422、1424。

　　这两种思想的影响，在《文心雕龙》一书中处处反映出来。比德说转入宗经，表现甚为明显，不须赘说；比象说则隐约起来，通过中介表现出来，此点留待后论。

　　与"惟人参之"相联的，是"性灵所钟"。性灵所钟，意谓天地灵气之所钟聚，含义本甚为明了。然不少《文心雕龙》之译注对此之解释竟亦存在差异，如陆侃如、牟世金《文心雕龙译注》注谓："性灵，指人的智慧。钟，积聚。"译称："后来出现钟聚着聪明才智的人类。"周振甫《文心雕龙注释》谓："性灵，指人的天性灵智。"他的《文心雕龙选译》译为"（只有人……）孕育灵想"。郭晋稀的理解与上述诸人异。他认为性灵乃指天地之灵气。他的《文心雕龙注译》译文为："（人）那是天地的灵气凝聚而生成的。"王礼卿、王叔岷、王更生、龙必锟等的解释与郭同①。我以为郭等的解释是正确的。

　　前已述及，万物一气，万物之生长发育，无不禀受天地之元气，是中国传统思想之一。自此一思想又发展出一种气分清浊的观点。《淮南子·天文训》认为：万物皆禀气以生，"道始于虚

————————
① 王礼卿《文心雕龙通解》译为："乃性灵所集聚。"似不甚明确，然其按语则表述得十分清楚，谓："继述人为造化性灵所钟，与天地参。"显然是从天地灵气之所钟聚这一点上理解的。王更生《文心雕龙读本》译为："因为人乃天地灵气聚合而成。"王叔岷《文心雕龙缀补》（艺文印书馆1975年版）引《庄子·寓言》："孔子曰：夫人受才夫大本，复灵以生。"《汉书·刑法志》："夫人宵天地之貌，怀五常之性，聪明精粹，有生之最灵者也。"又引陶渊明《感士不遇赋》："咨大块之受气，何斯人之独灵。"以注"惟人参之，性灵所钟"一句。从这些引文看，他是以天地灵气之钟聚来理解"性灵所钟"的。龙必锟《文心雕龙全译》注性灵为"天地自然的天性灵气"。

霈,虚霈生宇宙,宇宙生气。气有涯垠,清阳者薄靡而为天,重浊者凝滞而为地。……天地之袭精为阴阳,阴阳之专精为四时,四时之散精为万物"①。《精神训》有类似论述而更明确万物不惟为气之所生,气之清浊不惟分判为天地,且亦区别人与其他物类:"于是乃别为阴阳,离为八极,刚柔相成,万物乃形,烦气为虫,精气为人。"②《礼记·礼运》中也有万物之中人为贵的思想,从"气"区别出"秀气"一项,谓:"人者,其天地之德,阴阳之交,鬼神之会,五行之秀气也。"③祢衡《鲁夫子碑》曰:"受天至精,纯粹睿哲。"④孔融《圣人优劣论》:"荀惜等以为圣人俱受乾坤之醇灵,禀造化之和气。"⑤袁准《才性论》谓:"凡万物生于天地之间,有美有恶。物何故美?清气之所生也。物何故恶?浊气之所施也。"⑥不惟人能禀天地之灵气,物亦能禀天地之灵气,《庄子·德充符》:"受命于地,唯松柏独也在冬夏青青;受命于天,唯舜独也正。"郭象注谓:"夫松柏独禀自然之钟气,故能为众木之杰耳……言特受自然之正气者至希也,下首则唯有松柏,上首则唯有圣人。"⑦人禀天地之灵气,正是这种传统思想的产物。

---

①刘文典撰,冯逸、乔华点校《淮南鸿烈集解》页79—80,中华书局1989年版。
②同上书页218。
③《礼记正义》卷二十二,《十三经注疏》页1423。
④《艺文类聚》卷二十,页361引,上海古籍出版社1965年版。
⑤同上。
⑥同上书卷二十一,页386引。
⑦郭庆藩《庄子集释》卷二下,页193,中华书局1961年版。

# 三

　　人比象天地,所以人有文。这样一种观点,乃是刘勰文学观中重自然的思想的一个很重要的基石。重自然,便亦必然重视自然禀赋,重视情性气质,重视情性与外物的交通。

　　《文心雕龙》一书,处处言才性之自然禀赋。《体性篇》谓:"然才有庸隽,气有刚柔。""故辞理庸隽,莫能翻其才;风趣刚柔,宁或改其气。""才力居中,肇自血气。气以实志,志以定言,吐纳英华,莫非情性。"在《事类》中,他主张"才为盟主,学为辅佐"。重自然情性,因之他主张养气。他所说的养气,其实是养身与养神,使创作时身心都处于一种从容健旺的状态中,做到率志委和,理融气畅。方法则是卫气,勿使过于疲劳,过于损耗精神,做到"清和其心,调畅其气,烦而即舍,勿使壅滞,意得则舒怀以命笔,理伏则投笔以卷怀,逍遥以针劳,谈笑以药倦"(《养气》)。他的养气说,着眼于气性,而非着眼于理;着眼于自然的人,而非着眼于道德的人,有别于儒家的养气说。以自然情性论文,刘勰把许多现象都归之于情性的自然产物,如谓:"声含宫商,肇自血气。"(《情采》)"造化赋形,支体必双,神理为用,事不孤立。夫心生文辞,运裁百虑,高下相须,自然成对。"(《丽辞》)声律、骈偶、文采等等既然都来自自然本性,它们的存在当然也就是合理的。正是从这一角度,刘勰的文学观念极富于人性色彩。如果我们不过多地看重他的征圣、宗经的主张,我们就会在他处处论雅正、论经之可为典范的同时,看到他处处重情,重情在创作中的意义。论情采,他讲五情发而为辞章,乃是情理之数;论神思,他讲才、性、情、气在驰神运思过程中的作用;论物色,他强调了心物的交融。心物之所以能交融,就在于心物都有其情,有其性,不惟人有春秋之感,万物亦有,由是而言“情往似赠,兴来如答”,由是而言“目既往还,心亦吐纳”。这种心物交融的观念究其渊源之所自,实来自万物一气说,来自比象天地说,更侧重于人的自然本性。如果我们注意到这一点,那么我们在衡量刘勰文学思想与其时之文学思潮是否一致这样一个问题时,便会有新的认识。

# 附:读《宗经篇》手记

宗经思想是刘勰文章论的核心部分。此一思想贯穿于《文心雕龙》全书中。而由于刘勰在《文心雕龙》中论及各体文章与论及创作时,涉及面甚广,所接受之思想影响亦非仅为儒家一家,因之对于他的宗经思想的理解,对于他的宗经思想在其论述诸种问题时的意义与作用,研究者的解读亦存在差异。此一问题究应作何种之理解,兹札记如下。

一

黄侃释文必宗经之理由,称:

宗经者,则古昔,称先王,而折衷于孔子也。夫六艺所载,政教学艺耳。文章之用,隆之至于能载政教学艺而止。挹其流者,必撢其原,揽其末者,必循其柢。此为文之宜宗经一矣。经体广大,无所不包,其论政治典章,则后世史籍之所从出也;其论学术名理,则后世九流之所从出也;其言技艺度数,则后世术数方技之所从出也。不睹六艺,则无以见古人之全,而识其离合之理。此为文之宜宗经二矣。杂文之类,名称繁穰,循名责实,则皆可得之于古。彦和此篇所列,无过举其大端。若夫九能之见于《毛诗》,六辞之见于《周礼》,尤其渊源明白者也。此为文之宜宗经三矣。文以字成,则训故为要;文以义立,则体例居先,此二者又莫备于经,莫精于经。欲得师资,舍经何适?此为文之宜宗经四矣。谨推刘旨,举此四端,至于经训之博厚高明,盖非区区短言所能扬榷也。①

黄侃说的宗经四要点,一是文章之用,在政教学艺,而经书所载,正是政教学艺,寻其原,故须宗经。二是后世政治典章,学术名理,皆自六艺出,故须宗经。三是名物亦备于经书,故须宗经。四是明训故、识体例,必须宗经。此四要点,泛言经之重要,宗经兼及政教致用,非仅为为文而宗经。他的学生李曰刚发挥此四点,言经之重要,而不谈政教致用。他发挥之四点为:一、经总文笔之体要,二、经备辞章之义用,三、经立群史之根本,四、经导百家之泉源②。这是说,经之要在文章体用之外,且为子史之渊源,为文而兼及学术。王礼卿则明确认为此篇之立意在论文,称:

　　此篇继《征圣》之后,进明圣人之经。经为阐道之鸿教,又极文章之骨髓,故此篇要旨,析言之有二焉:一论诸经之体裁,一发文必宗经之要义。而论经体即为论文之准,故述经处义略而体详,间以论经之文辞,主于论文之旨甚明,

① 黄侃《文心雕龙札记》页13,中华书局1962年版。
② 李曰刚《文心雕龙斠诠》页72—79,台湾"国立编译馆"中华丛书编审委员会1982年版。

此书体例宜然也。①

　　他还说:"而舍人之征圣,乃验之圣文之规矩方圆,与道学之希圣笃行者殊;本书之宗经,与经学家之唯宗义理者亦绝异。故凡兹论道征圣谈经之新见,皆前人所无,足使附庸于道之文学,蔚为独立之大国,而经之足尊者,于至道外更被于文。"②这是说,《宗经篇》虽论及经能阐道鸿教,但立意则是论作文应学经书的写法。

　　周振甫之解读与王礼卿相近,谓:"宗经就是宗法经书,写作以儒家的经书为标准,效法五经来作文。"③他接着解释了宗经的五种写法的特点。

　　蓝若天解《宗经篇》立意,则称《宗经篇》主张以圣哲经典为立文之本,依经立论。"他依据经以提示某类文章的应有要求;他依据经以说明某种文章的性质或重要性;他认为某些文章是以经为根源的;他认为依经可以创作理想的文章;他认为理想的作法万变而不离经;他引用经以品评某些文体某些作法和某些作家。他在行文的时候也常常援引经典以畅其论,无处不宗经,其主张真是贯彻始终。"④蓝若天对宗经的理解,虽也重在为文而宗经,但与王礼卿他们见解稍异的是,他以为宗经是依经立论,这就涉及从义理上以经为依据。但是他解《宗经篇》,不停

①王礼卿《文心雕龙通解》页37—38,台湾黎明文化事业股份有限公司1986年版。
②同上书页36。
③周振甫《文心雕龙选译》页33,中华书局1980年版。
④蓝若天《文心雕龙的枢纽论与区分论》页36、43,台湾商务印书馆1975年版。

留在该篇中,而与全书之宗经思想联系起来,以证宗经之思想,乃刘勰论文贯穿始终之核心。

《宗经篇》之立意究何所指?宗经是包含宗圣人之道以致用,兼及政教学艺,还是宗经以为文?对于此一问题之解读,不仅应顾及《原道》、《征圣》两篇,亦应顾及全书。

《原道篇》的结尾说:"故知道沿圣以垂文,圣因文而明道,旁通而无涯,日用而不匮。《易》曰:'鼓天下之动者存乎辞。'辞之所以能鼓天下者,乃道之文也。"此一结尾说明了原道、征圣、宗经三者的关系。征圣是中间环节。彦和论征圣,涉及两个方面的问题:一是圣人贵文;二是圣人为文,可为师法。征圣,是以圣为法,取法他们对文的重视,取法他们为文之雅丽与衔华佩实。《征圣篇》说:"征之周、孔,则文有师矣。"圣人的文,就是经,所以又说:"是以论文必征于圣,窥圣必宗于经。"《征圣篇》已预为《宗经篇》设下宗经就是宗其为文这样一个主旨。

《宗经篇》全篇所论,亦明白昭示就是学圣人如何为文的问题。因之在论述经之重要意义之后,他接着便分析五经各自的特色:《易》是"旨远辞文";《书》记言,文义昭明;《诗》"摛风裁兴,藻辞谲喻,温柔在诵,故最附深衷";《礼》"据事制范,章条纤曲,执而后显";《春秋》辨理,一字见义,详略成文。对五经特点之此种概括,均属写作特色问题。再接下去,他提出文能宗经,则体有六义,涉及的也是文章的风貌问题。由是可证,《宗经篇》之立意,在论作文须以经为法,无关政教学艺。

## 二

为论证宗经必要,彦和将各种文体之产生,都溯源于五

经,谓:

> 故论、说、辞、序,则《易》统其首;诏、策、章、奏,则《书》
> 发其源;赋、颂、歌、赞,则《诗》立其本;铭、诔、箴、祝,则
> 《礼》总其端;纪、传、盟、檄,则《春秋》为根。并穷高以树
> 表,极远以启疆;所以百家腾跃,终入环内者也。

此种思想亦贯穿于他的文体论中。然此种思想之真确含意,究
何所指,似亦有一辨之必要。此处举出十二种文体,论其与五经
之关系。他将此种之关系,称为"统其首"、"发其源"、"立其
本"、"总其端"与"为根"。"源"、"根"与"本"均指源头,谓上述
之诸种文体,均源于经。"首"与"端",有开始意,此处似亦指称
源头。源头,是说归根结底源于此。他所说的"百家腾跃,终入
环内"也是这个意思,是说诸种文体,说到底都可以包括在"经"
体之内,说到底都来源于"经"体,而不是说诸种文体都与"经"
体相同。此一种之理解,我们可在他论诸种文体之发生、发展过
程时得到证明。

　　《文心雕龙》论及文章体裁 34 种(81 细目),论及每一体裁
时,都依他在《序志篇》中所说:"原始以表末,释名以章义,选文
以定篇,敷理以举统。"其中的"原始以表末",就是叙述该种文
体之发生发展、从雏形到成熟的过程。现在我们来考察他对于
诸种文体之描述:

　　赋,《诠赋篇》:"《诗》有六义,其二曰赋。赋者,铺也,铺采
摛文,体物写志也。"这是说,赋的最初出现,只是诗的一种表现
方法,是用铺写的方法描写物象表达情志,并不是一种文章体
裁。班《志》"诗赋略"有屈原赋之属,把屈《骚》归属于赋。班

固《两都赋序》又说："赋者,古诗之流也。"他将屈《骚》归入赋体,同时又明确地认为此一种之文体,源于古诗之流变。彦和则称"及灵均唱《骚》,始广声貌。然则赋也者,受命于诗人,而拓宇于《楚辞》也"。彦和的看法与班《志》有差别,他认为《楚辞》只是六义之"赋"的拓展,还不是独立的赋体。他接着便说："于是荀况《礼》、《智》,宋玉《风》、《钓》,爰锡名号,与诗画境。六义附庸,蔚成大国。"这是说,到了荀况、宋玉,赋才独立为一种文体。

颂,《颂赞篇》："四始之至,颂居其极。"这是说,颂本来就是《诗》之一种。接着他又讲"颂"有正体与变体。所谓正、变,其实是指颂体在发展过程中写法的变化。

赞,《颂赞篇》："赞者,明也,助也。昔虞舜之祀,乐正重赞,盖唱发之辞也。……至相如属笔,始赞荆轲。"这是说,赞最初只是典礼中的赞辞,到了司马相如的《荆轲赞》,才有作为文之一体的赞名。

诔,《诔碑篇》："周世圣德,有铭诔之文。大夫之材,临丧能诔。诔者,累也,累其盛德,旌之不朽也。"这是说,诔作为文体,在周朝就产生了。而此一文体之产生,乃缘于诔其盛德、使之不朽之实际需要。《周礼·大宗伯》:大祝"作六辞……六曰诔"。郑玄注："诔,谓积累生时德行以锡之命主,为其辞也。"刘勰说本此。《周礼》只是说明大祝工作之一是作六辞,其中有"诔",并不是说"诔"这种文体来自《周礼》之"体"。

碑,《诔碑篇》："碑者,埤也。上古帝王,纪号封禅,树石埤岳,故曰碑也。……又宗庙有碑,树之两楹,事止丽牲,未勤勋绩,而庸器渐缺,故后代用碑,以石代金,同乎不朽,自庙徂坟,犹封墓也。"这是说,碑这种文体,最早是应帝王封禅的需要产生的;又宗庙的碑,最早只是庭间用以拴牲口的石头,后来才代替记功的铜器,用以记功;后来才又从宗庙移至坟墓。他说的也是碑是从实用的需要才产生的文体。上述《宗经篇》所引二十种源于经的文体中没有提及碑,有研究者称,碑当归入诔类。然彦和所言碑此种文体之起源,亦仅属礼之一种行为,而非属《礼》之文体。

论,《论说篇》:"圣哲彝训曰经,述经叙理曰论。论者,伦也,伦理无爽,则圣意不坠。昔仲尼微言,门人追记,故抑其经目,称为《论语》。盖群论立名,始于兹矣。"他说"论"体与议、说、传、注、赞、评、叙、引都有关系,"八名区分,一揆宗论"。这是说,"论"之立名,始自《论语》,而自文体言,则与议、说等八名相近。其实,若自文体言,此八名或仅为片言只语,非谓成篇,经之传注,意在训诂释义,少有独立成文。

说,《论说篇》:"说者,悦也,兑为口舌,故言资悦怿;过悦必伪,故舜惊谗说。说之善者,伊尹以论味隆殷……"这是说,"说"这种文体,从殷商伊尹以味喻治国说商汤就产生了。《宗经》说"论、说、辞、序,则《易》统其首"。"说"体如何与《易》发生关系,他在这里并没有加以说明。

章、表,《章表篇》:"天子垂珠以听,诸侯鸣玉以朝。敷奏以言,明试以功……并陈辞帝廷,匪假书翰。然则敷奏以言,即章表之义也;明试以功,即授爵之典也。"这是说,章表的最初来源,是朝廷之上的敷奏之言,非关文字。到了"秦初定制,改书曰奏。汉定仪礼,则有四品:一曰章,二曰奏,三曰表,四曰议"。这是说,章与表作为文体,到汉才形成。但他又说,章表之目,取自《礼记·表记》。小戴《礼记》有《表记》一篇,郑玄说以其记君子之德,见于仪表。可见,刘勰所谓章表之目,见于《礼记·

表记》,是就称名说的,而非章表作为文体之本义。章表作为文体之特点,是"章以谢恩……表以陈情"。是朝廷的应用文体,本与经并无关系。

上举数例,可以看出,多数文体的形成,有一个过程,此一点彦和是说清楚了。而此种之过程,与生活中之实际需要关系至为密切。自其最初之出现,至其发展成熟,均为实际需要所决定,与"经"实无必然之联系。彦和将一切文体纳入"经"之中,谓"百家腾跃,终入环内",并不符合文体发展之事实。这从他所论文体中尚可举出多例,如哀、吊,《哀吊》说:"《黄鸟》赋哀,抑亦诗人之哀辞乎!""《诗》云:'神之吊矣。'"这只是说《诗经·秦风·黄鸟》和《小雅·天保》有"哀辞"和"吊"这两句话,如此而已。据此而论作为文体的"哀"与"吊"出于"经",实甚牵强。又如杂文,他论及对问、七体和连珠三种文体,而此三种文体之产生,亦与"经"了无关系。至于诸子,本来就不在经的范围之内,《老子》不出于"经",固已了然。若就义理言,儒家一系,或与"经"有关;若就文体言,则诸子之书,应属"论说"的"论"体,不应别立《诸子》之目。至于谐隐,则本来属于一种修辞手法,很难作为独立之文体看待。彦和将所有文体纳入"经"的范围之内,是不正确的。此一点,四库馆臣已指出:

> 文本于经之论,千古不易,特为明理致用而言。至刘勰作《文心雕龙》,始以各体分配诸经,指为源流所自,其说已涉于臆创。①

---

① 永瑢等《四库全书总目》卷一百九十二《六艺流别》提要,中华书局 1965 年版。

纪昀对于将诸种文体强纳入五经,亦深表不满,称:"此亦强为分析,似钟嵘之论诗,动曰源出某某。"①四库馆臣所论甚确,为宗经而将所有文体之产生全归于"经",实牵强附会,与文体之产生发展事实不相符合,也与他论诸种文体之产生过程相矛盾。

　　彦和文体论之主要成就,在于揭示诸种文体之实际产生与发展演变之过程,清理出诸种文体之发展史,提出他对于各种文体在发展过程中的代表作家与作品,并且提出了他对于各种文体特点的看法。他的文体论的意义就在于他全面建立起他的文体理论体系。这个体系就是他所说的:"原始以表末,释名以章义,选文以定篇,敷理以举统。"还在于他在文体的论述过程中,实际上撰写了一部文体各别史。而他的缺点,则是牵强附会地将诸种文体纳入"经"中。他把思想的渊源与文学体裁两者混淆起来了。他如果讲诸种文体的写作,都不应背离"经"的思想,那是他的思想倾向使然,可以理解。但是他将文学体裁混同于思想,则是他的宗经思想所造成的弊端。

## 三

　　《宗经篇》的核心是提出对于文章体貌的要求。宗经的目的,是使文章的体貌符合于经典的风貌。他先是昭示"经"的风范以为准则,就是上述说的《易》"旨远辞文,言中事隐";《书》记言,文义昭明;《诗》"摛风裁兴,藻辞谲喻,温柔在诵,故最附深衷";《礼》"据事制范,章条纤曲,执而后显";"《春秋》辨理,一字见义"。他所指出的五经的这些体貌特点,多是属于表现

---

① 转引自黄霖《文心雕龙汇评》页20,上海古籍出版社2005年版。

方法的特点方面,用以说明圣人的文章"辞约而旨丰,事近而喻远"。这是经书的典范所在。接着,他就提出了宗经六义。这六义,是宗经所要达到的文章的理想体貌。他说:

> 故文能宗经,体有六义:一则情深而不诡,二则风清而不杂,三则事信而不诞,四则义贞而不回,五则体约而不芜,六则文丽而不淫。

诡,是诡异不正;不诡,就是正,感情要深厚而雅正。杂,是不纯;不杂,就是纯正。风,是风力。文章中的风力是气的流动,风清,就是气的清明纯正,文章的风力要清纯①。诞,是荒诞;不诞,是真实,文章记事要真实而不荒诞。贞,是正。回,是邪曲;不回,就是不邪曲。文章的义理要雅正而不邪曲。体,文体;芜,芜杂。文体要简约而不芜杂。淫,是过分。文辞要华丽而不过分。此六义概括起来,就是宗经所要达到的目的,是为文的理想目标。

此种宗经之思想,贯穿于彦和论文之全过程。可举例如下:

《辨骚》论楚骚,谓其有合于经典四事,有不合经典四事。

《乐府》论乐府,推崇雅乐,而反对艳曲。"故知诗为乐心,声为乐体;乐体在声,瞽师务调其器;乐心在诗,君子宜正其文。'好乐无荒',晋风所以称远;'伊其相谑',郑国所以云亡。故知季札观乐,不直听声而已。若夫艳歌婉娈,怨诗诀绝,淫辞在曲,正响焉生!"

---

① 有注译者解"风"为风格,有解为风貌,有解为文风,甚至有解为作用者。我以为此处之风,应与《风骨篇》之风联系起来解读。

《诠赋》论赋,亦以雅丽为赋之标准:"原夫登高之旨,盖睹物兴情。情以物兴,故义必明雅;物以情观,故词必巧丽。丽词雅义,符采相胜,如组织之品朱紫,画绘之著玄黄,文虽杂而有质,色虽糅而有本,此立赋之大体也。"

《颂赞》论颂:"原夫颂惟典懿,辞必清铄,敷写似赋,而不入华侈之区;敬慎如铭,而异乎规戒之域。"义要雅正,辞要清丽。

《体性》:"典雅者,镕式经诰,方轨儒门者也。"他强调学文之初,一定要从雅正开始:"夫才有天资,学慎始习。斫梓染丝,功在初化;器成采定,难可翻移。故童子雕琢,必先雅制。"

《定势》:"是以镕经为式者,自入典雅之懿。"

《风骨》:"镕铸经典之范,翔集子史之术,洞晓情变,曲昭文体,然后能孚甲新意,雕画奇辞。"

《情采》:"矫讹翻浅,还宗经诰。"

《事类》:"夫经典沉深,载籍浩瀚,实群言之奥区,而才思之神皋也。"

由是我们可以看到宗经思想实为刘勰论文之一重要理论核心。

# 四

宗经的思想,非为刘勰所首倡。宗经的思想基础是圣人崇拜。在中国的古籍里,可以说圣人无处不在。仅以《四库全书》所收典籍为例,"圣人"一辞出现次数最多的是经部61937次,史部17740次,子部37063次,集部44475次,附录552次,总共161803次。"圣人"之称名,最初并非专指,此有此之圣人,彼有彼之圣人,何谓圣人,各家理解并不同。道家的圣人无为。《老子·道经》二章:"是以圣人处无为之事,行不言之教。"①《老子·德经》五十七章:"故圣人云:'我无为,人自化;我好静,人自正;我无事,人自富;我无欲,人自朴。'"②显然,老子所说的圣人,没有指名,不知为何人,但他心中的这位圣人,是无为的圣人。《管子》中的圣人,近道家。《管子·戒》:"滋味动静,生之养也。好恶喜怒哀乐,生之变也。聪明当物,生之德也。是故圣人齐滋味而时动静,御正六气之变,禁止声色之淫,邪行亡乎体,违言不存口,静然定生,圣也。仁从中出,义从外作。……是故圣人上德而下功,尊道而贱物。"③《列子》中的圣人无定指,各有各的圣人。《列子·仲尼篇》叔孙氏所说的圣人是孔子,而陈大夫所说的圣人是庚桑子。一为儒家,一为道家,各说各话④。而在《黄帝篇》中,列子又提到庖牺氏、女娲氏、神农氏、夏后氏为大圣,提到黄帝与尧能率百兽,并最早提出"圣人无所不知,无所不通"的观念⑤。不过他这里所说的这些圣人,只是古代传说中的人物。《庄子》内七篇中所指涉的圣人,与《老子》所理解的圣人相同。《齐物论》中有一段论万物齐一的著名的话,谓生与死、可与不可、是与非,都是相对而言的,从起点到终点,又从终点到起点,无穷无尽。"彼是莫得其偶,谓之道枢。枢始得其环中,以应无穷。是亦一无穷,非亦一无穷也。"他说,圣人不去判

---

① 朱谦之《老子校释》页 10,中华书局 1984 年版。
② 同上书,页 232。
③ 黎翔凤撰、梁运华整理《管子校注》页 509—510,中华书局 2004 年版。
④ 杨伯峻《列子集释》页 117,中华书局 1979 年版。
⑤ 同上书页 84—85。

断生与死、可与不可、是与非，"是以圣人不由，而照之以天，亦因是也"①。照之以天，就是任由道之自然，不去干预它。这也是无为的圣人。《庄子·大宗师》也说：万化是无所终穷的，"故圣人将游于物之所不得遁而皆存"②。就是游于道，与道同在。庄子也没有说出此"圣人"之称名。但是在《德充符》中，庄子虚构了一位被砍去脚的人叫王骀，是一位无为的圣人。有一次，常季问孔子："王骀，兀者也，从之游者与夫子中分鲁。立不教，坐不议，虚而往，实而归。固有不言之教，无形而心成者邪？是何人也？"孔子回答他说："夫子，圣人也。"③之所以说他是圣人，就因为他与道为一体。《庄子》内篇的圣人，是与道为一体的圣人。外杂篇的圣人则较为庞杂，有儒者，也有道者。《吕氏春秋》多次提到圣人全其天，知生安死。《吕氏春秋》为杂家，此处所说的圣人也仍然是道家。

圣人特指儒家，自孟子始。《孟子·公孙丑上》：公孙丑问孟子：孔子是不是圣人。孟子回答说："昔者，子贡问于孔子曰：'夫子圣矣夫？'孔子曰：'圣则吾不能。我学不厌而教不倦也。'子贡曰：'学不厌，智也；教不倦，仁也。仁且智，夫子既圣矣。'"公孙丑又问："伯夷、伊尹如何？"孟子回答说："不同道。非其君不事，非其民不使；治则进，乱则退，伯夷也。何事非君，何使非民，治亦进，乱亦进，伊尹也。可以仕则仕，可以止则止，可以久则久，可以速则速，孔子也。皆古圣人也。吾未能有行焉，乃所

---

① 郭庆藩《庄子集释》卷一下，页 66，中华书局 1981 年版。
② 同上书卷三上，页 244。
③ 同上书卷二下，页 187—188。

愿,则学孔子也。"①《公孙丑下》:陈贾见孟子,问:"周公何人
也?"孟子回答说:"古圣人也。"②《滕文公下》孟子说:"尧舜既
没,圣人之道衰。"③《尽心下》:"孟子曰:'圣人,百世之师也,伯
夷、柳下惠是也。'"④孟子所说的圣人,是施仁政、行仁义的圣
人,从尧、舜、周公、伯夷、伊尹到孔子,而特别提出以孔子为师。
这一个圣人系列,就是后来崇儒、尊经明道者所共同尊崇的圣人
系列。荀子把圣人与天道,与"经"联系起来,把尊圣宗经说又
推进了一步。《荀子·儒效》:"圣人也者,道之管也。天下之道
管是矣,百王之道一是矣;故《诗》、《书》、《礼》、《乐》之归是矣。
《诗》言是,其志也;《书》言是,其事也;《礼》言是,其行也;《乐》
言是,其和也;《春秋》言是,其微也。……天下之道毕是矣。"⑤
这种思想到汉初似有一个回潮。汉初是尚黄老的,对于儒者圣
人比较冷落。《淮南子·氾论训》与《泰族训》有对于儒家圣人
与儒家经典颇不以为然的话。《氾论训上》:"王道缺而《诗》作;
周室废、礼义坏而《春秋》作。《诗》、《春秋》,学之美者也,皆衰
世之造也。儒者循之以教导于世,岂若三代之盛哉?以《诗》、
《春秋》为古之道而贵之,又有未作《诗》、《春秋》之时。夫道其
缺也,不若道其全也。诵先王之《诗》《书》,不若闻得其言;闻得
其言,不若得其所以言。得其所以言者,言弗能言也。故道可道
者,非常道也。"在《泰族训》中,他论用"经"在随时之不同条件

---

① 朱熹《四书章句集注·孟子集注》卷三,页233—234,中华书局1983年版。
② 同上书卷三,页246—247。
③ 同上书卷六,页271。
④ 同上书卷十四,页367。
⑤ 王天海校释《荀子校释》卷四,页296—297,上海古籍出版社2005年版。

而调剂,经不应是万世不变之宗:"故《易》之失也卦,《书》之失也敷,《乐》之失也淫,《诗》之失也辟,《礼》之失也责,《春秋》之失也刺。""天覆地载,日月照,阴阳调,四时化,万物不同,无故无新,无疏无亲,故能法天。天不一时,地不一利,人不一事,是以绪业不得不多端,趋行不得不殊方,五行异气而皆适调,六艺异科而皆同道。温惠柔良者,《诗》之风也;淳庞敦厚者,《书》之教也;清明条达者,《易》之义也;恭俭尊让者,《礼》之为也;宽裕简易者,《乐》之化也;刺几辩义者,《春秋》之靡也。故《易》之失鬼,《乐》之失淫,《诗》之失愚,《书》之失拘,《礼》之失忮,《春秋》之失訾。六者圣人兼用而财制之,失本则乱,得本则治,其美在调,其失在权。"①"经"之本为温惠柔良、淳庞敦厚、清明条达、恭俭尊让、宽裕简易、刺几辩义,他认为对待"经"之态度,得其本就可以了,不必过分,过分就是权,就失本了。

尊圣宗经的思想,到了董仲舒和白虎观会议,在独尊儒术中,就进一步得到了确认。董仲舒《春秋繁露》卷一"楚庄王"正式提出奉天法古的主张:"《春秋》之道,奉天而法古。"卷十二"基义":"圣人之道,同诸天地,荡诸四海,变易习俗。"卷十三"四时之副":"圣人副天之所行以为政。"卷十七"威德所生":"行天德者,谓之圣人。……故曰:'圣人配天。'"②董仲舒把儒家圣人的地位提到与天相配的高度,尊圣也就是奉天之命以法古。《白虎通》卷七"圣人":"圣人者何?圣者,通也,道也,声也。道无所不通,明无所不照,闻声知情,与天地合德,日月合

①《道藏要籍选刊》本第五册,页101、162,上海古籍出版社1989年版。
②苏舆撰、钟哲点校《春秋繁露义证》,依次为页14、352、353、462—463,中华书局1992年版。

明,四时合序,鬼神合吉凶。"此章对儒家的"圣人"系列加以解
释:"何以知帝王圣人也?《易》曰:'古者伏羲氏之王天下也,于
是始作八卦。'又曰:'伏羲氏没,神农氏作;神农氏没,黄帝、尧、
舜氏作。'文俱言作,明皆圣人也。《论语》曰:'圣乎,尧、舜其由
病诸。'何以言禹、汤圣人?《论语》曰:'巍巍乎,舜禹之有天下
而不预焉。'与舜比方巍巍,知禹、汤圣人。《春秋传》曰:'汤以
圣德故放桀。'何以言文王、武王、周公皆圣人也?《诗》曰:'文
王受命。'非圣不能受命。《易》曰:'汤武革命,顺乎天。'汤武与
文王比方,《孝经》曰:'则周公其人也。'"①解释了圣人之所以
为圣人之后,接着便描画了从伏羲到孔子的神异的相貌。儒家
圣人的神化便从此开始。同书卷九"五经":"孔子所以定五经
者何? 以为孔子居周之末世,王道凌迟,礼义废坏,强陵弱,众暴
寡,天子不敢诛,方伯不敢伐,闵道德之不行,故周流应聘,冀行
其道德。自卫反鲁,自知不用,故追定五经,以行其道。……经
所以有五何? 经,常也,有五常之道,故曰五经。《乐》仁,《书》
义,《礼》礼,《易》智,《诗》信也。人情有五性,怀五常,不能自
成,是以圣人象天五常之道而明之,以教人成其德也。"②这样,
经书与治道便结合起来,圣、经、教三位一体,经书的地位便极大
地提高了。司马迁与班固,都有圣人承命之言说。《史记·三
代世表》:"天命难言,非圣人莫能见。"《史记·乐书》:"故圣人
作乐以应天,作礼以配地,礼乐明备,天地官矣。天尊地卑,君臣

---

① 陈立撰、吴则虞点校《白虎通疏证》"圣人",页 334—336,中华书局 1994
   年版。
② 同上书,页 444、445、447。

定矣。"①《汉书·沟洫志》:"圣人作事,为万世功,通于升物,恐难改更。"②从中我们可以看到白虎观会议定儒术于一尊之后,儒家圣人的极其崇高的地位。

彦和生活之齐梁间,儒学曾有受重视之环境。《南齐书》卷三十九《刘瓛、陆澄传论》:"永明纂袭,克隆均校,王俭为辅,长于经礼,朝廷仰其风,胄子观其则,由是家寻孔教,人诵儒书,执卷欣欣,此焉弥盛。"③此一种之环境,或者与彦和宗经思想之产生有一定之关系。

从宗经思想的发展脉络中,我们可以看到,刘勰征圣宗经主张的思想渊源。

# 五

宗经思想为我国古代文学思想之一大流脉,绵延两千年未曾断绝。对于此一种思想之认识,在古代文学思想研究中实为一难以回避之问题。

首先,此一思想产生之初始原因,乃出于政治教化之需要。定儒术于一尊之时,学术思想泛政治化,儒学成为治国之理论基石。于是圣人崇拜、圣人万能之思想自然取百家并存而代之。此种之思想,已非纯学术所能解释。圣人与王权结合,内圣外王一体,遂成为我国文化传统之一大特色。

其次,此一思想产生之初,正当文学与学术未分之时。自为

---

①《史记》卷十三,页 505,卷二十四,页 1193—1194,中华书局 1972 年版。
②《汉书》卷二十九,页 1686,中华书局 1962 年版。
③《南齐书》页 687,中华书局 1972 年版。

文之宗经而言,其着眼点侧重在思想方面。文学与学术逐渐分流之后,文学思想之一支,脱离开宗经之观念,重视文学自身之特点。此一支之文学思想,在发展的过程中,不断揭示文学的艺术特质,发展出来许多反映文学艺术特质的理论范畴与批评术语,提出来不少批评的标准。而宗经之观念,在文学发展过程中也同时存在着。

其三,当文学与学术分流之后,宗经观念之发展在内容上也丰富起来。有的注重"经"之思想,有的更注重"经"之写法。注重"经"之思想者,多从政治教化着眼。此一类之倾向,历代都有,试举一例,如明初宋濂《徐教授文集序》:"盖天地之间,有形则蔽。文者道之所寓也,道无形也,其能致不朽也宜哉!是故天地未判,道在天地;天地既分,道在圣贤;圣贤之殁,道在六经。凡存心养性之理,穷神知化之方,天人感应之机,治忽存亡之候,莫不毕书之。皇极赖之以建,彝伦赖之以叙,人心赖之以正。此岂细故也哉?"[1]有的在重"经"的思想的同时,也重"经"的写法,如韩愈之提倡古文。刘勰属于既重"经"之思想,亦重"经"之写法者。他在《宗经》中所提的宗经六义,与他贯穿于全书的宗经思想,都说明此一点。不过,他对"经"的思想的尊崇,侧重在文章思想内容的雅正,而不在治道上,是属于作文范围之内的。

其四,刘勰在提征圣、宗经的同时,还写了《正纬》和《辨骚》。写《正纬》是说在为文时可以"酌乎纬"。"酌乎纬"的意思,是说纬虽有背于经,但它"事丰奇伟,辞富膏腴,无益经典,

---

① 罗月霞主编《宋濂全集·芝园后集》卷一,页 1351,浙江古籍出版社1999 年版。

而有助文章"。写《辨骚》的目的,则更是从情感的表现与文辞的华美说。他虽然说楚辞的内容有四点违背"经",但是也有符合于"经"的。而更为重要的,他写《辨骚》的用意,乃在于补宗经之不足。"经"强调"正",《辨骚》就要在"正"之外,加上"奇"与"丽"。而这个"奇"与"丽",正是他要与"经"之雅正共同构成的他论文的理论核心。他对于楚辞的评价是非常高的,说《离骚》兼有《国风》的"好色而不淫",《小雅》的"怨诽而不乱";说"观其骨鲠所树,肌肤所附,虽取镕经意,亦自铸伟辞";说它"故能气往轹古,辞来切今,惊采绝艳,难与并能矣";说它对后来辞人,影响十分深远,"其衣被词人,非一代也"。他甚至把楚辞提到与"经"并列的地位,说:"若能凭轼以倚《雅》、《颂》,悬辔以驭楚篇,酌奇而不失其贞,玩华而不坠其实,则顾盼可以驱辞力,欬唾可以穷文致。"从此一点,我们可以看到,刘勰的宗经思想,是较为开放的。它兼容着文学与学术分流之后发展起来的艺术经验,与拘于"经"、绝对尊崇"经"的思想、完全回归于经的写法的守旧思想有别。

其五,宗经的思想在我国文学思想的发展过程中其消极作用大于其积极的作用,此一点似应引起必要之注意。我们常说历史上的文学复古是以复古为革新。此一种之说法,似应限定在某种特定之层面上。凡主张复古,必与宗经有一定之联系。唐、宋、明各朝之复古,无不如此。在复古之主张中,拘于经的思想与从经吸取某些写法,是不同的。虽名为吸取"经"之某种写法,而实已与"经"之写法存在差异,这应该区别开来。如韩愈比之宋濂,在此一问题上就表现得特别明显。韩虽主张原道,主张严格承接儒家的道统,但他的文章的写法,有许多地方已异于经典,如它的奇的一面。宋濂则规圆矩方,未敢越"经"之一步。

此其一。宗经在一定之历史时期,在社会还没有发生重大变化的时期,有其思想之一定价值。但是在社会开始发生重大变化之后,如明代后期,社会开始向着近代发展之后,思想正在发生重大之变化,再回到圣人那里,就阻碍着思想的发展了。此其二。当文学的发展越来越多样化,文体与表现手法越来越多样化的时候,回到"经"的写法,不惟毫无意义,且阻碍文学之发展比之它给文学的发展带来益处,实在不可同日而语。诗的写法,谁还回到《诗经》那里去?戏曲小说,谁还遵照"经"的模样写?此其三。社会进入近现代之后,我们对于宗经的观念,对于此一文学思想之价值,似应给予重新之思考与评价。

# 释"辞来切今"

## 一

《文心雕龙·辨骚》论《楚辞》,有如下的一段话:

> 故《骚经》、《九章》,朗丽以哀志;《九歌》、《九辩》,绮
> 靡以伤情;《远游》、《天问》,瑰诡而惠巧;《招魂》、《大招》,
> 耀艳而深华;《卜居》标放言之致;《渔父》寄独往之才。故
> 能气往轹古,辞来切今,惊采绝艳,难与并能矣。

这段话中的"辞来切今"一句,有不同之解读。而此种不同之解
读,关系到刘勰文学思想之一重要方面,即关系到他的文学思想
是与其时普遍之文学思想观念相一致,还是与之相反的问题。
现将诸家之解读举要如下:

陆侃如、牟世金注:"原文'切'是割断,'切今'和'空前绝后'
的'绝后'两字意义相近。"此句译作:"而辞藻又横绝后世。"①

---

① 陆侃如、牟世金《文心雕龙选译》页 103、100,山东人民出版社 1962 年版。
　二作者在 1981 年由齐鲁书社出版的《文心雕龙译注》中仍作此种解释。

郭晋稀未作注,此句译作:"文辞之来,独开新路。"①"切今"何以能译作"独开新路",不可解。

周振甫注:"切,切断,绝。"此句译作"文辞超越后代"②。

赵仲邑此句未作注,而译作"它的辞藻,对于未来是横绝于后世"③。

冯春田:"'切',即割绝,切断。……'轹古'、'切今',可以理解为'空前'、'绝后'。或释'切'为'切合',译'辞来切今'为'其文辞切合于今世',误。刘勰是极力反对'竞今疏古'或'摈古竞今,危侧趣诡'以及'缥缈附俗'的。因此那样作解,并不符合刘勰的思想。"④

张光年:此句译作"辞采成为绝唱"⑤。

孔祥丽、李金秋此句注作:"切今,绝后的意思。"译作:"文辞能超越后代。"⑥

按,以上数种解释,实为一共同之来源,即把"切"释为割断,因之引申为"绝后"。此一种之解释,不妥者有二:一、把"切今"释作"割断今(当前)",意谓与今没有关系,如何能解作"绝后"呢?绝的是今而非后。二、刘勰此处所论,并无"绝后"之意。此点后论。"切今"既非绝后;而"超越后代",则从文字上说,亦不可通。"后代"尚未出现,如何"超越"呢?

①郭晋稀《文心雕龙译注十八篇》页23,甘肃人民出版社1963年版。
②周振甫《文心雕龙选译》页47,中华书局1980年版。
③赵仲邑《文心雕龙译注》页48,广西人民出版社1982年版。
④冯春田《文心雕龙释义》页76,山东教育出版社1986年版。
⑤张光年《骈体语译文心雕龙》页62,上海书店2001年版。
⑥孔祥丽、李金秋《中国古典名著全译典藏图文本·文心雕龙》,中国社会科学出版社2005年版。

祖保泉:"切,恰合。……句意谓作品……辞采可润饰后人。"①

吴林伯对此句解释为"肯定'楚辞'的'辞气'能超越、切合古今"②。

祖说谓"切"为恰合,于义可通。然又释"切"作"润饰","恰合"与"润饰",义无可通处。吴说释切为切合,于义可通。而将"切今"释作"切合古今",则有悖于刘勰原意。刘勰说的是"今",并未说"古"。

李景溁此句未作注,而解作"发为文章则切合当代"③。

李曰刚此句未作注,而解为"辞章其来有自,自然切合当今"④。

王礼卿此句解作:"文辞来切今世。"⑤

詹锳:"按'切今'当指切合当前的情景。下文说:'论山水,则循声而得貌;言节候,则披文而见时。'可证。"⑥

王更生此句注:"'气往轹古,辞来切今',大意是说,其气势超迈,陵越古人,辞开来世,切合时代需要。"⑦

王运熙、周锋注:"切今,切合今人,意为适合今人学习。"译

---

① 祖保泉《文心雕龙解说》页 85,安徽教育出版社 1993 年版。

② 吴林伯《〈文心雕龙〉义疏》页 72,武汉大学出版社 2002 年版。

③ 李景溁《文心雕龙新解》,台湾翰林出版社 1968 年版。

④ 李曰刚《文心雕龙斠诠》,台湾"国立编译馆"中华丛书编审委员会 1982年版。

⑤ 王礼卿《文心雕龙通解》,台湾黎明文化事业股份有限公司 1986 年版。

⑥ 詹锳《文心雕龙义证》页 160,上海古籍出版社 1989 年版。

⑦ 王更生《文心雕龙读本》,台湾文史哲出版社 1991 年版。

作"辞采切合于今世"①。

　　按,以上数则,均解"切"为"切合",解"今"为"今世",但是所指微有差别。二李与王礼卿,都指文章切合当代,没有明说是什么切合当代,是内容,还是文辞?詹锳指切合当前情景,那是指文辞与所写情景切合。这样一来,与"气往轹古"就不是对应关系。王更生指切合当代需要。王运熙则指切合于今人学习。这些不同,说明了对于此一句之确切理解,尚存在困难。

## 二

　　"切"字在《文心雕龙》中凡二十九用,除"辞来切今"有待辨析,浅切、实切、要切、清切、新切、激切、辨切(各一例)、确切(二例)共九例与"切今"无关,另作别解外,其余十九例,"切"均不能作"切断"解。

　　《明诗》:"又《古诗》佳丽,或称枚叔,其《孤竹》一篇,则傅毅之词,比采而推,两汉之作乎?观其结体散文,直而不野,婉转附物,怊怅切情,实五言之冠冕也。"怊怅切情,是贴切地表达怊怅之情。切情,也可解作深情,切,深也。"怊怅切情",谓怊怅深情也。

　　《乐府》:"然俗听飞驰,职竞新异,雅咏温恭,必欠伸鱼睨;奇辞切至,则附髀雀跃。""奇辞切至",李曰刚译作"恳切周到的奇辞",并引《后汉书·杨震传》"震前后所上,转有切至,帝既不平之",《晋书·江统传》"申论陆云兄弟,辞甚切至"为证②。周

---

① 王运熙、周锋《文心雕龙译注》页36—37,上海古籍出版社1998年版。
② 李曰刚《文心雕龙斠诠》页303。

振甫译作"对新奇的歌辞感到切当"①。我想将此一句译为"当新奇的歌辞急促而至时"。

《祝盟》:"夫盟之大体,必序危机,奖忠孝……感激以立诚,切至以敷辞,此其所同也。""切至",王礼卿释作"剀切恳至"②,是。

《诏策》:"戒敕为文,实诏之切者。"切,峻切。

《檄移》:"观隗嚣之檄亡新,布其三逆;文不雕饰,而辞切事明。""辞切事明",有译作"辞意恳切"、"措辞恳切"者,有译作"辞句贴切"者。查《后汉书·隗嚣传》所引隗嚣《移檄告郡国》,义正辞严。此句以王运熙所译"辞句峻切"为佳。

"桓温檄胡,观衅尤切。"切,确切。

《奏启》:"若夫贾谊之务农……理既切至,辞亦通畅,可谓识大体矣。""理既切至",事理既恳切周到。

"刘隗切正。""切正",急切严正。

"若能辟礼门以悬规,标义路以植矩……何必躁言丑句,诟病为切哉!""诟病为切",有译作"以诟耻詈辱为切厉";有译作"以指责辱骂为切至";有译作"耻辱为切直"。我以为译作"以辱骂为切直"较佳。

《议对》:"公孙之对,简而未博,然总要以约文,事切而情举。""事切而情举",事理确切而感情充分表现。

《书记》:"刘廙谢恩,喻切以至。""喻切以至",王礼卿释作"运精切之多喻,以申恳至之真情"③,是。

---

① 周振甫《文心雕龙选译》页 71。
② 王礼卿《文心雕龙通解》页 200。
③ 同上书页 498。

《体性》:"显附者,辞直义畅,切理厌心者也。""切理厌心",切合事理,满足人心。

《声律》:"又诗人综韵,率多清切。""清切",清楚确切。

《比兴》:"附理者,切类以指事。""切类",切近选取类似的事例。

"何谓为比?盖写物以附意,扬言以切事者也。""切事",切合事理。

"故金锡以喻明德……凡斯切象,皆比义也。""切象",切合的形象。

"故比类虽繁,以切至为贵。""切至",十分贴切。

《物色》:"故巧言切状,如印之印泥。""切状",切合景物的形状。

《才略》:"刘向之奏议,旨切而调缓。""旨切",旨意痛切。

以上十九例,"切"字均不作切断解,从中或可见刘勰用"切"字之习惯。

# 三

持"辞来切今"的"切"作切断解,释"辞来切今"为横绝后世、超越后代者,主要根据是《体性》篇论及文之"八体"时对其中"新奇"一体之解释:"新奇者,摈古竞今,危侧趣诡者也";和《通变》篇论及历代文风时,称"从质及讹,弥近弥淡。何则?竞今疏古,风末力衰也"。我们来对此两处论据做一点分析。

《体性》篇一例,是专就八体中的新奇一体而言的。八体是典雅、远奥、精约、显附、繁缛、壮丽、新奇、轻靡。此八体,彦和将之归纳为四对:故雅与奇反,奥与显殊,繁与约舛,壮与轻乖。他说:"文辞根叶,苑囿其中矣。"他只是说此八体可以包括所有文章的风貌,并没有说哪一体好与不好。黄侃《文心雕龙札记》对此有精确之论述。他说:"八体之成,兼因性习,不可指若者属辞理,若者属风趣也。又彦和之意,八体并陈,文状不同,而皆能成体,了无轻重之见存于其间。下文云:雅与奇反,奥与显殊,繁与约舛,壮与轻乖。然此处文例,未尝依其次第,故知涂辙虽异,枢机实同,略举畛封,本无轩轾也。"①彦和说的是八体构成两两对应的四对,并没有说每一对中任何一方好与不好。这从《文心雕龙》其他篇的有关论述中,可以得到证明,例如:雅与奇反。雅是彦和所倡导的文章体貌,《宗经》篇的六义,核心就是雅正。《明诗》篇:"若夫四言正体,则雅润为本。"《章表》篇:"表体多包,情伪屡迁,必雅义以扇其风,清文以驰其丽。"在《诠赋》篇中,他称赞班固的赋:"孟坚《两都》,明绚以雅赡。"在《体性》篇中,他还称赞班固:"孟坚雅懿,故裁密而思靡。"在《才略》篇中,他称赞刘琨:"刘琨雅壮而多风。"雅,是彦和最为推崇的艺术风貌。那么与雅相对的奇呢? 奇,他也并未反对。在《诸子》篇中,他称赞列子:"列御寇之书,气伟而采奇。"《才略》篇赞陆贾:"汉室陆贾,首发奇采,赋孟春而选典诰,其辩之富矣。"《风骨》篇论风骨,亦未排斥奇辞:"若夫镕铸经典之范,翔集子史之术,洞晓情变,曲昭文体,然后能孚甲新意,雕画奇辞。"当然,他要求奇而有度,"酌奇而不失其贞"(《辨骚》),奇而不失正。王礼卿释新奇一品,谓:"新谓异前,奇谓独秀,故凌迈古今,自辟新径,异于常轨,为新奇之体。"②礼卿解《文心雕龙》,往往得其神

①黄侃《文心雕龙札记》页95。
②王礼卿《文心雕龙通解》页537。

髓，而不斤斤于字面之含义。作为与雅相对的奇，彦和并未反对。可见，雅与奇虽是两种相反的文章体貌，彦和并不扬此而抑彼。其他三对体貌亦应作如是观。由是可知，以新奇一品的"摈古竞今"作为彦和反对"今"之证据，从而释"辞来切今"之"切"为切断，似可商榷。

刘勰的文学史观与他的创作理论，本来就存在着内在的矛盾。他在《通变》篇中说"竞今疏古，风末力衰"，是对刘宋文风作了批评了。但是我们再看他《通变》全篇立论之用意，就会发现，他通篇要讲的重点其实是"变"。《通变》篇一开头就说："夫设文之体有常，变文之数无方，何以明其然耶？凡诗、赋、书、记，名理相因，此有常之体也；文辞气力，通变则久，此无方之数也。"他讲的有常之体，是明确的指诗、赋、书、记等文体固有的基本要求。我们如果考察他的文体论，就叫清楚地看到他对每一种的文体，都有基本的要求。如诗，是四言正体，则雅润为本，五言流调，则清丽居宗。对赋的要求，是丽词雅义，文虽杂而有质，色虽糅而有本。对盟体的基本要求是序危机，奖忠孝，共存亡，戮心力，感激以立诚，切至以敷辞。对于箴铭的要求是箴全御过，故文资确切；铭兼褒奖，故体贵弘润。对碑的基本要求是标序盛德，必见清风之华；昭记鸿懿，必见峻伟之烈。对于论体的基本要求是义贵圆通，辞忌枝碎，必使心与理合，弥缝莫见其隙；辞共心密，敌人不知所乘。对于檄的基本要求是植义扬辞，务在刚健。插羽以示迅，不可使辞缓；露板以宣众，不可使义隐。必事昭而理辨，气盛而辞断。对于章表的基本要求是章以造阙，风矩应明；表以致禁，骨采宜耀。是以章式炳贲，志在典谟，使要而非略，明而不浅；表包多体，情伪屡迁，必雅义以扇其风，清文以驰其丽，等等。每种文体都有对它的基本要求。这些要求，主

要是从写法与风貌上说的。这就是彦和在《通变》篇中所说的
"有常之体"。"名理有常",是说各体文章有其基本的要求,所
以"体必资于故实"。但是只承认体之有常还不够,还应该承认
"变"。所以他又说:"文辞气力,通变则久。"这里的"通变",不
是指通与变,而是说通于变。文辞气力,有变才能留之久远。
"文辞气力"指什么呢? 就是指辞采和情意,这些都要变。王礼
卿释此,谓"一代有一代之文风,一人有一人之文格,可使文运
绵延久远,即是无方之义"①。刘勰是认识到通于变乃文章发展
的必然趋势了。他论及历代文风之不同:"榷而论之,则黄、唐
淳而质,虞、夏质而辨,商、周丽而雅,楚、汉侈而艳,魏、晋浅而
绮,宋初讹而新。从质及讹,弥近弥淡。"正是从这一文风的发
展变化中,他提出了对"摈古竞今"的批评。但是,也是在同一
篇中,在带有全篇思想总结性质的"赞"中,他又说:

　　　　望今制奇,参古定法。

"望今制奇",与批评"摈古竞今",不是互相矛盾吗? 既批评"竞
今",何以又"望今"? 既要"矫讹翻浅",何以又要"制奇"? 这
正是彦和思想的内在矛盾处。他要宗经,但又看到文学发展的
现实。他是承认这种现实的。这只要举一例即可加以说明。当
他论述各种文体的发展时,他承认每一种文体,都不可避免地在
发展过程中发生了体的变化,都是从雏形到成熟,甚至成熟之
后,也还发生变化;或者还在变化的过程中与他种文体互相渗
透。这就说明他虽宗经,而并未否定发展的事实。我们还可举

---

① 王礼卿《文心雕龙通解》页 571。

出一例:他专门写了《声律》、《丽辞》、《夸饰》、《事类》、《练字》诸篇。写上述诸篇,意义在什么地方呢? 意义就在于说明,他十分地重视文学发展了的事实。我们知道,声律问题的提出,在齐永明年间,距刘勰声律论之作,不过十年左右。在文学的艺术特质的发展过程中,这是一个十分重大的发现。虽然此一发现经历过漫长的过程,但是沈约等人从理论上加以表述,则正说明诗歌艺术的发展对声韵格律的认识已经到了水到渠成的时候,借助于实际的经验,沈约等人才能作出理论上的表述。这是文学发展中"今"的最新成果。刘勰很快地注意到了这个问题,并且就此提出了自己的看法。此一点,正很好地说明着他对于"今"的重视。他并未反对"今"。

要而言之,以彦和批评"摈古竞今"与"竞今疏古"来证明他否定"今",从而释"辞来切今"的"切今"为切断今,为与今决绝,理由并不充分,是没有看到彦和思想的内在矛盾,也没有看到他的主要思想倾向是重视文学发展了的事实。

# 四

彦和的文学思想,在许多的方面,与他所处时代的文学思想新潮并不矛盾。研究者或因其宗经之理念,而推知其文学观念为复古,称其撰写《文心雕龙》,乃是为了纠正当时颓弊之文风。这是不确的。刘勰宗经,以经为法;但他也并未否定文学发展的事实。正好相反,他处处注意文学发展的事实。《文心》一书,论作家作品,主要止于东晋。但有数处,他也提及宋。《明诗》篇提及宋的一段:

宋初文咏,体有因革,庄老告退,而山水方滋;俪采百字之偶,争价一句之奇,情必极貌以写物,辞必穷力而追新,此近世之所竞也。

此一段描述,曾被研究者作为彦和批评宋代文风的实例。其实,此一段描述,只是一种中性的言说,并无贬抑的性质。他看到山水诗代玄言诗而兴起。他对于山水诗并无否定的意思。他甚至说过江山有助于文思的话。在《物色》篇中,他在论述物色动人,因物而感,因感而兴发文思时,说应该做到入兴贵闲而析辞尚简,应该做到物色尽而情有余。接着便说:"若乃山林皋壤,实文章之奥府。"也是在《物色》篇中,他肯定了宋代山水描写的成就:"自近代以来,文贵形似。窥情风景之上,钻貌草木之中;吟咏所发,志惟深远;体物为妙,功在密附。故巧言切状,如印之印泥,不加雕削,而曲写毫芥。"从这些都可以看到他对"今"的肯定的一面。

他对华辞丽藻,也并不一概否定。他说楚辞是"惊采绝艳,难与并能",肯定其辞采之美。他说到诗的发展,是越往后文采越华美:"英华弥缛,万代永耽。"他在《诠赋》篇中赞赏徐幹的文采,说是"伟长博通,时逢壮采";赞赏郭璞,说"景纯绮巧,缛理有余"。他论赋之要,是"丽辞雅义,符采相胜"。在《哀吊》篇中,他赞赏祢衡的《吊张衡文》:"缛丽而轻清。"《杂文》篇赞赏枚乘的赋:"及枚乘摘艳,首制《七发》,腴辞云构,夸丽风骇。"《诏策》篇赞赏卫觊的《为汉帝禅位魏王诏》:"卫觊禅诰,符采炳耀,弗可加矣。"自古及今,他都并未否定丽辞。在《封禅》篇中,他对此有一个明确的表述:"使意古而不晦于深,文今而不坠于浅。"此处虽对封禅文而言,但意古文今之说,却是彦和《文心雕

龙》一书的主要思想倾向。对于"今"之不否定,在《时序》篇中有明晰之表述:

> 自宋武爱文,文帝彬雅,秉文之德,孝武多才,英采云构。

他虽说"自明帝以下,文理替矣"。但接着又说:

> 尔其缙绅之林,霞蔚而飙起;王、袁联宗以龙章,颜、谢重叶以凤采,何、范、张、沈之徒,亦不可胜也。

对于宋代的一大批文人都加以肯定。接下来他赞扬齐代"并文明自天,缉熙景祚","今圣历方兴,文思光被……唐虞之文,其鼎盛乎!"身处齐代,大加颂美,自可理解,可以不把他的说法当作对于齐代文风的评价。但是论宋代,却并不存在必须颂美的问题。因之,把他对于宋代文学的评价,看作他对"今"的看法,是可以的。

从刘勰在《文心雕龙》一书中对"切"字的习惯用法,从他对文学的发展过程的看法,从他对声律、丽辞等的看法,也从他文学思想的内在矛盾看,将"辞来切今"的"切",释为"切合",意谓文辞之来,切合于今,似更合于彦和之本意。

# 释"五言流调"

## 一

《文心雕龙·明诗》在论述历代诗风与代表作品之后,给了理论的概括,称:"故铺观列代,而情变之数可鉴;撮举同异,而纲领之要可明矣。"意谓考察列代诗歌,可知诗歌的发展变化,比较诗人诗作之异同,可悟为诗之大要。彦和盖欲以诗歌发展之事实,论诗之准的,原始以表末,选文以定篇,而后敷理以举统。故接以如下一段:

> 若夫四言正体,则雅润为本;五言流调,则清丽居宗。华实异用,唯才所安。故平子得其雅,叔夜含其润;茂先凝其清,景阳振其丽;兼善则子建、仲宣,偏美则太冲、公幹。然诗有恒裁,思无定位,随性适分,鲜能圆通。若妙识所难,则其易也将至;忽以为易,其难也方来。

这一段明白提出他理想的诗歌风格:四言应该雅润,五言应该清丽。而能否达到此一理想之风格,则取决于作者之才性。他并且举出了雅润与清丽的代表人物,以证明随性适分,因才性而决定诗歌之格调。这是《明诗》篇中一段非常重要的话。它反映了刘勰对于诗歌体式的看法,进而又反映了他的诗歌发展观。但是对这一段话中"五言流调"这关键的一句,学术界产生了歧解,从而对刘勰的诗歌发展观作出了不同的解释。

"五言流调"指什么? 较早的黄侃《文心雕龙札记》引挚虞《文章流别论》谓:"雅音之韵,四言为正,其余虽备曲折之体,而非音之正也。"①挚虞论诗,涉及《诗经》与乐府,他所引例诗,除《诗经》外,别无他篇。他是宗经的,论诗以经为准,并未着眼于魏晋兴起的五言诗。因此,他所说的正与非正,是指乐声而言的。他明言:"夫诗虽以情志为本,而以成声为节。"接着才说到正与非正的问题。所谓曲折其体,亦指乐声而言。盖谓《诗经》中虽有杂言,有的亦可入乐(他举出不可入乐的九言一例,可见他认为其余杂言,是叮入乐的),但已非雅止之声。用挚虞的这段话,来解释彦和的"四言正体,则雅润为本;五言流调,则清丽居宗",便把雅润与清丽都解释成乐声的风格特色了,显然与彦和的本意不符。范文澜注此,亦引上述挚虞之言,而把"而非音之正也"改为"而非音韵之正也"。此改未知何所据。《艺文类聚》卷五十六引挚虞此语,作"音"而非"音韵"。作"音韵"就可理解为兼指声律而言,不一定专指乐声了。而挚虞尚未注意及声律问题。

问题就落在彦和所言"雅润"、"清丽"究系指乐声抑或指诗之风格上来。我们先来看《明诗》篇所论。《明诗》篇论诗之发展,首及古乐,葛天乐词、《云门》、《大章》、《南风》,均有乐声。继而论《诗》,当然也是兼指诗乐。继而又论五言诗之发展。论

---

① 黄侃《文心雕龙札记》页29,中华书局1962年版。

五言诗之发展时,建安而后,只及词情,而未及乐声,谓其"造怀指事",谓其"驱辞逐貌";而不同于《乐府》篇论乐府时之所谓"宰割辞调"。论正始,谓"诗杂仙心"、"辞谲义贞",言辞言义,亦未及乐声。论西晋之诗,谓其"采缛"、"力柔";论东晋之诗,谓其"崇盛忘机之谈",言其"雕采"、"辞趣",唯未及乐声。末论宋初,亦仅涉辞情而已。盖汉魏以往,乐府与诗逐渐分途,乐府诗有入乐者,有不入乐者;而诗则大体与乐分离。胡应麟谓:"诗亡乐废,屈、宋代兴,《九歌》等篇以侑乐,《九章》等作以抒情,途辙渐兆。至汉《郊祀十九章》、《古诗十九首》,不相为用,诗与乐府,门类始分,然其体未甚远也……魏文兄弟崛起,建安拟则前规,多从乐府。……自是有专攻古诗者,有偏长乐府者。"①谢章铤谓:"上古诗与乐合……其后文人不审音,不能不别立乐府,于是有合乐之诗,有不合乐之诗。"②诗之与乐分离,由唱而转为吟咏。我们在六朝人的文章里,常读到关于诗的吟咏的材料。晋人的兰亭之会,曲水流觞,《序》明言:"一觞一咏。"咏,指吟咏。预此会者四十二人,赋诗者二十六,诗之作,即吟咏得之。孙绰《兰亭后序》亦言:"原诗人之致兴,谅咏歌之有由。"(《艺文类聚》卷四)从他们的诗中可以证明这一点。王蕴之《兰亭诗》:"仰咏挹余芳,怡情味重渊。"王肃之《兰亭诗》:"吟咏曲水濑,渌波转素鳞。"袁峤之《兰亭诗》:"微音迭咏,馥焉若兰。"谢灵运亦多咏诗,《陇西行》:"善歌以咏,言理成篇。"谢灵运的一些乐府,可能是入乐的,一些则并不入乐,而

---

① 胡应麟《诗薮》内编卷一,页13,上海古籍出版社1958年版。
② 谢章铤《赌棋山庄词话》卷十二,唐圭璋编《词话丛编》页3475,中华书局1986年版。

只能咏歌。王僧达《答颜延年》:"欢此乘日暇,忽忘逝景侵。
幽衷何用慰,翰墨久谣吟。栖凤难为条,淑貌非所临。诵以咏
周旋,匣以代兼金。"他与颜延之的唱和诗,当也是用于吟诵
的。萧子良《行宅诗序》谓:"往岁羁役浙东,备历江山之美,
名都胜境,极尽登临,山原石道,步步新情,回池绝涧,往往旧
识,以吟以咏,聊用述心。"《行宅诗》为五言,从《序》看,或当
是登临之际于吟咏间得之。颜之推批评其时之部分文人,谓:
"一事惬当,一句清巧,神励九霄,志凌千载,自吟自赏,不觉更
有旁人。"又说:"王籍《入若耶溪》诗云:'蝉噪林逾静,鸟鸣山
更幽。'江南以为文外断绝,物无异议。简文吟咏,不能忘
之。"①萧统《答晋安王书》也说:"得五月二十八日疏并诗一首,
省览周环,慰同促膝。汝本有天才,加以爱好,无忘所能,日见其
善,首尾裁净,可为佳作,吟玩反复,欲罢不能。"②可见,不论作者
还是鉴赏者,都是吟咏的。

　　以上这些都说明:《明诗》篇"四言以雅润为本,五言以清丽
居宗",并非指乐声之雅润或清丽,以挚虞的诗论注解是不
确的。


<h1 style="text-align:center">二</h1>


　　四言"雅润"与五言"清丽"指什么,涉及他对四言体式与五

---

① 颜之推撰、王利器集解《颜氏家训集解》卷四《文章》九,页 222、273,上
　海古籍出版社 1980 年版。
② 严可均辑《全上古三代秦汉三国六朝文·全梁文》卷二十,页 3064,中华
　书局 1958 年版。

言体式的评价,和"五言流调"的解释也有关系。这是需要弄清的又一个问题。要弄清这个问题,我们必须从他所举的例子中来了解。他说:"故平子得其雅,叔夜含其润;茂先凝其清,景阳振其丽;兼善则子建、仲宣,偏美则太冲、公幹。"论张衡与嵇康,承上"四言正体"之"雅润"而来,指此二人之四言诗。论张华与张协,承上"五言流调"之"清丽"而来,指此二人之五言诗。张衡四言诗,逯钦立《汉诗》卷六收诗四首,其中两首一为《思玄赋》,一为《东巡诰》中的插歌,严格说,不应属独立成篇的四言诗。一首为断句。只有《怨诗》为残篇,托秋兰以嘉美人,嘉而不获,发为怨情。张衡著述不多,《后汉书·张衡传》称:"所著诗、赋、铭、七言、灵宪、应间、七辩、巡诰、悬图凡三十二篇。"张衡以赋见称,诗非其所长,从目前存留的篇章看,赋占有很大比重,诗原来数量恐怕就不多。从现存《怨诗》残篇看,所谓"雅",当是指其情思之温润中和。"猗猗秋兰,植彼中阿。有馥其芳,有黄其葩。虽曰幽深,厥美弥嘉。之子云远,我劳如何。"慕其美质,而叹其不可获致。"劳",劳思,忧思。谓中心忧思,无可如何。残句又谓:"我闻其声,载坐载起。"言语质实,而一往情深。"同心离居,绝我中肠。"此或有所指,因残篇而未明所指为何。"愿言不获,终然永思。"仍然表现一种极想得到,虽无法得到而常相思念的不可已之情怀。从残篇看,张衡四言,属于怨而不怒、哀而不伤一类格调。《明诗》说:"张衡《怨》篇,清典可味。""清典",就是清正。彦和所谓"雅",就是儒家所说的雅正中和,是指思想感情的格调说的。嵇康四言诗,为晋宋四言诗之最高典范。历代论者论嵇诗,往往谓其清峻。钟嵘称:"嵇中散

诗颇似魏文,过为峻切。"①刘熙载称:"叔夜之诗峻烈。"②彦和
《体性》称:"叔夜俊侠,故兴高而采烈。"《明诗》亦称:"嵇志清
峻。"而此谓"叔夜含其润"。"润",如何理解?周振甫译作"和
润"③;牟世金译作"润泽"④;郭晋稀译作"温润",《注》谓:"清
远、清峻,即所谓'叔夜含其润'也。"⑤李曰刚与王更生也都译作
"温润"⑥。王礼卿引何义门、沈德潜、邵长蘅诸人论嵇康诗之
后,谓:"曰秀,曰俊,曰清峻,皆摄于'润'义中,故谓为'叔夜含
其润'也。"⑦是则"润"与"清峻"又同义。嵇诗今存四十二首,
其中四言诗三十首⑧。这三十首四言诗,所写之感情状态各有
不同,有的慷慨,有的优游。《兄秀才公穆入军赠诗》十九首之
十:"良马既闲,丽服有晖,左揽繁弱,右接忘归。风驰电逝,蹑
景追飞。凌厉中原,顾眄生姿。"这属于前者。之十五:"流磻平
皋,垂纶长川。日送归鸿,手挥五弦。俯仰自得,游心太玄。"
《酒会诗》七首之二:"淡淡流水,沦胥而逝。泛泛柏舟,载浮载
滞。"这属于后者。有的则又抑悒怨愤,如《怨愤诗》。但不论所
写者为何种之感情状态,在嵇康的四言诗里,都有着一种明净的

①陈延杰《诗品注》卷中,页 32,人民文学出版社 1980 年版。
②刘熙载《艺概·诗概》页 53,上海古籍出版社 1978 年版。
③周振甫《文心雕龙注释》页 59,人民文学出版社 1981 年版。
④陆侃如、牟世金《文心雕龙译注》上册,页 71,齐鲁书社 1981 年版。
⑤郭晋稀《文心雕龙注译》页 67,甘肃人民出版社 1982 年版。
⑥李曰刚《文心雕龙斠诠》页 253,台湾"国立编译馆"中华丛书编审委员
　会 1982 年版;王更生《文心雕龙读本》页 100,台湾文史哲出版社 1991
　年版。
⑦王礼卿《文心雕龙通解》页 113,台湾黎明文化事业股份有限公司 1986
　年版。
⑧《重作四言诗七首》原题《秋胡行》,我没有把它算在四言诗之内。

格调,或者说明净的感情境界,都洞彻出他的高洁的人格。辞采美丽,而表达的感情却质朴真挚,没有任何的伪饰,完全地返归自然,返归于人性的最没有掩饰的一种状态。这是一种感情的纯正状态,给人以醇厚静谧、自然神丽之感。我想用王夫之论嵇康诗所说的"清光如月"来形容是恰当的。这种明净醇厚、自然神丽的感情境界,我想就是"润"吧。"润"相对于"枯"而言,状其神韵之丰满、美润。窦蒙释"润"为"旨趣调畅"①。自此一角度言之,"润"有丰润之义,指其情思之浓郁纯厚。"润",明润,亦相对于暗晦言,指其情思之明净纯正。我想,彦和所说的"叔夜含其润",大概就是指其四言诗感情的浓郁醇厚、明净纯正吧。而这一点,正可与"雅"结合,成为"雅润",是对四言诗提出了情思要中和纯正的要求。

　　逯钦立《晋诗》收张华诗二十七首,断句三。从这些作品中我们可以推测到张华五言诗的"清"的特点。所谓"清",殆指情思格调之清丽、清虚而言。张华诗,在表现人生理想境界时,心境超脱而情思悠远。《答何劭》:"散发重阴下,抱杖临清渠。属耳听莺鸣,流目玩鯈鱼。从容养余日,取乐于桑榆。"《赠挚仲洽》:"君子有逸志,栖迟于一丘。仰荫高林茂,俯临渌水流。恬淡养玄虚,沉精研圣猷。"皆向往于摆脱世务,返归自然的生活。这就是清虚。张诗在表现儿女情怀时,缠绵美丽:"兰蕙缘清渠,繁华荫绿渚。佳人不在兹,取此欲谁与?巢居知风寒,穴处识阴雨。不曾远别离,安知慕俦侣!"(《情诗》)"昔柳生户牖,庭内自成阴。翔鸟鸣翠隅,草虫相和吟。心悲易感激,俯仰泪流衿。愿托晨风翼,束带侍衣衾。"(同上)《诗源辨体》评张华诗,

─────────

① 窦蒙《述书赋语例字格》,张彦远《法书要录》卷六,文渊阁四库全书本。

称其"犹恨其儿女情多,风云气短",大概指的就是情思的美丽。可见,彦和所说的"茂先凝其清",是就其情思格调的清虚、清丽说的。

至于张协的诗,则向以情辞美丽著称。钟嵘称其:"风流调达,实旷代之高手。辞采葱倩,音韵铿锵,使人味之,亹亹不倦。"逯钦立《晋诗》收其诗十三首,断句二。丽词佳句,比比皆是。《杂诗》:"浮阳映翠林,回飙扇绿竹。飞雨洒朝兰,轻露栖丛菊。""密雨如散丝"、"秋草含绿滋"、"胡蝶飞南园",都是千古传诵的名句。彦和所说的"景阳振其丽",当然是指其情词的秀美华丽而言的。

从上面对"雅"、"润"、"清"、"丽"的理解,我们可以了解,彦和所说的"雅润"、"清丽",都是就情思格调说的。而他对情思格调的态度,反映出他文学思想的基本倾向。他重视雅正,但也重视清丽。他所理解的"雅正",既包含着宗经的思想内涵,亦包含着其时文学思想发展中所追求的自然醇美、雅正中有润的审美趣味。至于他对清丽的理解,则完全地代表着其时文学审美的主要方向。南朝作者,无不肯定辞采的华美清丽。钟嵘论诗,虽贵风力、重自然英旨,然并重华美清丽。论曹植,谓其"辞采华茂";论陆机,谓其"举体华美";论张华,谓"其体华艳";论张翰、潘尼,谓其"文采高丽";论陶潜,谓其"风华清靡";论范云,谓其"清便宛转,如流风回雪";论丘迟,谓其"点缀映媚,似落花依草";论王融、刘绘,谓其"词美英净"。从这些,我们可以看出,钟嵘对于清便华丽持赞许的态度。汤惠休赞美谢灵运、颜延之,谓谢如"芙蓉出水",谓颜如"错彩镂金",说的也是清丽。《宋书·谢灵运传》论延之,谓其"文辞藻丽";沈约是崇尚丽辞的,《宋书·谢灵运传》论潘、陆,谓其"缛旨星稠,繁文

绮合"。他特别推崇谢朓,赞美谢朓的诗论:"好诗圆美流转如
弹丸。"①圆美流转,既指声调的流便婉转,亦指辞采的润泽秀
美。他称赞刘杳的赞:"辞采妍富,事义毕举,句韵之间,光影相
照。"②萧统《文选》选文的标准之一,也就是辞采之美。萧绎论
文,更是主张辞采美丽的典型。他说:"至如文者,唯须绮縠纷
披,宫徵靡曼,唇吻遒会,情灵摇荡。"可以说,南朝作者的审美
追求,是沿着陆机"诗赋欲丽"的方向发展的。而刘勰"清丽"的
主张,与此一趋向正相一致。

三

　　以上我们说明了"雅润"、"清丽"指诗的情词格调,属于作
品的体貌问题。并且说明了刘勰对清丽持赞赏的态度,与其时
文学思想的发展相一致。以下,我们将要来说明"五言流调"的
确切含义。

　　"流调",牟世金译作"常见格调";周振甫1980年译本译作
"流行格调";郭晋稀、王更生译与周同;李曰刚亦译作"流行格
调",而注则称:"流调犹言别调,亦即别体。"周振甫先生1981
年出版的《注释》则注作:"五言诗是四言诗的流变。"王礼卿译
作"流丽之格调";詹锳则以为是"流行的曲调"。如前所述,"雅
润"与"清丽",均非指乐声,以"流行的曲调"来解"流调",显然
是不确的。"流调"是对"正体"而言,指体制而非指体貌,因之
用"流丽的格调"来解亦难通,"流丽"指体貌。"常见格调"、

---

①《南史》卷二十二,页609,中华书局1975年版。
②《梁书》卷五十,页715,中华书局1973年版。

"流行格调"说亦难通。自词语之对应关系言,"常见"的对应词是"少见";"流行"没有对应词,但无论如何不能与"正"相对。"正"的对应词是"变"、是"邪"、是"淫"、是"反"。刘勰在这里用的是传统的说法,他是指"正"、"变"而言的。他认为,四言是正体,五言是变调,亦即别调、别体。李曰刚与周振甫先生的"别调"、"流变"之说是正确的。"正"、"变"之说,始于毛、郑,盖以时论诗的一种说法。政之兴衰,诗之美刺,发于诗为正变。后代对于正变之说颇不以为然,意谓夫子删诗,原无所谓正变,汉儒附会,与诗之本义不合。宋儒有以正变论唐诗者,叶燮已言其谬。彦和以正体、流调论四言五言,与汉儒正变之义已完全不同。汉儒以政之兴衰、诗之美刺言正变,带有褒贬之意,褒正而贬变。而彦和则毫无褒贬之意。彦和之所谓正体,实为本体,即原有体式之意,谓诗之原有体式,就是四言;五言乃诗之别体。所谓别体,带有从四言流变而来的意思。因此,把"流调"解释成"流行曲调",并且认为"刘勰此处虽然四言五言并重,但'正体'、'流调'之别,还是一种正统看法,不免为时代所局限的"(詹锳《文心雕龙义证·明诗》篇注),是不正确的。因为这一问题牵连到对刘勰诗歌思想的评价,故一并提及。

# 释《章表》篇"风矩应明" 与"骨采宜耀"

## ——兼论刘勰的杂文学观念

刘勰在《文心雕龙·章表》中论章表,有如下的一段话:

> 原夫章表之为用也,所以对扬王庭,昭明心曲。既其身文,且亦国华。章以造阙,风矩应明;表以致禁,骨采宜耀。循名课实,以文为本者也。是以章式炳贲,志在典谟,使要而非略,明而不浅。表体多包,情伪屡迁,必雅义以扇其风,清文以驰其丽。然恳恻者辞为心使,浮侈者情为文屈。必使繁约得正,华实相胜,唇吻不滞,则中律矣。

这一段话是他对于章与表这两种文体提出的基本要求。其中"章以造阙,风矩应明;表以致禁,骨采宜耀"一句,研究者有不同之解读。而此一种之不同解读,实关乎刘勰之章表观,且最终与他的杂文学观有关系。

一

我们先来大略了解学术界对"风矩应明"与"骨采宜耀"的

解读。

　　李曰刚解"风矩",谓:"犹风范,谓风格矩范也。"①詹锳同此解②。对于"骨采",李曰刚称:"骨谓事义,《风骨篇》论之;采,文采,《情采篇》论之。"③

　　詹锳则解"骨采"作辞采,谓:"《风骨篇》:'若骨采未圆,风辞未练。''骨采'为具有刚性美的文章辞采。"④

　　赵仲邑译"风矩"为风格,"骨采"为文采⑤。

　　牟世金注:"风,教化。矩,画方形的器具,引申为法则。"而译此句为:"把谢恩的'章'送到朝廷,感化意义应该明显;把陈请的'表'呈上皇宫,骨力辞采应该显耀。"⑥

　　王礼卿解此句为:"章以造阙廷陈谢,故风度矩矱,应主光明;表以达宫禁陈请,故骨力文采,宜于照耀。"⑦

　　工运熙、周锋释此句为:"风矩,风格和感情的表现方式。""骨采,骨力劲健而有文采。"⑧

　　林杉释此句,称:"风矩,风姿和矩式。矩,规矩、矩式。"风矩应明:"风姿和矩式应当明朗。"骨采宜耀:"骨力和辞采应当

① 李曰刚《文心雕龙斠诠》上册,页962,台湾"国立编译馆"中华丛书编审委员会1982年版。
② 詹锳《文心雕龙义证》中册,页843,上海古籍出版社1989年版。
③ 李曰刚《文心雕龙斠诠》上册,页963。
④ 詹锳《文心雕龙义证》中册,页843。
⑤ 赵仲邑《文心雕龙译注》页204,广西人民出版社1987年版。
⑥ 陆侃如、牟世金《文心雕龙译注》下册,页23—24,齐鲁书社1982年版。
⑦ 王礼卿《文心雕龙通解》页428,台湾黎明文化事业股份有限公司1986年版。
⑧ 王运熙、周锋《文心雕龙译注》页205,上海古籍出版社1998年版。

显耀。"①

周振甫释"风矩"为"风格规范"②。

郭晋稀释此句,称:"风矩与骨采为对文,风应指作品风情倾向,矩应指仪态。骨应指事义,采应指文采。"③

上引诸家之解读,对于"风矩"的解释可分为三类,一是理解为风格矩范,如李曰刚、詹锳、赵仲邑和王礼卿(与此种解读相近的是林杉,不过换风格为风姿)。

二是理解为风教,如牟世金。

三是理解为风情仪态,如郭晋稀。

介于第一种与第三种之间,既取风格,亦取感情的是王运熙。

而对骨采的理解,也有三种。一是指事义文采,如李曰刚、郭晋稀。

二是指骨力辞采,如牟世金、王礼卿、林杉、王运熙。

三指文采,如赵仲邑;詹锳则特指具有刚性美的文采。

以上诸家之解读,何者更符合于刘勰之原意,似可讨论。

# 二

我们先从刘勰在《章表》篇中"选文定篇"之取向,来窥测他对于章、表这两种文体所提出的理想写法,从而来了解"风矩应明"与"骨采宜耀"之真实含义。

---

① 林杉《文心雕龙文体论今疏》页 314,内蒙古教育出版社 2000 年版。
② 周振甫《文心雕龙注释》页 248,人民文学出版社 1981 年版。
③ 郭晋稀《文心雕龙注译》页 269,甘肃人民出版社 1982 年版。

刘勰首先举出左雄与胡广的章奏。但是这两处,他都并没有展开论述他们的章奏有何特点,美在何处。他说"左雄奏议,台阁为式",是指左雄每有奏议,宫中以之为法式。他说"胡广章奏,天下第一",是汉安帝曾说过胡广章奏天下第一的话,刘勰只是引以评论,别无他意。此两处,只不过是说他们两人长于章奏而已。举曹魏之章奏,始论及特点:

> 至于文举之荐祢衡,气扬采飞;孔明之辞后主,志尽文畅;虽华实异旨,并表之英也。琳、瑀章表,有誉当时;孔璋称健,则其标也。陈思之表,独冠群才。观其体赡而律调,辞清而志显,应物制巧,随变生趣,执辔有余,故能缓急应节矣。

孔融《荐祢衡表》,以其气势之壮大,为历代论者所赞许。此表开篇"臣闻洪水横流,帝思俾乂"一句,口气之大,足以使人骇异。以禹之治水拟祢衡之才能,有拟于不伦之感。但是接下去列举祢衡之才能,论其天资,则称:"目所一见,辄诵于口;耳所暂闻,不忘于心。性与道合,思若有神。"论其道德操守,则称:"忠果正直,志怀霜雪。见善若惊,疾恶若仇。"论其能力,则称:"鸷鸟累百,不如一鹗。使衡立朝,必有可观。飞辩骋辞,溢气坌涌;解疑释结,临敌有余。"最后说朝廷不可不用祢衡:"钧天广乐,必有奇丽之观;帝室皇居,必蓄非常之宝。"这一系列极尽赞美之辞,以强烈的感情耸动视听,使人不得不为之动心。清人何焯论《荐祢衡表》,谓"章表多浮,此建安文敝,特其气犹壮"①。

———————————

① 何焯《义门读书记》卷四十九,页712,上海古籍出版社1992年版。

"多浮"指夸张之辞语。"气壮",亦刘勰所说"气扬"之意。气扬,指感情激越。"采飞",则指其辞语极强之动感与节奏。从他对《荐祢衡表》的评价中,我们可知他论"表",是并情感与辞采而言的。

他对《出师表》的评价,亦兼指情思与辞采而言。"志尽",是说言尽其意。《出师表》之所以感动千载,在其一片至诚,反复陈辞,从形势危殆、非北图中原不可,到亲贤臣远小人之劝告,到宫中内外事务,人事安排,恳切周至,无所遗漏。如浦起龙所说:"似老家人出外,丁宁幼主人,言言声泪兼并。"①"志尽"是思想与感情均无所保留。"文畅",则指其辞采之质实无华,而感情容量极大。苏轼论《出师表》,称其"简而尽,直而不肆,大哉言乎!"②《出师表》质实,《荐祢衡表》华美,刘勰说:"虽华实异旨,并表之英也。"

刘勰论曹植之表,着眼点有三,一是"体赡而律调",二是"辞清而志显",三是"随变生趣"。曹植今存章表三十八篇(章二,表三十六,其中不少为残篇)③。"体赡",指义理周备④。这里的"体",指理体;"赡",充足。通篇说理充足。"律调",指音调谐和。从今存曹植之章表看,长篇如《求自试表》、《求通亲亲

---

① 浦起龙《古文眉诠》卷三十七。
② 苏轼《乐全先生文集序》,《苏轼文集》卷十,页314,中华书局1986年版。
③ 赵幼文《曹植集校注》,收曹植表三十三,又辑佚三。
④ "体赡"之"体",原指乐体。嵇康《声无哀乐论》:"姣弄之音,挹众声之美,会五音之和,其体赡而用博,故心侈于众理。五音会,故欢放而欲惬。然皆以单复高卑善恶为体,而人情以躁静专散为应。……此为声音之体,尽于舒疾;情之应声,亦止于躁静耳。"戴明扬《嵇康集校注》卷五,页216,人民文学出版社1962年版。

表》、《陈审举表》、《谏取诸国士息表》均反复申说，以理之圆融取胜。《求自试表》先从形势立说，称西有违命之蜀，东有不臣之吴，正是用人之秋。既举历史上之忠臣为说，谓凡忠义之臣，必捐躯济难，以功报主。继又言自己的忧国之心与立功之志，既说之以理，又动之以情，"必效须臾之捷，以灭终身之愧，使名挂史笔，事列朝荣"。"如微才弗试，没世无闻，徒荣其躯而丰其体，生无益于事，死无损于数……此徒圈牢之养物，非臣之所志也"。他说他之所以自荐的原因，是因为与国家分形同气，忧患与共。他说他"抚剑东顾，而心已驰于吴会矣"。通篇情理周至，这就是"体赡"。

　　曹植之表，不论长篇短章，都以事理明白表述为特色，长篇则逻辑严密，短章则简明扼要。既有像《求自试表》与《陈审举表》那样近千五百字的长篇，也有《上银鞍表》那样只有十九字的短章。长篇反复论证，短章寥寥数语，而用语均明白晓畅，除极少篇外，虽用典亦毫无晦涩之感。这就是刘勰所说的"辞清而志显"。

　　由于用意不同，曹植的表的表现方法亦时有变化。如《上牛表》，类于游戏。给曹丕送上一头牛，通篇骈俪，六十四个字，用了四个典故，除了"形少有殊"四字具实质意义之外，其他则说了等于没有说。这就是刘勰所说的"应物制巧，随变生趣"。

　　彦和论曹植之表，从义理至辞采都加赞许，既赞其平正晓畅，亦赞其变化。所以说他"独冠群才"。从行文之次序看，群才所指，当属曹魏范围。

　　《章表》篇选文定篇涉及两晋时，举张华、羊祜、庾亮、刘琨与张骏为例。论张华，称赞其《三让公封表》："理周辞要，引义比事，必得其偶。"该表已佚，今存《王公上寿酒食举乐歌诗表》

亦残篇,无从知张华章表写法之特色。羊祜《让开府表》,刘勰
称其"有誉于前谈";庾亮《让中书令表》,刘勰称其"信美于往
载"。两表合论,称:"序志联类,有文雅焉。"两表今均存《文选》
中。《让开府表》让开府而联及用贤;《让中书令表》让中书令而
联及重用外戚之为害。"让"是明志,联类所及,是从大局出发
论得失,所以说"有文雅焉"。论刘琨《劝进表》与张骏《自序》,
称其文致耿介,有陈事之美。刘琨《劝进表》一种系念国家的激
越感情与忠诚并存,康熙论此表,谓:"劝进一表,辞意慷慨,志
气纵横。"①所谓"文致耿介",当指慷慨激越之忠义之情,"致",
情致。张骏《自序》,或指其遣魏护上疏②。今存疏不全,难以
论定。

　　从上述刘勰所举他认为有代表性的优秀章表看,他的评
价,是并思想感情与文采而言的,而且,思想感情还放在更重要
的地位上。他所说的"风矩应明"与"骨采宜耀",显然并情思事
义与辞采而言。在"风矩"、"骨采"之后,他进一步论章表,称:
"是以章式炳贲,志在典谟,使要而非略,明而不浅。表体多包,
情伪屡迁,必雅义以扇其风,清文以驰其丽。"如前所言,在选文
定篇中他举左雄、胡广为例,而对他们的章的特点并未详论,无
从知其所指。而此处则分明以义理与写法并提,来要求理想的
章。所谓"章式",是指章之为体。"炳贲",是光明灿烂。这显
然是指"章"的体式应该是整体光华。整体光华非仅指文采一
端,当亦兼指情思义理。也就是"风矩应明"的"明",情思应该
正大光明,文采应该斐耀。"志在典谟",是说章应该追求典谟

①《圣祖仁皇帝御制文集》三集卷三十二,文渊阁四库全书本。
②《晋书》卷八十六《张骏传》,页2239,中华书局1974年版。

的范式①。写法上应该"要而非略,明而不浅",简要而又完备,明白而又深刻。对于章的这一要求,可说明"风矩应明"的"风",是就情思说的,非指风范、风格、风姿。"风矩"的"矩",指矩式。犹《议对》篇"标义路以植矩"的"矩"。"风矩应明"是说章所表达的情思与辞采都应该光明照耀②。对于理想的表的要求,更为明确的是兼指情思义理与辞采。"必雅义以扇其风,清文以驰其丽",用来进一步说明"骨采宜耀"的内涵。"雅义"指骨,我们知道,《风骨》篇论的骨,是指严密的有说服力的义理。加一"雅"字,亦宗经之意,骨髓事义应该雅正。雅正的事义而能扇其风,亦风骨并重之意。他在选文定篇中所举例之"表",也多情思义理兼指。可见,"骨采宜耀"说的是风情义理均应具光明之气象。不过"风矩应明"偏重在风;"骨采宜耀"偏重在骨。两者都兼及辞采,与《风骨》篇中所要求的骨采圆、风辞练的用意相似。这正是他论文所持的基本准则在论章、表中的反映。骈体文常有互文见义的表述方法,此处似亦有此一种之意蕴。

# 三

　　从刘勰论章表,我们可以清晰看到他对这两种实用文体的

---

① 对"志在典谟"的解释,多数研究者认为章应该提供人主施政的轨范。
② 这与他在《宗经》篇中提到的"文能宗经,体有六义"中所说的"一则情深而不诡,二则风清而不杂"的说法相呼应,"志在典谟"亦宗经意,章之写作,离不开宗经。这与他在《风骨》篇中说的"深乎风者,述情必显"的说法亦相呼应,述情显,也近风矩明。

要求,除了讲明其实用性质之外,还提出了属于感情与文采之美的条件。这两种文体,在他的分类中,是属于"笔"的。对属于"笔"的文体提出属于文学性的要求,这就说明,在《文心雕龙》中,"文"与"笔",都属于他的杂文学观的视野之内,本身并无区别。他论文体的二十篇,对各体的要求虽各有不同,但是有两点我们必引起注意:

一是他对于其中大多数文体,都有类似于对待章表那样的属于感情与文采的要求,如:

《赞颂》对颂体的要求:"原乎颂惟雅懿,辞必清铄,敷写似赋,而不入华侈之区;敬慎如铭,而异乎规戒之域;揄扬以发藻,汪洋以树义,虽纤曲巧致,与情而变,其大体所弘,如斯而已。"这是说赞除了要含意深广之外,还要有清铄的辞采和如赋般的铺写。

对于"赞"的要求:"约举以尽情,昭灼以送文,此其体也。"

《祝盟》对盟的要求:"夫盟之大体,必序危机,奖忠孝,共存亡,戮心力,祈幽灵以取鉴,指九天以为正;感激以立诚,切至以敷辞,此其大同也。"感激是情的活动,重视盟的真诚激越的感情,所以他举的例文,说"若夫臧洪歃辞,气截云蜺;刘琨铁誓,精贯霏霜"。

《铭箴》对铭与箴的要求:"箴全御过,故文资确切;铭兼褒赞,故体贵弘润。"确切与弘润,都是就体貌说的,一是用词准确,一是弘大而温润。弘大指其立意之典重,非指其规模;温润指其用词之特点,从容平和。对铭箴的这种要求,也反映在赞中:"义典则弘,文约为美。"

关于铭箴这两种文体应具之特色,陆机在《文赋》中也有表述:"铭博约而温润,箴顿挫而清壮。"他也已经注意到此两种应用文体应具之艺术表现特色。

《诔碑》篇对诔的要求："详夫诔之为制,盖选言录行,传体而颂文,荣始而哀终。论其人也,暖乎若可觌;道其哀也,凄焉如可伤。此其旨也。"他所赞赏的优秀的诔,如赞柳妻之诔惠子,称其"辞哀而韵长",亦重情之意。

对碑的要求："标序盛德,必见清风之华;昭纪鸿懿,必见峻伟之烈:此碑之制也。"例文中说到蔡邕的碑"骨鲠训典","其叙事也该而要,其缀采也雅而泽;清辞转而不穷,巧义出而卓立"。并风骨辞采而言之。

《哀吊》篇对哀文的要求："必使情往会悲,文来引泣。"他对于潘岳的哀辞,给了很高的评价:"观其虑赡辞变,情洞悲苦,叙事如传,结言摹诗,促节四言,鲜有缓句;故能义直而文婉,体旧而趣新。"悲苦之情,诗的语言,传之叙述写法,全是从艺术表现特点上着眼了。

《史传》论史书写法,而所论重在传体。彦和之所论,除涉及史识外,还注意到史书的文学色彩问题,如论班固《汉书》,称其"十志该富,赞序弘丽,儒雅彬彬,信有遗味"。

诸子为入道见志之书,昭明《文选》,明确说不在选录之范围。而刘勰列入论文之内。不惟列入,专立《诸子》篇,且论及其文学之特色:"研夫荀、孟所述,理懿而辞雅;管、晏属篇,事核而言练;列御寇之书,气伟而采奇;邹子之说,心奢而辞壮;墨翟、随巢,意显而语实;尸佼、尉缭,术通而文钝。"接下来论鹖冠子、鬼谷子、文子、尹文子、慎到、韩非子、吕不韦的《吕氏春秋》、淮南子等等,也都论及其义理情辞表现之种种特色。

《诏策》篇论诏策:"授官选贤,则义炳重离之辉;优文封策,则气含风雨之润;敕戒恒诰,则笔吐星汉之华;治戎燮伐,则声有浛雷之威;眚灾肆赦,则文有春露之滋;明罚敕法,则辞有秋霜之烈:此诏策之大略也。"

《檄移》篇论檄:"凡檄之大体,或述此休明,或叙彼苛虐";"谲诡以驰旨,炜晔以腾说,凡此众条,莫之或违者也。"他说檄应该"使声如冲风所击,气似欃枪所扫,奋其武怒,总其罪人……使百尺之冲,摧折于咫书,万雉之城,颠坠于一檄者也"。他举陈琳的《为袁绍檄豫州》,称其"壮有骨鲠"。他又举钟会的《檄蜀文》和桓温的《檄胡文》,称其"并壮笔也"。壮笔,也就是"壮有骨鲠"之意。可见他认为檄应该具有风骨才好。

《封禅》篇论封禅文,称:"构位之始,宜明大体,树骨于训典之区,选言于宏富之路,使意古而不晦于深,文今而不坠于浅,义吐光芒,辞成廉锷,则为伟矣。"值得注意的是,他在举例文时,举了扬雄的《剧秦美新》,说:"观《剧秦》为文,影写长卿,诡言遁辞,故兼包神怪。然骨制靡密,辞贯圆通,自称极思,无遗力矣。"按照刘勰宗经的思想,对《剧秦美新》本不应肯定。他说《剧秦美新》影写长卿,是说他与司马相如的《封禅文》一样托符命以说事,兼包神怪。但是它义理与辞采的组织都很好。"骨制靡密",是说义理组织严密;"辞贯圆通",是说辞之连缀圆融顺畅。此二句之意,亦如《风骨》篇所要求的风辞练,骨采圆。是属于写作技巧的成就方面的。从文学技巧的角度入选,说明着文学思潮的影响。昭明《文选》也选《剧秦美新》,同样反映着其时重视文学艺术特色的思想的影响。四库馆臣选录宋人曾协《云庄集》,在提要中言及选录之理由,称其"曲学阿世,持论乖殊"。而以其文采有可取处,故选之,称:"姑以文采录之,从昭明《文选》不废《剧秦美新》之例。"①宋人洪迈论文,亦论及《剧秦美新》之特点,称:"义不深不至于理,而辞句怪丽者有之矣,《剧秦美新》、王褒《僮约》是也。"②刘勰之后的各家,论《剧秦美新》,都看到它文采之可取处。在这一点上,刘勰可以说是开了先河。他不仅取其文采,且强调了义理与辞采的组织手段。

《奏启》篇对奏的要求:"故位在鸷击,砥砺其气,必使笔端振风,简上凝霜者也。"此亦重风力之意。

《书记》篇论书札,有如下的一段话:

> 及七国献书,诡丽辐辏;汉来笔札,辞气纷纭。观史迁之《报任安》,东方朔之难公孙,杨恽之报会宗,子云之答刘歆,志气盘桓,各含殊采;并杼轴乎尺素,抑扬乎寸心。

在这段话中,他强调了优秀的书札,既抑扬乎寸心,亦各含殊采。对于理想的书札的要求,他说:"详总书体,本在尽言,言以散郁陶,托风采,故宜条畅以任气,优柔以怿怀。文明从容,亦心声之献酬也。"仍然是情采并重。

他论笺记,也提到"清美以惠其才,彪蔚以文其响"。笺记而求其文采之美,亦重文之证。

《书记》篇论及多种应用文,其中笺记就包括二十五个细目,而在对书记的总论中,说:"观此众条,并书记所总:或事本相通,而文意各异,或全任质素,而杂用文绮,随事立体,贵乎精要,意少一字则义阙,句长一言则辞妨,并有司之实务,而浮藻之

---

① 永瑢等《四库全书总目》卷一百五十八,中华书局 1965 年版。
② 洪迈《容斋随笔》卷七,页 67,吉林文史出版社 1994 年版。

所忽也。"这些全属事务往来的应用文,文字的表达问题也受到特别的重视。

在二十篇文体论中,除《明诗》、《乐府》、《诠赋》之外,论及艺术特性最多的,就要算《杂文》篇了。在《杂文》所包含的十九种文体中,主要的是对问、七、连珠三种,其余的典、诰、誓、问、览、略、篇、章属于刘勰"论文叙笔"中的"笔";曲、操、弄、引、吟、讽、谣、咏等属于他"论文叙笔"中所说的"文"。对问、七、连珠之外的十六种,其实可以分别归入其他文体中,例如,诰可归入诏策,章可以归入章表等等,因之对这十六种文体的特点,他未加讨论。他讨论的是前三种。他说这三种文体的产生,是由于"智术之士,博雅之人,藻溢乎辞,辞盈乎气。苑囿文情,故日新殊致"。"气",是发动的强烈的情;"藻",是华丽的辞采。这是说,这三种文体之所以产生,缘于才士们有过多的感情辞藻要表达。先论对问,称对问之作,是宋玉含才负俗,"始造《对问》,以申其志,放怀寥廓,气实使之"。列举选文,及于东方朔《客难》、扬雄《解嘲》,称班固《宾戏》"含懿采之华";崔骃《达旨》"吐典言之裁";张衡《应间》"密而兼雅";崔寔《客讥》"整而微质";蔡邕《释诲》"体奥而文炳";景纯《客傲》"情见而采蔚"。对于对文的评论,并重视辞采之表现。次论七体,称"及枚乘摛艳,首制《七发》,腴辞云构,夸丽风骇"。称枚乘《七发》,"信独拔而伟丽";傅毅《七激》,"会清要之工";崔骃《七依》,"入博雅之巧";张衡《七辨》,"结采绵靡";崔瑗《七厉》,"植义纯正";陈思《七启》,"取美于宏壮";仲宣《七释》,"致辨于事理"。伟丽、清要、博雅、绵靡、宏壮,都是讲的语言风格问题。虽然对于七体的曲终奏雅、劝百讽一的思想内容有所非议,却指出其文辞之特色:"艳辞洞魂识。"再次论连珠,称扬雄"肇为《连珠》,其辞虽小,而明润矣"。明润,亦指语言之风貌而言。

上引刘勰论各体文章时多注意情思与辞采,其中多涉及文学自觉之思潮起来之后,对于情思辞采之美的要求,虽然其中的不少文体,是属于应用文的范围。从这一点,我们可以了解,在刘勰眼中,他所论及的文体,无所谓文学与非文学之分,他是一以视之的。从这一点,我们也可以说,他的文学观是杂文学观。

与此一点相联系,可注意的又一点,是《文心雕龙》后二十四篇论文术与文学批评,是并各种文体而言的,他并未区分何者指何种文体,何者与他所论的何种文体无关。此一点证明,把二十篇文体论与后面的文术论、批评论分开,认为只有后者才属于文学理论的范围,这种认识是不确的。造成此种不确认识的主要原因,是以现代的文学观去衡量刘勰的文学观,因之将《文心雕龙》分成前后两截,而没有看到刘勰的文学观是一种杂文学的观念。他之所论,前后一体。

# 四

刘勰的杂文学观念,反映的正是我国古代文学最基本的特点。我国的古代文学,本来就是一个杂文学的传统。在古代文学理论家、文学批评家的眼中,所有的文体都是"文",不存在一个文与非文的问题,只存在好的优秀的文与不好的低劣的文的问题。

杂文学的传统,不以文体区分文与非文。曾有过文、笔之争,但以不了了之而告终。彦和论文,亦称"论文叙笔",而论及文术时,其实亦文、笔不分。在我国古代的文学批评、文学理论中,甚重视文体之特色,对不同文体有不同之要求。但是在区分文体时,在文学的发展过程中,文体的界线其实是模糊的。区分文体时的含混不清,是文体理论不成熟的表现;文学发展实际中文体的含混不清,则是不同文体在发展过程中实际上存在互相渗透的现象。

　　理论家们区分文体时的含混不清,表现在他们对于文体的分类并没有一个科学的界定的标准。我国古代到底有多少种文体,至今没有一个大家都认可的说法。当然在文学的发展过程中会出现新的文体,但是,对于同一种文学现象,体的分类却是差别极大的。刘勰分文体为八十一种,宋人姚铉《唐文粹》分文体为二十二种①。吕祖谦《宋文鉴》一百五十卷,则分文体为五十种。他的分类比姚铉规范一些②。明人吴讷的《文章辨体序

①姚铉在《唐文粹》中的分类是:赋、诗、颂、赞、表、书奏(状)、疏、露布、檄、制策、文、论、议、古文、碑、铭、记、箴、诫、书、序、传录记事。分类并不清晰,如奏中有"奏",有"书奏",二者同与不同?奏中又有"状",在其他文论家的分类中,"状"是独立一类的。又如,"文"中,既包括封禅文,也包括哀册文,还包括祭文和通常属于杂文的《送穷文》。他之所以把这些本应属于不同文体的文章通通归入"文"一类,仅仅因为每篇标题的最末一字是"文"字。而"文"之外,又立一"古文",所谓"古文",仅仅因为所收者为唐代古文家所作之散体文,而就其性质言,其中有的属于论,有的属于杂文,并非同一类文体。诫之后的铭,既包括物之铭,又包括墓志铭。而归传录记事为一种文体,也不可解。要之,姚铉的文体分类思想并不成熟。

②四库馆臣称是书分六十一门,不确。实分五十门,计:赋、律赋、诗(其中分四言、乐府、五古、七古、五律、七律、五绝、七绝、杂体)、骚、诏、敕、赦文、册、御札、批答、制、诰、奏疏、表、笺、箴、铭、颂、赞、碑文、记、序、论、策、议、说、戒、制策、说书、书、启、策问、杂著、对问(其中包括二篇移文)、连珠、琴操、上梁文、书判、题跋、乐语、哀辞、祭文、谥议、行状、墓志、墓表、神道碑、神道碑铭、传、露布。

说》,分文体为五十九种,其中诗本为一体,而又从中分出古诗、律诗、排律、绝句、联句诗、杂体诗六体;赋本为一体,而又从中分出古赋与律赋二体①。这其实是把不同层级的"体"混在一起了。诗是一个层级的体,而古、律、绝等只是诗中小一级层次的体;赋也是一个层级的体,而古赋与律赋是赋中小一级的体。把不同层级的体混在一起,体的界定就可能失范。也是明人的徐师曾在《文体明辨序说》中的文体分类,亦存在同样的问题。他分文体为一百二十一种,加上所附四十一种,共一百六十二种。其中的相当一部分,作为一种独立的文体并不能成立②。也是

---

① 五十九体是:古歌谣辞、古赋、乐府、古诗、谕告、玺书、批答、诏、册、制、诰、制册、表、露布、论谏、奏疏、议、弹文、檄、书、记、序、论、说、解、辨、原、戒、题跋、杂著、箴、铭、颂、赞、七体、问对、传、行状、谥法、谥议、碑、墓碑、墓碣、墓表、墓志、墓记、埋铭、诔辞、哀辞、祭文、连珠、判、律赋、律诗、排律、绝句、联句诗、杂体诗、近代曲辞。

② 计:古歌谣辞(歌、谣、讴、诵、诗、辞、谚附)、四言古诗、楚辞、赋、乐赋、五言古诗、七言古诗、杂言古诗、近体歌行、近体律诗、绝句诗、六言诗、和韵诗、联句诗、集句诗、命、谕告、诏、敕(敕榜附)、玺书、制、诰、册、批答、御札、赦文(德音文附)、铁券文、谕祭文、国书、誓、令、教、上书、章、表(笏记附)、笺、奏疏(奏、奏疏、奏对、奏启、奏状、奏札、封事、弹事)、盟(誓附)、符、檄、露布、公移、判、书记(书、奏记、启、简、状、疏)、约、策问、策、论、说、原、议、辩、解、释、问对、序(序略附)、小序、引、题跋(题、跋、书、读)、文、杂著、七、书、连珠、义、说书、箴、规、戒、铭、颂、赞、评、碑文、碑阴文、记、志、记事、题名、字说(字说、字序、字解、字辞、祝辞、名说、名序、女子名字说)、行状、述、墓志铭、墓碑文、墓碣文、墓表(墓表、阡表、殡表、灵表)、谥议、传、哀辞、吊文、祝文、愍辞、杂句诗、杂言诗、杂体诗、杂韵诗、杂数诗、杂名诗、离合诗(口字咏、藏头诗附)、诙谐诗、诗余、玉牒文、符命、表本、口宣、宣答、致辞、祝辞、贴子辞、上梁文(宝瓶文说、上碑文附)、乐语、右语、道场榜、道场疏、表、青词(密词附)、募缘疏、法堂疏。

明人的唐顺之的《文编》,选文只及三十三体①。除疏与论两体又细分之外,他的分类还较为整齐。他是一位著名作家,深知为文之用心处,显然他是从文章写法上选文的,用意在于他要为人提供写作范例。这或者是他没有选另外一些文体的原因。但是,即使像他这样的行家,在文体分类上也未能免去层级不清之病,如将"疏"一体又细分为论疏、疏请、疏议与疏四体;将"论"一体又细分为论、年表论断、论断三体。这都说明他辨体的标准还没有明确界定。

　　要而言之,刘勰之后,文体论在辨体方面并没有取得明显的进展。

　　文体的辨析存在模糊不清的现象,与文体在发展过程中互相渗透也有关系。对于文学发展过程中文体互相渗透的这种现象,刘勰似乎已经注意到了。他虽然没有作理论的探讨,没有作理论的表述,但是在叙述各种文体的发展过程时,却时时提到此种互相渗透的现象。刘勰在《祝盟》中论"祝"体,称:

　　　　若乃礼之祭祝,事止告飨;而中代祭文,兼赞言行。祭而兼赞,盖引神而作也。又汉代山陵,哀策流文;周丧盛姬,内史执策。然则策本书赠,因哀而为文也。是以义同于诔,而文实告神,诔首而哀末,颂体而祝仪,太史所读之赞,固周之祝文也。

---

① 计:制策、对、谏疏、论疏、疏、疏请、疏议、封事、表、奏、上书、说、札子、状、论、年表论断、论断、议、杂著、策、辞命、书、启、状、序、记、神道碑、碑铭、墓志铭、墓表、传、行状、祭文。

这是说,"祝"这种文体,在其发展过程中,写法上与"诔"、"哀吊"和"颂"有相似处。《铭箴》篇论及蔡邕《鼎铭》的写法时,说它类似于碑文。之所以说它类似碑文,是因为"溺所长也"。蔡邕《鼎铭》,长篇散体,一改铭用四言韵语的写法。《论说》篇说"论"这种文体,"陈政,则与议、说合契;释经,则与传、注参体;辨史,则与赞、评齐行;铨文,则与叙、引共纪"。由于论说的对象不同,使得"论"体在写法上容易与议、说、传、注、赞、评、叙、引诸体相似,所以他又说:"八名区分,一揆宗论。"《议对》篇说:"又对策者,应诏而陈政也;射策者,探事而献说也。……二名虽殊,即议之别体也。"彦和已立《诏策》篇,论及"策"之写法,此处又论及对策与射策,且又言其为"议之别体",可见由于所写对象的不同,"策"这种文体的边界也是模糊的。文体发展过程中这种互相渗透的现象,可能也是造成文体辨析边界模糊之一原因。

文体发展过程中互相渗透的现象,和文体辨析的模糊性,与我国古代杂文学传统的特点有甚大之关系。此一点,似有待进一步深入之研究。

# 释"养气"

## 一

《文心雕龙·养气》篇有如下的几段话：

> 夫耳目鼻口，生之役也；心虑言辞，神之用也。率志委和，则理融而情畅；钻砺过分，则神疲而气衰：此性情之数也。

> 凡童少鉴浅而志盛，长艾识坚而气衰。志盛者思锐以胜劳，气衰者虑密以伤情。

> 是以吐纳文艺，务在节宣，清和其心，调畅其气，烦而即舍，勿使壅滞，意得则舒怀以命笔，理伏则投笔以卷怀，逍遥以针劳，谈笑以药倦，常弄闲于才锋，贾余于文勇，使刃发如新，腠理无滞，虽非胎息之万术，斯亦卫气之一方也。

这几段论述，引出了对于刘勰写《养气》篇之目的、《养气》篇与《文心雕龙》中其他篇的关系、养气是养神还是养精气、养气说的思想来源是什么等诸多问题的议论。

最早提出《养气》篇之养气为养精气的，是黄侃。他说："养气谓爱精自保,与《风骨》篇所云诸气字不同。""爱精自保"是道教的养气说,是养生理之气。但是黄侃并未就此展开论述,而是接以文思问题。他说:"此篇之作,所以补《神思》篇之未备,而求文思常利之术也。"①黄侃此说,似来源于纪昀。纪昀评《养气》,称:"此非惟养气,实亦涵养文机。《神思》篇虚静之说,可以参观。彼疲困躁扰之余,乌有清思逸志哉!"②纪昀是从养气联系到神思,认为养气与《神思》的虚静说有关。那么,养气就是养神。纪昀并没有说如何达到虚静的境界,"气"是什么,如何养? 黄侃则想到养气是"爱精自保",是养生。

范文澜也从养神的角度释养气,他说:"彦和论文以循自然为原则,本篇大意,即基于此。盖精神寓于形体之中,用思过剧,则心神昏迷。故必逍遥针劳,谈笑药倦,使形与神常有余闲,始能用之不竭,发之常新,所谓游刃有余者是也。"③既然精神寓于形体之中,那么养神自然也就与养形有关。但如何有关,他并没有说。

李景溁释《养气》篇,称:"养气,是指文人才士修养精神改化气质,以充实写作的功力而言。""然舍人之养气,重在保养精神,勿因刻意为文而销耗精神也。"④

周振甫释养气,说:"养气是保养精力,反对劳神苦思、呕尽心血来写作,这是同刘勰主张写作要自然的理论一致的。……结合写作来谈养气,当推本于孟子。……韩愈用养气来讲写

① 黄侃《文心雕龙札记》页 204,中华书局 1962 年版。
② 黄霖《文心雕龙汇评》页 139,上海古籍出版社 2005 年版。
③ 范文澜《文心雕龙注》页 648,人民文学出版社 1961 年版。
④ 李景溁《文心雕龙新解》页 350,台湾翰林出版社 1968 年版。

作。……这样看来,古文家养气说,把思想行动跟理直气壮跟语言文辞结合起来,也就是跟文思和文辞扣紧,跟写作关系密切结合。刘勰讲养气,跟文思和文辞结合得不密切,这是韩愈胜过刘勰处。"①他把《养气》篇所说的养气,理解为保养精力,反对劳神苦思。那就是说,他把"气"理解为精力。但是他又联系到孟子和韩愈的养气说,这样他就把《养气》所说的"气",理解为道德内涵的气了。

李曰刚释《养气》篇,称:"养气者,'保爱精神'之谓也。""彦和即基此认识,以为生理之血气与心理之志气相关联,血气健旺则志气清明;而心理之志气又与作品之文气相关联,志气清明则文气流畅。是则欲求志气清明,文气流畅者,首须保爱精神使一己之血气健旺,此则《养气》篇之所为作也。"②"保爱精神"说从黄侃来。可注意的是他把《养气》篇所说的"气"解读为血气与志气,并且与文气联系起来。持相同看法的还有他的学生王更生③。

王礼卿释《养气》篇,称:"《文心》为论文之书,而专篇论神气之养者,以其与文思相关至切,与形气亦密迩相连,故为篇之要旨者有二焉。一曰文思与神气交糅,思为因而神气果。……特本书论气,非同道家之养生,乃论其于文之得失,故此由思而及气,又明思为因而神气为果,此其立论之次第也。……思与气糅,上下回环,由气因思果,转出思因气果。……二曰神气兼形

---

① 周振甫《文心雕龙选译》页 253—254,中华书局 1980 年版。

② 李曰刚《文心雕龙斠诠》页 1284—1285,台湾"国立编译馆"中华丛书编审委员会 1982 年版。

③ 见其《文心雕龙读本》页 231,台湾文史哲出版社 1991 年版。

气通言,神主而形宾。……故得养处多言神气,失养处多及形气。缘形气得养,非直关于文思;而形气失养,亦间损于神气。神气之于形气亦然,故形气远于思而近于神。是以论神气必兼及形气,第神气主而形气宾,此其立论之轻重也。"①此一段论述有些绕弯,不大简洁明晰。概而言之,一、养气是养神气,非道家之养生;二、形气→神气→文思三者之关系,是循环的关系,形气影响神气,神气影响文思,而为文用思过度,又损害神气,神气不养,有损于形气(血气)。血气与文思之间,是神气,养气重在养神,所以说非道家之养生。

　　王元化解读《养气》篇,在解释其中"率志委和"一语时说:"'率志委和'一语是指文学创作过程中的一种从容不迫、直接抒写的自然态度。"他说:"尽管《养气》篇援引了'曹公惧为文之伤命,陆云叹用思之困神'的例证去说明养气的必要,可是它的目的并不是为了养生延年。刘勰在《序志篇》中说,他撰《文心雕龙》一书的命意正是在于'言为文之用心',因而他的养气说绝不会和《文心雕龙》全书所主张的用心为文的根本宗旨背道而驰的。"②这是说,《养气》篇要讲的是作家从事创作活动时采取一种直接抒写胸臆的自然态度,与养生无关。

　　郭晋稀与其他研究者认为《养气》篇与《神思》篇有关的观点不同。他认为此篇与《情采》篇有关。"养气是为了剖情析采而提出的一个关键性问题,说明文情文采都离不开文气,文气是从血气和志气而生,文气是血气和志气在文章中的体现。在

① 王礼卿《文心雕龙通解》页 770—771,台湾黎明文化事业股份有限公司
　1986 年版。
② 王元化《文心雕龙讲疏》页 231—232,上海古籍出版社 1992 年版。

《文心雕龙》里,是把生理的血气与心理的志气贯彻到全书的理论体系中。"①

　　寇效信有长篇论文《〈文心雕龙〉释作家之气》,从"气"范畴的来源与流变到《文心》中"气"的各种用法,他都有明晰而详尽的论说,其中也谈到《养气》篇的问题。他不同意黄侃对该篇"气"的解释。他认为:"《养气》篇所说的气,也指志气,与《风骨》、《神思》篇是一致的。""由《养气》篇所谈的养气原则来看,所谓'养气'、'卫气',就是对作家志气的陶冶。""精气一词,出现于《养气》篇,以'精气内销'与'神志内伤'对举。这个精气,专指作家的生理质能,与专指心理功能的神志迥然不同。""可以说,志气就是神志和精气(或血气)的统一。精气或血气相当于志气一词之中的'气'。"②他的这些论述存在一些不易理解处,如说《养气》篇的"气"是"志气",因之"养"便是"对作家志气的陶冶"。那么也就与道德情操有关;但又说,志气是神志和精气的统一,精气或血气相当于志气中的"气"。那么,它又不是道德情操问题,而与黄侃所说的"爱精自保"有关了。

　　王运熙解读《养气》篇,称:"本篇论述作文时应保养好精神,使思路畅通。""本篇论养气,是从生理方面进行分析论述的。其主旨在说明一个人当精神良好时,文思顺畅,才能把文章写好。因此作文必须注意保持平和虚静的心境,使神清气爽,文

---

① 郭晋稀《从〈文心雕龙〉的养气说探讨其论风格美的民族特点》,饶芃子主编《文心雕龙研究荟萃》页85,上海书店1992年版。
② 寇效信《文心雕龙美学范畴研究》页220—222,陕西人民出版社1997年版。

思才不会壅滞。"①

　　也有研究者认为,《养气》篇受到道教生命哲学的影响。《养气》篇中所说的神、气,与道教生命哲学中神、气、形中的神、气,完全相同。"《养气》篇的'气'主要偏重于生理上的'精气'或'血气',它与道教生命哲学的联系是显而易见的。刘勰的'养气'受道教的影响可以肯定,而且他在论述'养气'的具体方法时,也直接借用道教养生学的术语,上引一段文字中'吐纳'一语自不待言,'节宣'与道教养生术亦有联系。"②

　　也有研究者从审美心境论养气的,只不过将养神换了一个名词;也有将养神从文艺性情的角度说的,等等,大体并未超出上述诸家所论之范围。

# 二

　　上述诸家论《养气》篇之养气,涉及如下几个问题:《养气》养的是什么,彦和养气说的思想渊源,《养气》篇与其他篇的关系。

　　《养气》养的是什么? 上述诸家所论,归纳起来是三说:一说养气是爱精自保,是养生理之气,是养精力。一说养气是养神。一说养气要解决的问题是写作时的状态,一种直抒胸臆的自然状态。三说之间,又有共同的指向,即都与创作时的精神状

① 王运熙《〈文心雕龙〉五十篇解题》,《文心雕龙探索(增补本)》页 363—364,上海古籍出版社 2005 年版。
② 杨清之《道教生命哲学与刘勰的养气说》,《海南师范学院学报》2006 年第 1 期。

态、与文思有关;同时又有交叉关系。讲精力时有的涉及志气,一涉志气,便也涉及精神。讲精神时有时也涉及形气,一涉形气,也就涉及生理,等等。

之所以产生对《养气》篇所养何气之不同理解,主要缘于《养气》篇本身内涵的丰富性。篇中提到"神"("心虑言辞,神之用也";"钻砺过分,则神疲而气伤"),提到"志"("率志委和";"童少鉴浅而志盛"),提到"情"("此性情之数也";"气衰者虑密而伤情"),提到"卫气"。那么,他所提到的"神"、"志"、"情"、"气"四者是什么关系呢?

先说"气"。《文心雕龙》一书,"气"有多种用法,与《养气》篇有关的一种,是生理的气,精气、血气、精力。如《体性》篇:"才力居中,肇自血气。"意谓才力源于其先天所秉赋之血气(刘勰多次提到才力是天生秉赋的,如《体性》:"夫才有天资,学慎始习。"《神思》:"人之秉才,迟速异分。"等)。《声律》篇:"声含宫商,肇自血气。"《养气》篇:"钻砺过分,则神疲而气衰。"意谓钻研过分则精力衰竭。"长艾识坚而气衰。"意谓年老者见识强,但气力衰竭。"精气内销",意谓精力销于内。作为精气、血气、精力解的"气"字,因其先天秉赋之性质,有时也就作气质解,如《征圣》篇:"精理为文,秀气成采。"意谓圣人以精深之义理写成文章,而他们所秉赋的灵秀气质发为文采。《体性》篇:"风趣刚柔,宁或改其气。"意谓文章的风神趣味,不可能与作者之气质无关。《体性》篇:"才有庸俊,气有刚柔。"意谓才力有平庸与优秀之别,气质有刚强与柔弱之分。《风骨》篇:"故其论孔融,则云'体气高妙';论徐幹,则云'时有齐气';论刘桢,则云'有逸气'。公幹亦云'孔氏卓卓,信含异气'。"此处所言之气,均指气质。《物色》篇:"若夫珪璋挺其惠心,英华秀其清气。"意谓至于他那杰出如美玉般的聪慧之心灵,如花朵般清明之气质。

上述所引之"气",是属于生理的,内在的。与之有关的神,相对于生理的气,则是外在表现。《养气》篇:"于是精气内销,有似尾闾之波;神志外伤,同乎牛山之木。"就人体而言,"神"应属于内,而此处言"外伤",知所说"内销"与"外伤",是从气实而神虚的角度说的,意谓神生于气。此篇所说"气衰者虑密以伤神",也是说的气与神的关系,气衰则神不足。反过来说,神过劳也会伤气,"神疲而气衰"。

此篇中与"气"有关的还有"志"。"率志委和,则理融而情畅。"王元化释"率志委和"为:"率,遵也,循也。委,付属也。'率志委和'就是循心之所至,任气之和畅的意思。"①此"志",王运熙释为"心志";王礼卿也释为"心志",是。心志偏指志;神志偏指神。刘勰也用"志气"一辞,也偏指"志",如"神居胸臆,而志气统其关键"。意谓神受志之统率,神思无间时空,无所制约,自为文而言,此驰骋无穷之神思,必有所归依。归依便是为文之旨,此时"心志"便起统摄的作用。

此篇中与气有关的还有"情"字。气与情的关系,内含不同之层次。在《文心雕龙》一书中,气除作精气、血气、元气解,作生理之气解之外,还有作情解者。如《通变》篇:"凭情以会通,负气以适变。""情"与"气"互文见义,情也气也。作此种用法时,如"阮籍使气以命诗","使气",就是任情②。有时情与气的关系,似亦可作情生于气解,如《风骨》篇:"情与气谐,辞共体并。"此处"体"指文章之貌,文章之体离不开辞之表现,所以说

① 王元化《文心雕龙讲疏》页 231。
② 此种解读之详细论证,见拙作《释"阮籍使气以命诗"》。

"辞共体并"。"情与气谐"与之句法相同,意谓情与气是在一起的,有气就有情。《体性》篇:"公幹气褊,故言壮而情骇。"亦此种用法。气质褊狭,则感情令人惊怪,气质之格调与感情之格调有联系。

这样,我们就可以将《养气》篇中涉及的气、神、志、情作一归纳了。气是生理的气,气质的气,是人体生命力之表现,是基础,相对于神、志、情而言,它是实的东西。而神、志、情之产生,与作为生理的气有关。此四者,有时可以单独解读,有时它们又常常被连用。而由于它们的被连用,也就造成了解读上的混乱。

由于气质的"气"是一个人的精力所在,因之它的旺盛或衰弱,也就影响到神、志、情的发挥;而由于神、志、情与气的紧密关系,互为依存,神、志、情的使用过度,又会伤害到生理的气,消耗生命力。

从这种关系上看,从不同层面上解读《养气》篇,都有其一方面的道理。但是,《养气》篇完整的含意,是气、神、志、情四者的和谐统一。气有刚柔,才有利钝,先天的气质如何,就应该知道如何用神,使神、志、情之用与天赋之气质相适用("若夫器分有限,智用无涯;或惭凫企鹤,沥辞镌思;于是精气内销,有似尾闾之波;神志外伤,同乎牛山之木"),神、志、情之用既然也能影响到气,则需要节制。这就是"养"。养神与养气,是二而一的事。而养神与养气的目的,又在于"清和其心,调畅其气",在于创造一种从容不迫的心境,使文思流畅。从这一意义上,说《养气》篇的目的在于求得一种直接抒写的自然状态亦无不可。当然,如果从这一点进一步发挥,说《养气》篇是在追求一种创作中的审美心境,那就有些发挥过度,离题了。

那么,《养气》篇的养气,是不是道教的养气术呢?此一点,刘勰自己说得很清楚。他明确地说:"虽非胎息之万术,亦卫气之一方也。"他明明说这不是胎息之术,不是道教的养气术,不过也是一种保护元气的方法。这种方法就是节宣,就是不要劳神过度,如此而已。

至于有研究者把《养气》篇与庄子思想联系起来,似亦并不确切。我们知道,《庄子·养生主》之最为重要的思想,就是不养就是养。庄子是主张与道为一体的,最高的境界就是无己。而刘勰的养气说,则并非无己,而是有己,是保持一份平和的心境,而不是身如枯木心如死灰;不是进入坐忘心斋的境界,而是进入情畅、进入才锋颖利的状态。

也有研究者将《养气》篇之养气,与孟子的养气说联系起来。这也是不确的。孟子之养气说,是道德修持,使天生之元气,通过道德之修持,培养成至大至刚的浩然之气。刘勰的养气,只是精力、精神的调节,无关道德素养。

# 三

《养气》篇涉及的另一个问题,是刘勰气论的思想来自何处。

已有研究者指出,彦和气说,来自王充。《养气》篇一开头就引王充的话,即可证明此一点。此一说法诚然有据。王充《论衡·自纪》说他"作《养性》之书凡十六篇。养气自守,适食则酒。闭明塞聪,爱精自保,适辅服药引导,庶冀性命可延,斯须不老"。故黄侃由此以立论。《养性》之书已佚,所论全貌,已不得而知。但从所引《自纪》此数语看,则王充之养性,实为养生,近道教,从"爱精自保"与"服药引导"可证。此一种之养生,与刘勰之养气并不相同。

或说《养气》篇之思想渊源，来自庄子。上已言及，此说不确，但此说之所以产生，或亦有其所据。《庄子》中确有几处论述，言及气、神、志，颇可与刘勰之养气说联系。如《庄子·人间世》：

> 仲尼曰："若一志，无听之以耳而听之以心，无听之以心而听之以气。听止于耳，心止于符，气也者，虚而待物者也。唯道集虚。虚者，心斋也。"①

《达生》篇：

> 关尹曰："是纯气之守也，非知巧果敢之列。居，予语女！凡有貌象声色者，皆物也，物与物何以相远？夫奚足以至乎先？是色而已。则物之造乎不形而止乎无所化，夫得是而穷之者，物焉得而止焉！彼将处乎不淫之度，而藏乎无端之纪，游乎万物之所终始，壹其性，养其气，合其德，以通乎万物之所造。夫若是者，其天守全，其神无郤，物奚自入焉！②

> 梓庆削木为鐻，鐻成，见者惊犹鬼神。鲁侯见而问焉，曰："子何术以为焉？"对曰："臣工人，何术之有！虽然，有一焉。臣将为鐻，未尝敢以耗气也，必斋以静心。斋三日，而不敢怀庆赏爵禄；斋五日，不敢怀非誉巧拙；斋七日，辄然

---

① 郭庆藩《庄子集释》页147，中华书局1961年版。
② 同上书页634。

忘吾有四枝形体也。当是时也,无公朝,其巧专而外骨消;
然后入山林,观天性;形躯至矣,然后成见镶,然后加手焉;
不然则已。则以天合天,器之所以疑神者,其是与!"①

此三处论述,提及"听之以气"、"纯气之守"、"未尝敢以耗气",
与刘勰养气说确有相似处。但细加分析,则实存差别。"听之
以气"那一处,气是道,是虚,是心斋。"纯气之守"那一处,讲的
也是至人与道为一体的问题,至人守持住本元之气,就是为了与
道为一。关尹这段话,是回答列子询问的。列子问至人何以能
做到入水无碍,蹈火不热。关尹就说至人与常人不同之处,就在
于至人将自己藏于道(无端之纪,无所终穷之处),游于道(游乎
万物之所终始),至人之所以养其气,是为了通于道(通乎万物
之所造)。"未敢以耗气"那一段,是说镶之所以能达到神化
的地步,是因为达到了我丧我的境界。"未敢以耗气",是说守
持住元气,即道之气,忘我而我与道为一,与自然为一。此三处,
与刘勰的有我,只不过是节宣的养气,是不同的。不过,因其亦
言守气、言未敢耗气、言听之以气、言静心,也就容易给人以联
想,以其为彦和养气说之思想来源。

《列子》中也有数处提及气、神。上述《庄子》"纯气之守"
那一段,亦见于《列子·黄帝》篇。又,《列子·仲尼》篇:

亢仓子曰:"我体合于心,心合于气,气合于神,神合于
无。其有介然之有,唯然之音,虽远在八荒之外,近在眉睫
之内,来干我者,我必知之。乃不知是我七孔四支之所觉,

①郭庆藩《庄子集释》页 658—659。

　　心腹六藏之所知，其自知而已矣。"①

"介然"、"唯然"，均指独然，自有。"介然之有，唯然之音"，意谓自然本有之形相与声音。"无"是道，"神合于无"，是神合于道。列子的这段话，提出了由体至道的层次关系：

　　　　体→心→气→神→道

从这个层次关系中我们知道他对心、气的关系的看法与庄子相同，气在心之上。不过，庄子是气与道合，列子则在气与道之间，还有一个"神"。列子这个体、心、气、神的组合，可能对刘勰的养气说有所影响，虽然列子此一组合的最终着落点仍然是道，所谓"其自知而已"，就是听之以道。

　　《淮南子》也有关于气的论述。《原道训下》：

　　夫形者，生之舍也；气者，生之充也；神者，生之制也。②

形体是实，气是充塞于形体之内的，神是生命的主宰。《淮南子·要略》也提到气：

　　精神者，所以原本人之所由生，而晓痼其形骸九窍取象于天，合同其血气，与雷霆风雨比类；其喜怒与昼宵寒暑并

①杨伯峻《列子集释》页118—119，中华书局1979年版。
②《淮南鸿烈解》，《道藏要籍选刊》本第五册页11，上海古籍出版社1989年版。

明。审生死之分,别同异之迹,节动静之机,以反其性命之宗,所以使人爱养其精神,抚静其魂魄,不以物易己,而坚守虚无之宅者也。……言天地四时而不引譬援类,则不识精微;言至精而不言人之神气,则不知养生之机。①

万物一气,是道家的一个基本观念。《淮南子》所言,亦此意。此一段引文,意谓要懂得养生之机,就要了解人的神气;要了解人的神气,就要识道之精微。而此一切,都是为了要"坚守虚无之宅"即道。

道家关于万物一气的思想,关于人的形体、气、神的思想,对刘勰当有影响。道教与医学,亦有类似之思想,而用之于养生。但是刘勰虽然接受这些影响,而归着点却有差别。他不是归着于终极的道,也不是归着于养生,而是归着于培养一种从容的心境,以利于创作。

# 四

《养气》篇是《文心雕龙》整个理论体系的一部分,它自然也就与其他篇在思想上、在理论结构的层次上有联系。

我们先从《才略》篇说起。《才略》历叙各朝作者之才能识略。其中提到"性各异禀",虽此篇非专论作家个性,但其中论及某些作者时,亦涉及个性与作品之关系。如"刘桢情高以会采","情高",就是《体性》篇说的"情骇",感情激越令人惊异。又如:"枚乘之《七发》,邹阳之上书,膏润于笔,气形于言矣。"

───────────────

① 《淮南鸿烈解》,《道藏要籍选刊》本第五册页 170—171。

"孔融气盛于为笔。"都是从感情气质与为文的关系说的。

《才略》从才说,《体性》从性说,与《养气》又近了一步。《体性》说:"才力居中,肇自血气。气以实志,志以定言,吐纳英华,莫非情性。"才为天赋,原于血气,由血气而志气,而文章,以此论文如其人。他举十二位作者之体(文章体貌)与性(才性、性格)之关系。《才略》与《体性》,从不同的侧面立说,论作者与为文之关系。此两篇与《养气》分论才、性、气,三者处于作家之不同侧面。

《神思》篇则从为文运思的角度,与《养气》发生关系。《神思》篇论为文时驰神运思之特点。自陆机以来,神思问题已受到重视。陆机已看到运思跨越时空、瞬息变化之性质。萧子显也涉及此一问题,称:"属文之道,事出神思,感召无象,变化不穷。"①刘勰更进一步论神思过程中物、志气、辞令三者的关系,论神思与才、学的关系,还涉及文外之旨问题。在谈到运思之不易掌握时,他说:"是以秉心养术,无务苦虑;含章司契,不必劳神也。"要解决运思不易掌握的问题,就要"秉心养术,无务苦虑"。如何秉心养术,无务苦虑,他没有展开。《养气》篇就承接此一问题,展开来论述。

《养气》与《风骨》的关系,则是从"气"与"风"的关系立说。气在《风骨》篇中属于情的范围。作者的元气,表现在作品里,就是文气。文气与情有关,风情耿耿曰气。浓烈的感情在文章中的表现,就是文气。有了气,才有风,"索莫乏气,则无风之验也";"相如赋仙,气号凌云,蔚为辞宗,乃其风力遒也"。"是以怊怅述情,必始乎风"。"风"要表现的是文章中感情的力量,刘

---

①《南齐书》卷五十二《文学传论》,页907,中华书局1972年版。

飋有时就直接用"风力"二字来表述。《养气》是对作者的要求，《风骨》是对作品的要求。作者养好气，在作品中才有可能表现出风力。所以《养气》篇说："率志委和，则理融而情畅。"情畅不惟指在心，亦必反映在文。

## 五

《养气》篇衍生出来的一个问题，是"气"论在我国文学思想史上的意义。前面说过，《养气》篇要养的是气、神、志、情四者的和谐统一，以营造一种从容不迫的心境。而与该篇有关，由养气而风骨，气被用于作品中，成为作品中的气。作品中的这个气，被衍生为风、风力、骨气，都是指一种动人的力，感情的力，义理的力。

我们都知道曹丕提出"文以气为主"，是文学自觉之后，文学的感情特征被充分意识到，并被强调的产物。之后，文气问题就成为我国文学创作与文学评论中的一个永恒的论题。"气"成为我国古代文学思想中的一个美学范畴，以"气"论诗、论文。钟嵘《诗品》论刘琨，称"刘越石仗清刚之气，赞成厥美"①，"自有清拔之气"②。论曹植，称其"骨气奇高"。论刘桢，称其"仗气爱奇，动多振绝"。论陆机，称其"气少于公幹"③。论郭泰机等五人，称："观此五子，文虽不多，气调警拔。"④署名王昌龄《诗

---

① 钟嵘《诗品序》，曹旭《诗品集注》页28，上海古籍出版社1994年版。
② 同上书卷中，页241。
③ 均见同上书卷上，依次为页97、110、132。
④ 同上书卷中，页255。

格》论曹植、刘桢,称:"汉魏有曹植、刘桢,皆气高出于天纵,不傍经史,卓然为文。"皎然《诗式》论诗,亦论及气,"诗有四不"条:"气高而不怒,怒则失于风流。""诗有六迷"条:"以气少力弱而为容易。""诗有二要"条:"要气足而不怒张。"怒张是外露,气要足而不外露①。他已经注意到诗中"气"的"度"的问题。在这些地方,气是被当作强烈的感情气势来使用的。气在文中被使用,当然以韩愈为最著名。他在《答李翊书》中那段论气的话,为无数研究古文论者所引用。他所说"气盛言宜"的气,是道德修养所达到的浩然之气。他承接的是孟子的养气说。

　　由"气"这一个范畴,又衍生出许多的子范畴,如气象、气韵、气格、气味等等。

　　皎然《诗式》,就提出了气象说,"诗有四深"条:"气象氤氲,由深于体势。"②宋人严羽称:"诗之法有五,曰体制,曰格力,曰气象,曰兴趣,曰音节。"③郭绍虞先生解"气象"为仪容,以人身体与诗相为比拟。《诗评》又谓:"唐人与本朝人诗,未论工拙,直是气象不同。""汉魏古诗,气象混沌,难以句摘。""建安之作,全在气象,不可寻枝摘叶。"④又《考证》:"'迎旦东风骑蹇驴'绝句,决非盛唐人气象,只似白乐天言语。"⑤严羽所言气象,似释为风貌较合适,风神仪貌,既包括貌,也包括神。他所强调的混沌、不可句摘,正是指神貌兼备混融一体而言。曾季貍所说:

---

① 李壮鹰校注《诗式校注》页 13、19、16,齐鲁书社 1986 年版。
② 同上书页 14。
③ 郭绍虞《沧浪诗话校释·诗辨》页 5,人民文学出版社 1961 年版。
④ 同上书 133、139、145。
⑤ 同上书页 212。

"东湖《朝容篇》有古乐府气象。""如杜牧之'晚花红艳静,高树绿阴初',亦甚工,但比韦诗无雍容气象尔。"①此"气象",亦指风神仪貌。此种含义之"气象",以后在诗词评论中经常被使用,如王夫之的《姜斋诗话》,王国维的《人间词话》。

气韵指诗的情思韵味。此一词语似从书画批评来,所谓气韵生动者是。

在诗论中使用更多的是气格。皎然已提出"气格"一词:"邺中七子,陈王最高……不由作意,气格自高。"②气格,感情格调。叶梦得论欧阳修,称:"欧阳文忠公诗始矫'昆体',专以气格为主。故其言多平易疏畅,律诗意所到处,虽语有不伦,亦不复问。"③谢榛称:"诗文以气格为主,繁简勿论。""用事多则流于议论。子美虽为'诗史',气格自高。"④

也有以气味论诗者。李东阳论诗,称:"秀才作诗不脱俗,谓之'头巾气';和尚作诗不脱俗,谓之'馂馅气';咏闺阁过于华艳,谓之'脂粉气'。能脱此三气,则不俗矣。至于朝廷典则之诗,谓之'台阁气';隐逸恬淡之诗,谓之'山林气'。此二气者,必有其一,却不可少。"⑤

---

① 曾季貍《艇斋诗话》,丁福保辑《历代诗话续编》页 297、303,中华书局 1983 年版。
② 李壮鹰校注《诗式校注》页 84。
③ 叶梦得《石林诗话》卷上,《历代诗话续编》页 407。
④ 谢榛《四溟诗话》卷一,《历代诗话续编》页 1138、1139。
⑤ 李东阳《麓堂诗话》,《历代诗话续编》页 1348。

# 释“入兴贵闲”

## ——兼论刘勰的杂文学观念（之二）

刘勰在《文心雕龙·物色》中有一段话：

> 是以四序纷回，而入兴贵闲；物色虽繁，而析辞尚简；使味飘飘而轻举，情晔晔而更新。

“入兴贵闲”一句，研究者解读略有不同。黄侃引骆鸿凯《物色》篇注，将贵闲作悠闲解，称：“入兴贵闲者，盖以四序之中，万象森罗，触于耳而寓于目者，所在皆是，苟非置其心于翛然闲旷之域，诚恐当前好景，容易失之也。”①刘永济认为：“闲者，《神思》篇所谓虚静也，虚静之极，自生明妙。”他并且认为此种由虚静所生之“明妙”，“故能撮物象之精微，窥造化之灵秘，及其出诸心而形于文也，亦自然要约而不繁，尚何如印印泥之不加抉择乎？”②这是说，“入兴贵闲”与“析辞尚简”存在因果关系，进入虚静状态之后，便与慧心妙悟相通，知所去取，“抓住最感人的意兴”。牟世金解“闲”为法度。他译“四时纷回，而入兴贵闲”

---

① 黄侃《文心雕龙札记·附录》页 233，中华书局 1962 年版。
② 刘永济《文心雕龙校释》页 181，中华书局 1962 年版。

为"一年四季的景色虽然多变,但写到文章中去要有规则"①。
詹锳则将"入兴贵闲"联系到养气上来:"《养气》篇:'是以吐纳
文艺,务在节宣,清和其心,调畅其气,烦而即舍,勿使壅滞,意得
则舒怀以命笔,理伏则投笔以卷怀。逍遥以针劳,谈笑以药倦。
常弄闲于才锋,贾余于文勇。'皆本篇'贵闲'之意。"②周振甫作
"闲静"解③。郭晋稀将此句译为:"四季是不停地纷去沓来,作
家感发兴起却要心地空灵。"他又加以说明,认为此一种之空
灵,与《神思》篇之虚静说,《养气》篇之养气说是一致的④。王
更生同此解。他引郭晋稀的"感发兴起,要心地空灵"之后,将
此句译:"而作家的感应兴发,却贵乎缘情托兴,了无俗念。"⑤
闲静可能没有俗念,但闲静与没有俗念不是两个相等的概念。
王礼卿释此句,谓:"盖四时变易,万象纷陈,触接视听,摇荡情
灵,然非纷然人感,乃撷其兴会之所注者,故曰'入兴'。而性必
恬然虚静,不塞不波,始可熙然纳物,与真境融合,故云'贵
闲'。"⑥李景滢将"入兴贵闲"理解为"有闲逸的情怀"。赵仲邑

①陆侃如、牟世金《文心雕龙译注》下册,页347,齐鲁书社1982年版。
②詹锳《文心雕龙义证》页1756,上海古籍出版社1989年版。
③周振甫《文心雕龙选译》页184,中华书局1980年版。与周说近似的有
　吴林伯。他解"贵闲"为"重在安静"。见其《〈文心雕龙〉义疏》页574,
　武汉大学出版社2002年版。
④郭晋稀《文心雕龙注译》页484—485,甘肃人民出版社1982年版。
⑤王更生《文心雕龙读本》页307、311,台湾文史哲出版社1991年版。
⑥王礼卿《文心雕龙通解》页847,台湾黎明文化事业股份有限公司1986
　年版。张严也持虚静说,谓:"闲者,《神思》篇所谓虚静也。"见其《文心
　雕龙文术论诠》页183,台湾商务印书馆1980年。王运熙也将"闲"理解
　为"内心虚静",而将"贵闲"译作"贵在闲静"。见其《文心雕龙译注》页
　420,上海古籍出版社1998年版。

则将"闲"理解为心境的平静。他译此句为："季节在错综地变化,引起了诗人的感情兴会,但诗人在对它观察时,仍以心境平静为贵。"①

　　诸家之解读,"法度"说离题太远,可不论。其他诸说,大要有三:一是释"闲"为一种虚静的心境。由此发挥,称此一种之心境,与养气有关。二是释"闲"为悠闲,从容。此二种之解释,虽有相同处,然亦有差别。虚静是心之空灵,是一种心境;从容是一种态度,是自然得之,不强求。黄叔琳与纪昀,就是这样理解的。黄批此句,称:"天下事那件不从忙里错过,文亦然矣。"纪批此句,称:"凡流传佳句,都是有意无意之中,偶然得一二语,都无累牍连篇、苦心力造之事。"②三是解为平静。此一种之解读,与虚静说有相似处,然亦有差别。虚静是虚而无物的静;平静并未排除"物"之存在。与从容说亦有相似处,然亦有差别,从容既包括心境,也包括仪态;而平静只是心境。对于此一句究应作何种之解读,才切合刘勰之原意,似可作进一步之探讨。

一

　　首先是对于"入兴"的理解。刘勰所理解的"兴"义,已非《礼记》所言"六诗"之"兴"义。"六诗"之"兴",学界已有多种之解读,纷然未能定于一是,此处暂勿论。刘勰此处所说"入兴"之"兴",就是他在《比兴》篇中所说的"兴":

①赵仲邑《文心雕龙译注》页380,广西人民出版社1982年版。
②均见黄霖《文心雕龙汇评》页151所引,上海古籍出版社2005年版。

　　　　兴者,起也……起情者,依微以拟议。起情,故兴体以
　　立。……兴则环譬以托讽。

从他这一论述中,我们可推知他对"兴"的理解,包括两个阶段:
一是起情,也即因外物之触发而兴发感动。写作中此一种之现
象,刘勰在多处提到过,如《诠赋》篇提到睹物兴情,情以物兴。
一是有所托喻,即"依微以拟议","环譬以托讽"。他对于兴的
这一认识,反映着"兴"义演变的复杂过程。我们且抛开"六诗"
之"兴"义不谈,就从"六义""兴"义开始。"六义"之"兴"义,从
郑众起,就给予了寄托之意。他说:"兴者,托事于物也。"引譬
连类说①,喻劝说②,与此都应认为是同一解读系统。但是,随着
文学与其他学术的逐步分科,文学的抒情特征被逐渐地认识,
"兴"的意涵亦逐渐起了变化。晋人挚虞论"兴",称:"兴者,有
感之辞也。"有感之辞是什么意思呢? 就是情有所感,而形之于
言象。挚虞论诗,重情义。这从今存《文章流别论》之残篇可看
出来:

　　　　古之作诗者,发乎情,止乎礼义。情之发,因辞以形之;
　　礼义之指,须事以明之。……古诗之赋,以情义为主,以事
　　类为佐;今之赋,以事形为本,以义正为助。情义为主,则言
　　省而文有例矣;事形为本,则言富而辞无常。……诗虽以情
　　志为本,而以成声为节。③

--------

①《论语·阳货》何晏注引孔安国云:"兴,引譬连类。"
②《周礼》郑玄注云:"兴,见今之美,嫌于媚谀,取善事以喻劝之。"
③ 欧阳询《艺文类聚》卷五十六引,上海古籍出版社 1965 年版。

此一段话,原本在论赋。但由赋而及诗,谓诗皆以情义为本。既看到情在诗中的重要意义,因之论"兴"时,也就着重在"感"上。兴因感发而起的这一层意涵,把郑众的"托事于物"和郑玄的"取善事以喻劝之"的"兴"义的范围扩大了。二郑的"兴"义,更近"比"义;而挚虞的"兴"义,则进入了创作过程中的物感层面。这一点,反映了文学发展过程中的重情倾向。挚虞前后,有关因物感兴的论述不断出现,也说明了这一点。"兴"的这一层意涵,刘勰把它更为明确地表述为"起情"。

　　刘勰"兴"义的另一层意涵,则承继二郑说,取其以事物为喻之义,而比二郑说进一步指出此一种之托事物为喻,兼及义象而更为深曲隐微,也就是比显而兴隐之意。"依微以拟议",王礼卿对此有很好的解释,他说:"兴之象与情相接以起,而象之所涵,有著有微,欲抒深曲之情,故必依其隐微,以拟成其议,幽婉之情始尽。""兴则环譬以托讽",王礼卿对此也有解释,称:"一物之象,可譬之义甚多,兴则取其环旋之隐义,足譬深曲之情者为讽咏。此明兴之取象周广。"①此两处解释,都特别指出了刘勰的"兴"义与情的发动的关系;也指出他的"兴"义对情与象的要求都是深曲幽微。我以为,王礼卿对刘勰的"兴"义的解读是确切的。

　　重视情在"兴"中的作用,与刘勰论文处处重情有关。不用说他专立《情采》篇,论为情而造文之重要。在《明诗》篇中,他先提物感:"人禀七情,应物斯感,感物吟志,莫非自然。"论古诗,给了很高的评价,亦以情故,称其:"婉转附物,怊怅述情,实五言之冠冕也。"在《诠赋》篇中,他说:"原夫登高之旨,盖睹物

———————

① 王礼卿《文心雕龙通解》页688。

兴情。情以物兴,故义必明雅;物以情观,故辞必巧丽。"在《神思》篇中,他说:"登山则情满于山,观海则意溢于海。"在《体性》篇中,他说:"夫情动而言形,理发而文见。盖沿隐以至显,因内而符外者也。"重情,故强调睹物兴情。"入兴",就是睹物兴情的开始。

<h1 style="text-align:center">二</h1>

　　与此一点有关,是"入兴"有其特指的范围。"入兴"是就《物色》篇的论述对象而言的。《物色》篇的论述对象,是自然景物引起的感兴,和如何描写自然景物。

　　四时物色的变化引起感情的波动,最有名的当然是宋玉《九辩》:"悲哉秋之为气也,草木摇落而变衰。"①后来潘岳《秋兴赋》由是引发感慨:"四时忽其代序兮,万物纷以回薄。览花莳之时育兮,察盛衰之所托。感冬索而春敷兮,嗟夏茂而秋落。虽末士之荣悴兮,伊人情之美恶。善乎宋玉之言曰:'悲哉秋之为气也,萧瑟兮草木摇落而变衰。'"②也是晋人的湛方生《惜春赋》进而把外物引发情感的波动比喻为外物之象与镜中之象的关系:"夫荣凋之感人,由色象之在镜。事随化而迁回,心无主而虚映。眄秋林而情悲,游春泽而心令。孰云知其所以,乘天感而叩性。"他对于此一种之感应,不知其所以然,所以说"心无主而虚映"③。齐王融求自试,亦言及物感:"臣闻春庚秋蜂,集候

①《文选》卷三十二,页467,上海书店据清胡克家刻本影印,1988年版。
②同上书卷十三,页176。
③《太平御览》卷二十,页97,中华书局1960年版。

相悲,露木风荣,临年共悦。夫唯动植,且或有心;况在生灵,而能无感。"永明末,他又上疏:"臣闻情恼自中,事符则感;象构于始,机动斯彰。"①王融与上述诸人不同的是,他的物感说不惟指人,亦指物。不只是人因四时之变化引发感情之波动,动植亦因四时之变化而亦有生命之感发。此一种之思想,与万物一体之观念有关。此一观念也可用来解释人与物何以能相感相知。自文学创作与文学观念而言,物感说的重要一方是情。物色引起感情的波动,然后才进入思索的阶段。

　　刘勰也认为人与物对于四时的变化都会有感发:"春秋代序,阴阳惨舒;物色之动,心亦摇焉。盖阳气萌而玄驹步,阴律凝而丹鸟羞;微虫犹或入感,四时之动物深矣。若夫珪璋挺其慧心,英华秀其清气;物色相召,人谁获安?"②他说春天使人愉悦,夏天使人郁陶,秋天令人志远,而冬天则使人矜肃。他的这些观点,与他之前的有关论述,并无不同。他的物感说与上述诸人略为不同的是,他提出了心物互感的观点:

　　　　山沓水匝,树杂云合。目既往还,心亦吐纳。春日迟
　　迟,秋风飒飒。情往似赠,兴来如答。

他之前的有关论述,虽也说万物对四时变化皆有所感,但是刘勰在此基础上,进一步提出了心物交感说。心与物,在感发过程中是双向的,互动的。"往还"与"吐纳"都不是单边,而是互动。"情往似赠",就是他在《诠赋》中说的"登山则情满于山,观海则

①萧子显《南齐书》卷四十七《王融传》引,页817、820,中华书局1972年版。
②《文心雕龙·物色》。

意溢于海"。"兴来如答",兴之来,有似物之以情相报。

心物交感,是刘勰对物感说的贡献。

# 三

上面我们说到刘勰《比兴》篇的"兴"义,重在情之发动。情之发动之后,才进入依微以拟议的阶段。而就《物色》篇而言,通篇所论,则均集中于物色之描写,并未及依微拟议、环譬托讽。此篇所言之兴,则纯在情之兴发,是情以物迁,是感物而连类不穷,举《诗》人以"灼灼"、"依依"、"杲杲"、"瀌瀌"、"喈喈"、"喓喓"描写物象之形貌音声;举《骚》人描写物象之用辞更加重沓铺陈,如"嵯峨"、"葳蕤"之类;举汉赋作者之模山范水,字必鱼贯。所列举这些描写,均属对于物象之形容,而不属依微拟议、环譬托讽。理解他在《物色》篇中所说的"入兴",当然也就应该在自然景物的描写的范围之内。是因物兴情,因物色之变化而进入感情兴发的阶段。

何以他要专写《物色》一篇,专论自然景物的描写问题,这与其时诗歌之发展状况有关。我们都知道,自东晋士人醉心于山水游乐之后,山水之美进入了士人的生活情趣中,成为他们人生之一寄托,园林建筑、山水画、山水诗便也发展起来。山水之美与他们的人生感悟连在一起。我们只要看一看兰亭诗,就可以明了此一点。自然景物的变化与生命之感悟相通,是哲理的思索,亦情感之一境界。山川如此之美好,而岁月不居,于是有生命流逝之感慨,有浓烈的伤感之情。我们常常在此时的人物中,看到因物伤情的描写。《世说新语·言语》:"桓公北征经金城,见前为琅邪时种柳皆已十围,慨然曰:'木犹如此,人何以堪!'攀枝执条,泫然流泪。"这"木犹如此,人何以堪",就成了千古传诵之名句。之所以千古传诵,就因为它表达了自然景物与岁月流逝、人命危浅之深沉感喟。我们看曹丕的《柳赋》,看曹植的《秋思赋》,发抒的也都是此种时光流逝、生命无常之感。山山水水与人生是如此的紧密相连,在生活中皆成有情之物。这也就是物感说得到充分发展之重要原因。创作中关注山水景物的描写,理论上也探讨景物描写的问题。宗炳的《画山水序》,就是此一环境的产物。刘勰《物色篇》之作,当亦与自然景物在诗文中成为了重要之描写对象有关。《物色篇》结尾说:"若乃山林皋壤,实文思之奥府;略语则阙,详说则繁。"正说明着他对于自然景物描写的重视。

　　"入兴"既是就描写自然景物时感情之发动而言,则"贵闲"之义当亦与此相衔接。这样我们就可以对前面诸说作出判断。把"闲"理解为"虚静",恐怕不易说通。前已述及:"虚静"是一种心境。解读为"虚静"者,常引庄、佛为说,谓处于一种空灵之心境中,便于领悟。张严谓:

　　　　闲者,《神思》篇所谓"虚静"也。盖虚静之极,自生精妙。故能摄物象之精妙,窥造化之灵秘,出诸心而形之褚墨也。

　　　　虚静之说,犹佛门"顿悟"、"渐悟"也。顿悟云者,乃忽然而会,猝然而解者也;渐悟云者,谓渐次而觉也。夫行文亦然,佳句常于有意无意间得之。①

————————

① 张严《文心雕龙通识》,台湾商务印书馆 1969 年版。

"虚静"说之要害,在心无挂碍。而刘勰认为面对景物时有兴发感动之情,登山则情满于山,观海则意溢于海,并非处于了无挂碍之心境中。与"虚静"说近似的是"平静"说。"平静"说亦无法解释入兴时之动情问题。看来,"从容"说更近于刘勰之本意。黄叔琳和纪昀的解读是对的。忙里无法赏识山水之美,亦无法传神地描述此种美。只有从容游赏,景与心会,才有可能领悟其中神韵,而传其神妙,做到"析辞尚简"。

"入兴贵闲",是说因物色而兴发感动时,保持一种从容不迫的心态。

# 四

刘勰不止一次提及创作时之从容心态问题。虽然在不同地方提及此一问题时各有所指,但强调不迫遽,优游以处之,则是一样的。在《养气》篇中,他提到"从容率情,优柔适会",是说任由情思之自然发展,不要强求,不要殚精竭虑,要"弄闲于才锋"。在《通变》篇中他提到"长辔远驭,从容按节",是就为文之通与变说的,是说"凭情以会通,负气以适变",无论通与变,都要根据为文之大体,从容去取。在《书记》篇中,他提到"条畅以任气,优柔以怿怀。文明从容,亦心声之献酬也",这是说书体应该随意表现舒畅愉悦的怀抱,文字的表达也就应该明白而从容。这里可能涉及一个创作中的重要问题,就是深思熟虑与有意无意的问题。在文学史上,我们可以找到大量例子,说明许多的名篇都是经过长期的思索、精雕细刻而成。此一类的作品,可能如刘勰所说,与才之迟速有关;也可能与创作态度、作品规模、所写对象有关。此一点,此处暂且不论。此处要论及的是有意无意得之的问题。就创作而言,有意无意间得之,可能有两种情形,一种是山水之游赏,有悠闲之心境,才会有美之领悟。所谓"意闲境来随"①。一种是所蓄既富,遇境触发,本无一定之立意,因此一种之心与境会,生发出无尽之情思。如彦和所说:"然物有恒姿,而思无定检,或率尔造极,或精思愈疏。"率尔造极,就是此一种无意间得之的情形。我们必须承认,在文学创作中确有一种难以描述之无端兴会存在。骆鸿凯在解读刘勰上述两句时说:

> 寻心物之感,其机至微,其时至速。故有卒然遇之,不劳而获者,亦有交臂失之,回顾已远者。此中张弛通滞之数,虽有上材,恒不能自喻其故。文家常言,以为天机骏利,易于烛物,六情壅塞,难于用思,通塞之宜,文之工拙分焉,斯诚不刊之论矣。②

此种无端之兴会,或为灵感之偶然一闪,而生发无端浮想。此一种不可言说之偶然兴会,常非苦思所能得。不论是意闲境来随,还是率尔造极,以一种从容的心态入感,都是最重要的条件。没有此种心态,有意寻觅,往往失之交臂。刘勰在《养气》篇中说的逍遥以针劳,谈笑以药倦,常弄闲于才锋,也是这个意思。后代论家,亦注意及此,每论及从容心境对创作之意义。明人杨慎论及此一问题,有如下的一段话:

---

① 白居易《夏日独直寄萧侍御》,《白氏长庆集》卷五,文渊阁四库全书本。
② 转引自詹锳《文心雕龙义证》页 1752。

> 律诗起承转合,不为无法,但不可泥。泥于法而为之,
> 则撑柱对待,四方八角,无圆活生动之意。然必待法度既
> 定,从容闲习之余,或溢而为波,或变而为奇,乃有自然之
> 妙,是不可以强致也。①

只有从容闲习之余,才有可能于既定之法度中千变万化,得自然
之妙趣。

# 五

"入兴贵闲"是指以一种从容之心态入感,感发之后接着便
是一个如何表述的问题。究应如何之表述,刘勰说:"物色虽
繁,而析辞尚简。"析辞追求简要,目的是表现要害之处。此一
种之思想,不仅是对自然景物描写的要求,而且贯穿于刘勰《文
心》一书的论述中。《宗经》篇中提到经书的典范时说经"辞约
而旨丰,事近而喻远"。《风骨》篇论"骨",称:"故练于骨者,析
辞必精。""骨"属于具有严密说服力之义理,要具备此种有说服
力之义理,就要求其语言表达之精要。他在《风骨》篇的结尾,
还提到:"《周书》云:'辞尚体要,弗惟好异。'盖防文滥也。"在
《镕裁》篇中,他集中论述文章情意的提炼和文辞的剪裁问题,
提出了"三准"说。纪昀在"三准"的"设情位体"和"酌事取类"
之上,眉评曰:"此一段论镕,犹今人所谓炼意。"在"归余于终,

---

① 杨慎《怀麓堂诗话》,文渊阁四库全书本。

则撮辞以举要"之上,眉评曰:"以下论裁,犹今人所谓炼辞。"①
在论及炼辞时,刘勰称繁略应"随分所好",而特别强调了"辞运
而不滥"。防文滥,是防繁而无当;是要以少总多而达到情貌无
遗。刘勰对于语言的表达能力有过认真的思考。他非常重视语
言在文章写作中的地位。在《神思》篇中,他把志气与语言看作
写作过程两个重要部分:"神居胸臆,而志气统其关键;物沿耳
目,而辞令管其枢机。"他把正确处理好此两者,看作"驭文之首
术,谋篇之大端"。他也提到言辞表达情意的困难,称"意翻空
而易奇,言征实而难巧"。心之所想不受限制,而言须征实则受
到约束。他其实已接触到语言表达功能的问题。言不能尽意,
乃是语言作为传达工具所表现的一种普遍现象。

　　面对纷繁物色而要求析辞尚简,目的是要使语言的容量尽
量地扩大。所以他接着便提出要做到物色尽而情有余,"使味
飘飘而轻举,情晔晔而更新"。"物色尽",是说穷尽物色之形
相。物色既纷繁,何以能穷尽?既言析辞尚简,亦非小大不捐。
此穷尽之物色,盖指以极少之言语,写尽纷繁物色之神貌,也就
是他所说的做到"情貌无遗"。此一种之"物色尽",才能做到
"情有余"。情有余,才有"味"。

　　这个"味",是"飘飘而轻举"的。所谓"飘飘而轻举",意谓
非实体,可感而不可着实,有空灵轻飏之感。对于"味"的此种
理解,与后来发展起来的味外味、象外象、韵外之致的观念有很
大的关系。此一种之关系,就在于揭示了"味"的飘忽空灵的特
点。由此一特点,才有可能生发出"味"的多重性。

---

① 黄叔琳注、纪昀评《文心雕龙》,清道光十三年涿州卢坤两广节署刊行朱
　墨套印本。

　　刘勰对"味"的理解的又一点,是看到"味"与情的关系。把"味飘飘而轻举"与"情晔晔而更新"联系起来,情之光华因味之飘飘轻举而更新。此一"更"字下得极好,明味能助情更好之表达。

　　"味"的多重性,刘勰在《隐秀》篇中有集中的论述。惜乎《隐秀》为残篇,未能见其论"隐"之全体。只就今存之残篇言,已知他对"隐"的理解,实与重"味"有关。他说:"深文隐蔚,余味曲包";"隐也者,文外之重旨也";"夫隐之为体,义生文外,秘响旁通,伏采潜发。"在《隐秀》篇中的这个"味",既包括义理,也包括情思。其实他论"味",在不同地方具不同之含义,《物色》篇专言自然景物之描写,重在情味。而在《总术》篇中,他所说的"味"则重在义理方面。他说若能很好地掌握技术,就能使文章"义味腾跃而生,辞气丛杂而至"。《史传》篇论班固《汉书》,说它:"十志该富,赞序弘丽,儒雅彬彬,信有遗味。"这里的"味",亦指义理之含蕴深厚而言。

　　刘勰论文,重要的贡献之一,就是提出"味"说。虽然他论文之主旨,或不在此。他的主要宗旨,或在宗经、辨骚。但是"味"说的提出,确实反映了文学发展向着重情感、重艺术特质方向深入之倾向。抒情文学的发展,才为"味"说的出现提供了基础。当然,他的"味"论还没有后来的司空图等人的"味外之味"、"韵外之致"说那样纯粹地从诗情着眼。刘勰的"味"论涉及较广,不仅指情思韵味,且亦指义理之含蕴深厚。司空图等人的味论,思想之基础更多的是道家,而刘勰的"味"论则带有儒家的思想成分。这也反映着其时文学思想发展的状况,也反映着刘勰文学观念的复杂性。

# 六

　　这就要说到刘勰的杂文学观念的问题了。我国古代的文学和文学思想,有着自己的特色,用西方的文学标准、用西方的文学观念硬套在我国古代文学和文学思想上,无疑是不恰当的。但是,完全把两者对立起来,同样有悖于历史发展的实际。近来有研究者提出了一个令人难以理解的问题。他认为,我国古代的文学不存在艺术特质(或称文学特质),研究我国古代文学的艺术特质,就是用"西方的纯文学"观念硬套我国的古代文学,就不符合我国古代文学、文学思想的历史原貌。这样的观点,既有悖于常理,亦有悖于史实。说他有悖于常理,是他对于文学学科缺乏基本的理解。如果抽掉艺术特质,文学缺乏艺术感染力,没有情感、没有形象、没有语言的美,文学还存在不存在? 说他有悖于历史事实,是说他对于我国的文学、文学思想发展的历史,没有基本的了解。我国古代,把所有的文章都称为"文",这是事实。所有的文章,经、史、子、集都在内,用现在的学科分类,哲学、史学、教育学、社会学、政治学、经济学等等都包括在内。如果我们把这所有文章都当成文学,那我们就只好回到学术不分科的状态,现代意义的学科分类的文学研究也就不存在。事实上,我国古代虽然所有文章都称为文,但是有一条发展线索在这所有文章中或有或无、或隐或现、或充分或不充分地存在着,那就是对于艺术特质(或称文学特质)的展开和探讨。我国古代文学的民族特色,不反映在有无艺术特质上,而反映在它所表现的民族气质、民族精神、民族基本价值取向、民族审美情趣;表现在它所反映的民族生活图景上;反映在它的民族形式上。简单化用有无艺术特质来区分中国或西方,以为有者为西方的"纯文学",无者为中国的古代文学,这种认识不仅是肤浅的,甚而可以说是荒唐的。

刘勰的文学思想,是杂文学的思想。说他是杂文学,因为他把所有的文章都称为文。但是他的杂文学观,却反映着文学思想发展过程中的复杂面貌。一方面,在宗经思想的基础上,他提出衡文之优劣,以内容为主,不以有文无文。《总术》篇说:

> 予以为发口为言,属笔曰翰,常道曰经,述经曰传。经传之体,出言入笔,笔为言使,可强可弱。《六经》以典奥为不刊,非以言笔为优劣也。

我们知道,在当时文笔之争中,他是主张不以有文无文区分文、笔的。他提出以有韵无韵分文笔,而文、笔都是文。这就把其时文、笔之争中隐藏有区分文学、非文学意味的趋势消解了。从这一点说,他的文学观念还停留在学科未分的阶段。我们如果认为刘勰的文笔观,就是我国古代文学思想的特点所在,并以此作为我们描述我国古代文学史、文学思想史的依据,我们也就将回到学术不分的时代。这当然不符合现代学科严格的要求,也不符合文学史发展的事实。在刘勰的文学思想中,不仅存留有学术未分时的文章观,而且有文学独立成科过程中逐步展开的对于文学艺术特质的追求。他不仅论述了神思、风骨、体势等命题,而且论述了比兴、声律、丽辞、夸饰、隐秀等主要属于艺术技巧方面的问题。重视神思、重视声律、重视骈辞俪句,酌奇玩华,都是文学自觉的趋势起来之后的追求。这样我们就可以清楚地

看到刘勰文学思想的另一面。这一面，就是他反映着我国古代
文学思想中明确追求艺术特质的发展趋向。

　　《物色》篇中关于"入兴贵闲"，对于"味"的追求，反映的也
是这种趋向。

# 释"阮籍使气以命诗"

《文心雕龙·才略》篇有如下的一段话:"嵇康师心以遣论,阮籍使气以命诗:殊声而合响,异翮而同飞。"关于"嵇康师心以遣论",当另有所论,这里要谈的是"阮籍使气以命诗"。

黄叔琳《文心雕龙校注》注此,谓:"《阮籍传》:'籍作《咏怀诗》八十余篇,为世所重。'颜延年曰:'说者谓阮籍在晋文代,常虑祸患,故发此咏耳。'"①常虑祸患而发此咏,并未能说明使气命诗之所指。

范文澜注此,谓:"《晋书·阮籍传》:'籍容貌瑰杰,志气宏放,傲然独得,任性不羁,而喜怒不形于色。能属文,初不留思。作《咏怀诗》八十余首,为世所重。'"②范注引籍传,中"志气宏放"、"任性不羁"或者可以理解为对于使气命诗之说明,意或谓由于其志气宏放与任性,故为诗使气。然此注之下又谓其"喜怒不形于色",这和使气命诗又似不协。用《传》对于阮籍的总体评价以释其为诗之特点,当然不确切。

李景溁《文心雕龙新解》于此未作注,而译此句为:"阮籍

---

① 黄叔琳《文心雕龙校注》页302,中华书局1959年版。
② 范文澜《文心雕龙注》页708,人民文学出版社1958年版。

（嗣宗）虽在平靖之世，也常忧心祸患，纵情使气宣泄于诗辞。"①
此说并未细析"气"何所指。谓"纵情使""宣泄"，则似指带着
强烈的感情指向。

　　周振甫《文心雕龙选译》注此谓："阮籍志气宏放，著有《咏
怀诗》八十余首。"注文似未释出"使气命诗"之含义，志气宏放
是指人而言的。但译文有明确表达，此句译为："阮籍凭着气势
来作诗。"②"气势"，强调了力的一面，谓凭其气概力量作诗。

　　陆侃如、牟世金《文心雕龙译注》释此，谓："使气：任其志气。"③

　　郭晋稀《文心雕龙注译》注此谓："颜延年注：'在晋文代，常
虑祸患，故发此咏耳。'故云：'使气以命诗。''命诗'犹言赋
诗。"④用"故云"，明其因果关系，谓使气，指其"常虑祸患"。此
说明显不通。

　　李曰刚《文心雕龙斠诠》此句注引范注，而译文作："阮籍纵
使其慷慨意气以寄托诗章。"⑤意气，有多个义项，此处饰以"慷
慨"，似指情绪言，谓放纵其慷慨之情绪寄托于诗中。

　　王礼卿《文心雕龙通解》于此未作注，而是加以解释："谓
《咏怀》八十余篇也。《体性》：'嗣宗俶傥，故响逸而调远。'《明
诗》：'阮旨遥深。'以其才性卓荦故意深，意深故任意以驱遣之，
与刘桢情高仗气理同。沈归愚所谓'反覆零乱，兴寄无端'，气
使之也。又以不羁之性，运以跌宕之气，音调自超远轶群，声资

① 李景溁《文心雕龙新解》，台湾翰林出版社 1968 年版。
② 周振甫《文心雕龙选译》页 291—292，中华书局 1980 年版。
③ 陆侃如、牟世金《文心雕龙译注》下册，页 369，齐鲁书社 1982 年版。
④ 郭晋稀《文心雕龙注译》页 546，甘肃人民出版社 1982 年版。
⑤ 李曰刚《文心雕龙斠诠》，台湾"国立编译馆"中华丛书编审委员会 1982
　年版。

于气,亦气使之也。此由文推见其才气也。"①

陈兆秀《文心雕龙术语探析》释此,谓:"'气'谓气质才性,'使气'与'任气'意近,即纵任才性的意思。……阮籍则纵使自己的才性,作了《咏怀诗》八十余首。"②

詹锳《文心雕龙义证》释此为:"'使气',任其志气。……刘禹锡《效阮公体》:'昔贤多使气,忧国不谋身。'"③

王更生《文心雕龙读本》注谓:"此句是说阮籍运用宏放的志气,来写作他的《咏怀诗》。"而译文则作:"阮籍纵其慷慨的意气,以宣泄于他的诗辞。"④王先生此译,与其师李曰刚先生在《斠诠》中的译文相同。

王运熙、周锋《文心雕龙译注》注此为:"使气:纵任意气。命诗:作诗。"⑤此处"意气",虽未饰以"慷慨",但"纵任",似强调力之趋向。

张光年《骈体语译文心雕龙》译此句为:"阮籍胸怀豪气驱遣他的诗句。"⑥这是明确地说阮籍是以"豪气"写诗。

上举十三例,究竟何种解释更切近于刘勰的本意呢?

一

刘勰在《文心雕龙》中对阮籍的评价有五处,其中论及其人

---

① 王礼卿《文心雕龙通解》,台湾黎明文化事业股份有限公司1986年版。
② 陈兆秀《文心雕龙术语探析》,台湾文史哲出版社1986年版。
③ 詹锳《文心雕龙义证》页1808,上海古籍出版社1989年版。
④ 王更生《文心雕龙读本》,台湾文史哲出版社1991年版。
⑤ 王运熙、周锋《文心雕龙译注》页432,上海古籍出版社1998年版。
⑥ 张光年《骈体语译文心雕龙》页92,上海书店2001年版。

的只有一处：

> 嗣宗俶傥，故响逸而调远。（《体性》）

俶傥，是潇洒放纵、不拘礼俗。有关于阮籍潇洒放纵、不拘礼俗的记载，其实并不多，今日我们所能知道的，就这么几件事：

伏义《与阮籍书》：

> 而吾闻子乃长啸慷慨，悲涕潺湲；又复抚腹大笑，腾目高视，形性侜张，动与世乖，抗风立候，蔑若无人。①

伏义此书，提出对于阮籍的四点看法，除上一点之外，其余三点是："或谓吾子英才秀发，邈与世玄，而经纬之气有蹇缺矣"；"或谓吾子智不出凡，器无隈奥，而陶变以眩流俗"；"今观其规时，则行己无立德之身，报门无慕业之客……徒泄泄以疑世为奇，纵体为逸。"这四点，有的是引时人的看法，用"或谓"；有的是他自己的见解。四点评价并不一致，有的以其持才而傲世，有的以其无才而傲世，而四点之一相同处，是说阮籍的行为有悖于流俗。这悖于流俗，就在于行为的乖张，不合礼法。自礼法之士言，则士之处世，当规行矩步，克己谦恭。而阮籍竟然无端"长啸慷慨，悲涕潺湲"，"抚腹大笑，腾目高视"。在阮籍当有心中难以平复之块垒，而旁人则不理解而以之为怪异乖张。伏义书中所指认的，其实只不过是行为有些不合规矩而已。这种不合规矩，在当时大概就是被认为俶傥的吧！

---

①陈伯君《阮籍集校注》卷上附录，页 74，中华书局 1987 年版。

另几件不合流俗的事是:

> 阮公邻家妇有美色,当垆酤酒。阮与王安丰常从妇饮
> 酒。阮醉,便眠其妇侧。夫始殊疑之,伺察,终无他意。
> (《世说新语·任诞》)

> 阮籍嫂尝还家,籍见与别。或讥之,籍曰:"礼岂为我
> 辈设也?"(《世说新语·任诞》)

> 籍邻家处子有才色,未嫁而卒。籍与无亲,生不相识,
> 往哭,尽哀而去。其达而无检,皆此类也。(《世说新语·
> 任诞》刘注引王隐《晋书》)①

这三条记载是关于妇女的。他对于卖酒邻妇和邻家处子的态
度,在礼法之士看来,当然有悖伦常;但自阮籍行为之实质言,则
纯为任情率真之表现,并无悖于伦常之意念。与嫂道别一事,亦
任情率真之行为。刘注:"《曲礼》:'叔嫂不通问。'故讥之。"而
其实,东汉末年礼法已松动,阮籍之所为,并非惊世骇俗。《世
说新语·言语》刘注引《典略》称:建安十六年,曹丕为五官中郎
将,刘桢随侍,"酒酣坐欢,乃使夫人甄氏出拜,坐上客多伏,而
桢独平视。他日公闻,乃收桢,减死输作部"②。治刘桢罪的是
曹操,而曹丕于僚属酒酣耳热之际使甄氏出拜,已是一种不顾及
礼俗之行为。曹丕《典论·酒诲》记东汉末年情形:

> 洛阳令郭珍,家有巨亿,每暑召客,侍婢数十,盛装饰,

---

① 余嘉锡《世说新语笺疏》页731,中华书局1983年版。
② 同上书页70。

罗縠披之,袒裸其中,使进酒。①

后来葛洪在《抱朴子》中有更多的此类记载。可知阮籍正处于儒家礼教松动,坚守礼法之士与蔑视礼法之士并存的时期。从此一时期之动向看,上述阮籍三事,并非极端。他只是任性而行而已。他之前,已有更极端的例子。《任诞》记阮籍不拘礼俗的另外几件事是:

> 阮籍遭母丧,在晋文王坐进酒肉。
> 阮籍当葬母,蒸一肥豚,饮酒二斗,然后临诀,直言"穷矣"! 都得一号,因吐血,废顿良久。②

此条刘注引邓粲《晋纪》:

> 籍母将死,与人围棋如故,对者求止,籍不肯,留与决赌。既而饮酒三斗,举声一号,呕血数升,废顿久之。

又,《任诞》刘注引《名士传》:

> 阮籍丧亲,不率常礼,裴楷往吊之,遇籍方醉,散发箕踞,旁若无人。楷哭泣尽哀而退,了无异色。其安同异如此。③

---

① 《太平御览》卷八百四十五,页3776引,中华书局1985年版。
② 余嘉锡《世说新语笺疏》页728、732。
③ 同上书页734。

此数条,言籍守丧不以礼。关于孝道,汉末伪道学出现,同时也就出现了悖离道学的真孝道。阮籍居丧期间饮酒吃肉,自迹言之,诚然违礼;若自情言之,则难以不孝视之。

言及阮籍不拘礼俗的,还有一条,就是说他在司马昭坐上"箕踞啸歌,酣放自若"[1]。

上述有关阮籍不拘礼俗事迹之记载,都只限定在日常生活的范围内,表现的是他的真性情,是礼的约束松动之后,人性自觉、纯任性情行事的反映。他的这些违礼的行为,既无关乎抱负,亦无关乎志向。就这些行为的特点言,既非慷慨激昂,亦非豪情满怀,用俶傥,即不拘礼俗、放任情性行事形容之,最为恰当。

阮籍虽然不拘礼俗,任由情性行事,但是在事关政治时,他却依违避就,如临深履薄,丝毫也个敢任性,不敢放纵。我们都知道阮籍的谨慎是有名的。为东平相而坏府舍前后诸壁障,使内外相望,意在于表明自己没有任何的谋划隐违;司马昭为其子司马炎求婚阮籍女,籍一醉六十日以婉拒;钟会多次问之以时事,欲因其可否而治之罪,他可与否均不置一辞,而酣醉以避之;他口不论人过,在那样复杂艰危的政治环境中,口不论人过的惟一目的,就是避祸。他那种极端的小心谨慎的行为,在朝廷和在士人中,可以说都是公认的典型。他的朋友嵇康说:"阮嗣宗口不论人过,吾每师之,而未能及,至性过人,与物无伤,唯饮酒过差耳;至为礼法之士所绳,疾之如雠,幸赖大将军保持之耳。"[2]

---

① 余嘉锡《世说新语笺疏》页766。
② 嵇康《与山巨源绝交书》,戴明扬校注《嵇康集校注》卷二,页118,人民文学出版社1962年版。

《世说新语·德行》刘注引李康《家诫》称司马昭曾问及诸人,近世谁最谨慎。李康答以荀景倩、董仲达、王公仲。司马昭认为这几位固然也谨慎,但天下最谨慎之人,还要数阮籍。他说:"此诸人者,温恭朝夕,执事有恪,亦各其慎也。然天下之至慎者,其惟阮嗣宗乎! 每与之言,言及玄远,而未曾评论时事,臧否人物,可谓至慎乎!"①

　　倨傲与至慎放在一起,必然要造成内心极端的苦闷。他是一位非常自傲的人,昔年亦有抱负,他对当时政局中的种种问题,不是没有自己的看法,而是生当乱世,处于艰危之中,不敢说。有见解而不敢说,也就造成内心的痛苦,而且要长期地忍受此种痛苦。陈寿《三国志·魏书·籍传》裴注引《魏氏春秋》称其"尝登广武,观楚、汉战处,乃叹曰:'时无英才,使竖子成名乎!'时率意独驾,不由径路,车迹所穷,辄恸哭而反"②。这是一则很能反映阮籍心境的材料。他自视甚高,藐视刘、项。楚汉之争,史视其为英雄事业,而籍竟以之为竖子成名。独驾而不由径路,盖内心之茫然,未知将去向何方。车迹所穷,痛哭而反,盖思及人生之艰险、出路迷茫而哀伤至极。他的这种心境,我们在他的《咏怀》诗中可以找到大量的例子:

　　　　一身不自保,何况恋妻子! (其三)
　　　　徘徊空堂上,忉怛莫我知。(其七)
　　　　鸣雁飞南征,鷃鸠发哀音。素质由商声,凄怆伤我心。
　　(其九)

_____

①余嘉锡《世说新语笺疏》页 17—18。
②陈寿《三国志》卷二十一《魏书》,页 605,中华书局 1959 年版。

　　　感物怀殷忧,悄悄令心悲。多言焉所告,繁辞将诉谁?
(其十四)
　　　独坐空堂上,谁可与欢者!(其十七)
　　　终身履薄冰,谁知我心焦!(其三十三)
　　　生命辰安在,忧戚涕沾襟。(其四十七)
　　　谁云玉石同?泪下不可禁。(其五十四)

有痛苦悲伤而无可与语者,只能藏于内心。这就是阮籍的心境。
颜延年《五君咏》咏阮籍:"沉醉似埋照,寓辞类托讽。长啸若怀
人,越礼自惊众。物故不可论,途穷能无恸!"①"埋照",把自己
隐藏起来,借着什么把自己隐藏起来呢?借着沉醉。他日常生
活的种种行为虽然越礼惊众,亦难以掩盖途穷的痛苦。颜延年
的这个评价,较切合阮籍的心境。阮籍虽有过抱负,对时世也有
自己的看法(这从他的诗中可以隐约看出),但他那种如履薄冰
的心境,不可能有张扬的表述。他在痛苦的人生境遇中,转向了
庄子的理想人生境界。我们看他的《清思赋》,看他的《大人先
生传》,都可以了解他所持有的已经不是入世情怀,而是在庄子
式的虚幻理想中寻求心灵的最后一处寄托。以这样的心境,这
样的怀抱,是不可能在诗中表现豪情、表现慷慨意气、表现出气
势来的。阮籍的性格和他的心境,决定着他的诗的表述方式。
彦和在论其性格之"俶傥"时,言其诗是"响逸而调远"。"逸"
也是远,远去,"逸"和"远",都是就其诗之玄远含蕴而言的。
可见,刘勰论阮籍性格之俶傥,与他对于阮诗的评价,是一

_____

① 颜延年《五君咏》五首之一《阮步兵》,《文选》卷二十一,页289。上海书
　 店影印清胡克家刻本,1988年版。

体的。

# 二

《文心雕龙》论阮籍诗,除上引"响逸而调远"之外,尚有四处:

《明诗》:阮旨遥深。

《隐秀》:叔夜之《赠行》,嗣宗之《咏怀》,境玄思淡,而独得乎优闲。

《时序》:于时正始余风,篇体轻淡,而嵇、阮、应、缪,并驰文路矣。

《才略》:嵇康师心以遣论,阮籍使气以命诗。

前四例提到的阮旨遥深,响逸而调远,境玄思淡,篇体轻淡,指的是阮籍《咏怀诗》义理的深奥难明及其玄学趣味。遥深,是归趣难求,与张扬显露,以豪情、意气、气势写诗者异趣。此一点衡之于阮籍《咏怀》,确实如此。试举数例以明阮诗之此种特点:

湛湛长江水,上有枫树林。皋兰被径路,青骊逝骎骎。远望令人悲,春气感我心。三楚多秀士,朝云进荒淫。朱华振芬芳,高蔡相追寻。一为黄雀哀,涕下谁能禁!(《咏怀》其十一)

此诗解者均以为有所托讽,而所托何所指,则意见并不一致。首四句较比明白,"湛湛江水"、"皋兰"、"青骊",均出《楚辞·招魂》,以想象中之三楚景色,暗寓君昏臣逐之哀感。"远望"者,盖跨越时间、遥想当年之意。遥想当年怀王之昏庸,屈原之放逐,由古而今,联类所及,聚生哀感也。三楚人才汇聚之地,而朝廷之士随流从风,助君王以荒淫。此一用事,亦借古以寓今。黄节引何焯注此,谓:"此盖追叹明帝末路荒淫,朝无骨鲠之臣,遂启奸雄睥睨之心,驯致于亡国也。"黄节又引蒋师沦注三楚之士,谓指何晏、邓飏、丁谧。此三人者,皆为楚人,助曹爽以纵乐。高蔡事,见于《战国策·楚策四》,谓蔡圣侯荒淫佚乐,驰骋于高蔡之中,不以国家为事,而不知楚宣王已命楚将子发前去逮捕他。黄雀高飞而弹者在后,能不令人哀叹!何焯谓阮籍以蔡圣侯比曹爽,黄雀之哀,指高平陵事变,曹爽与何晏等为司马氏所杀事。此诗当作于曹爽事败之后。这当然是一首政治诗。以古之事例,叹今之现实。阮籍以其清醒的对时局之分析,发为议论。而此种之议论,仿佛迷蒙,似有所指,而所指又隐隐约约。高蔡事,或谓指曹爽,或谓指魏明帝。分明他心中有所感发,心悲、涕下,有话要说,但又不直说,借着事典来暗示。

《咏怀》之二十,周勋初谓乃讽魏禅让之作。《咏怀》之二十九也是一首政治诗,而何所指,则众说纷纭。《咏怀》之四十二、五十六、五十七、六十二、七十九等,均有所指,而所指为何,则隐约朦胧,注家各有所说,而说实难定。即使那些抒自己避世思想的诗,也往往不直说,而借暗示、比喻、事典以表述。刘勰说的"阮旨遥深",指的就是这一点。

刘勰的同时代人对于阮籍《咏怀》的评价,也并没有认为阮籍诗的特征在于它的力度,在于它的气势,或者说他是在用意气写诗。钟嵘论阮籍,谓:"其源出于《小雅》,无雕虫之功。而《咏怀》之作,可以陶性灵,发幽思。言在耳目之内,情寄八荒之表。洋洋乎会于《风》《雅》,使人忘其鄙近;自致远大,颇多感慨之词。厥旨渊放,归趣难求。"可以发人之幽思,是说他诗作的深厚含蕴足以发人之深思。"言在耳目之内,情寄八荒之表",是说他的诗作所写皆眼前物事,而含义则十分深远。渊,深邃;放,旷放。"厥旨渊放",是说阮诗之意旨深邃旷放,所以说其着落处难以猜测。他对于阮籍的诗的理解,与刘勰并无不同。

从阮诗的特点,可证阮籍诗的表述方式不可能是直抒式,不适于用豪情、意气和气势形容之。

那么,"阮籍使气以命诗"这个"气"指什么呢?

《文心雕龙》用"气"字凡七十九例①,对于"气"字在《文心雕龙》一书中的义项,各人解释亦异。有人将义项分为二类:(一)专用义。此又分为二:指作家的气质、才气、气力;指作品的气派、气势。(二)普通义,泛指气象、气概②。有人分为四类:(一)指作者的气质才性;(二)指作者的气质表现于作品的气势;(三)兼指作者之气质与作品之气势;(四)引申义,指歌曲之音节、文辞之声调③。有人把它归为景物的气势、风尚、声气、情意、个性气质、才能、文气、辞气等等,而归之为生命力④。有的

---

① 陈兆秀《文心雕龙术语探析》称:"《文心雕龙》全书,用到气字的有三十一篇,共七十四句。"胡纬《文心雕龙字义通释》(香港文德文化事业有限公司1997年版)称:"'气'字在《文心》三十一篇中出现了八十一句。"按:二说均误。

② 杜黎均《文心雕龙文学理论研究和译释·文心雕龙文学理论术语新探》,北京出版社1981年版。

③ 陈兆秀《文心雕龙术语探析》。

④ 胡纬《文心雕龙字义通释》。

认为,刘勰讲气,就作家的正义感说,相当于正气;就作家的血气说,相当于气质;就作家的体质说,相当于体气;就作家的才力说,相当于才气;就作家的气势或气概讲,相当于气势;就作家的情志说,相当于志气或意气;就作家的语气说,相当于辞气①。又有人归为五类:(一)哲学名词的气;(二)血气、精气,在人则为气质才性;(三)指人的情志、气性在文章中的体现,文气;(四)声气、声节韵气;(五)天气、时气②。以上各家的解释,每一类义项都举出例句,而未将《文心》一书中所有气字词条全部纳入各个义项之下。要将此七十九个气字句全部纳入不同义项中,非本文所拟理论。我想与我们所要阐释的"阮籍使气以命诗"有关的主要是作者的"气"。我们可举出下列二组:

(一)

王充气竭于思虑。(《神思》)

才力居中,肇自血气。(《体性》)

声含宫商,肇自血气。(《声律》)

钻砺过分,则神疲而气衰。(《养气》)

长艾识坚而气衰。(《养气》)

气衰者虑密以伤神。(《养气》)

于是精气内销,有似尾闾之波。(《养气》)

若销铄精胆,蹙迫和气,秉牍以驱龄,洒翰以伐性,岂圣贤之素心,会文之直理哉!(《养气》)

是以吐纳文艺,务在节宣,清和其心,调畅其气。(《养

---

① 周振甫主编《文心雕龙辞典》"气"释,中华书局 1996 年版。
② 冯春田《文心雕龙语词通释》,明天出版社 1990 年版。

气》)

　　斯亦卫气之一方也。(《养气》)

　　玄神宜宝,素气资养。(《养气》)

此十一例之"气",指人的血气、精气、精力。素气,就是元气。
我国古代的哲学观念中,天地万物为一气所生,相通相感。各学
派对于气的内涵的解释有别,但是就人而言,元气就是本然之
气,是万物一气的气在人身上的存在,是人的生命之元,是与生
俱来的。有人把它称为"生命力"。寇效信先生把它称为"生理
质能"。他认为气的生理功能包括消化功能、呼吸功能、血液循
环功能、生殖繁衍的物质根据和功能,与生殖功能相联系,气又
是人的先天秉赋和气质的根源①。他对于每一项的功能都举出
相应的论述为证。气范畴之此一含义,主要表现为物质性的。

(二)

　　精理为文,秀气成采。(《征圣》)

---

① 寇效信《〈文心雕龙〉释作家之气》(收入其论文集《文心雕龙美学范畴
　研究》,陕西人民出版社 1997 年版)。我至今仍以为,寇先生对于《文心
　雕龙》范畴的研究,是最出色的,严谨的学风、严密的思辨力、独到的见
　解,都给人以启迪。可惜正当盛年可以大有作为的时候,竟归道山,令
　人惋惜不已。1989 年是个令人伤心的年份。这一年,郭在贻、牟世金、
　寇效信相继病逝,都是癌症。他们都是各自领域的佼佼者,都在中年。
　他们若能活到现在,当会有更为惊人的成就。记得 1986 年屯溪《文心
　雕龙》学术会议之后,我和寇先生同登黄山,同行的还有张文勋先生、穆
　克宏先生。那时他气色不大好,我们都知道他做过癌症手术。我们只
　到了玉屏楼,没有再往上走。故人一别,倏忽二十年矣,往事历历,能不
　伤感。

慷慨以任气,磊落以使才。(《明诗》)

志感丝簧,气变金石。(《乐府》)

至于魏之三祖,气爽才丽,宰割辞调,音靡节平。(《乐府》)

故位在鸷击,砥砺其气,必使笔端振风,简上凝霜者也。(《奏启》)

观史迁之报任安,东方之难公孙,杨恽之酬会宗,子云之答刘歆,志气盘桓,各含殊采。(《书记》)

详诸书体,本在尽言,所以散郁陶,托风采,故宜条畅以任气,优柔以怿怀。(《书记》)

神居胸臆,而志气统其关键。(《神思》)

气有刚柔……风趣刚柔,宁或改其气。(《体性》)

才力居中,肇自血气;气以实志,志以定言,吐纳英华,莫非情性。(《体性》)

公幹气褊,故言壮而情骇。(《体性》)

情之含风,犹形之包气。(《风骨》)

思不环周,索莫乏气,则无风之验也。(《风骨》)

相如赋仙,气号凌云,蔚为辞宗,乃其风力遒也。(《风骨》)

情与气谐,辞共体并。(《风骨》)

凭情以会通,负气以适变。(《通变》)


此一组,天赋气质的"气",除物质性的含义之外,又引申出精神性的外延,如感情、意志、才性。在这一组里,有明标"志气"的二例,指志向、意志,偏于理性。气与志,有联系也有差别,寇先生认为气中包含有志,似不妥①。上引《体性》"气以实志"可证,气是志的基础②。而志是气的统帅。志气偏于理性,也就带着善恶是非、带着道德成分。《奏启》那一例中"砥砺其气",是说身为谏臣,就应该磨砺自己的正气。这一组里的大部分,气是偏指感情的。《书记》篇"条畅以任气"的"气",就可以解为"情"。盖言书信"本在尽言,所以散郁陶",也就是抒发郁积的情感,所以要使内心情感畅达③。《明诗》"慷慨以任气"的"气",亦指情,任气,任由情性之自由抒发④。作为情性解的"气",刘勰在使用时也受到传统对"气"的清浊、刚柔等观念的影响。气之清浊的观念产生很早,一气而分阴阳,阴阳化生五行,五行对应五德,气也就有了优劣之分。《太平经》、《袁子正论》、葛洪《抱朴子》都有此类论述。曹丕引用之以论作者,谓"气之清浊有体,不可力强而至",说气之清浊是天赋的;"孔融体气高妙",高妙,状其脱俗;"徐幹时有齐气",齐气,齐俗舒缓之气;论刘桢,谓其"有逸气",逸气,超迈俊逸之气。曹丕之所论,指的是情性之格调⑤。上引此组彦和所论例子中"秀气"、

---

① 寇效信《〈文心雕龙〉释作家之气》。
② 志偏指理想,如《孟子·公孙丑上》:"夫志,气之帅也。气,体之充也。……志一则动气,气一则动志。"他在这里明确说出了气与志的联系与差别。
③ 王礼卿先生释此数句为:"谓书之所以舒哀伤喜悦之情,更托之以风采,使内情足以畅发,外文又具备风神文采。"(见其《文心雕龙通解》)此释甚是。
④ 李景溁先生译此两句为:"意气激昂的放纵性情,胸怀坦荡的驱遣才华。"(见其《文心雕龙新解》)
⑤ 参见拙著《魏晋南北朝文学思想史》第一章有关论述,中华书局1997年版。

"气爽"、"气有刚柔"、"公幹气褊"所指亦情性之不同格调。此一组中"气"指情性,所以说气褊则情骇;说风趣刚柔是由气决定的;说情与气谐,情和气是一体的;说凭情会通,负气适变,互文见义,情亦气也。

作者的气反映到文章中来,就是文章的气。《文心雕龙》中此种用法的例子不少,因非本文所拟论,故不列。现在我们就来看"阮籍使气以命诗"究何所指。

从上述,我们已经了解到阮籍的为人的特点,他的诗的特点,"使气"都不可能解为豪气、气势、意气。我们又知道彦和在《文心雕龙》中"气"之用例中,相当一部分是作为情性解的。阮籍此处之"使气",作为"任其情性"解更为合适。"阮籍使气以命诗",是说阮籍任其情性的发抒来写诗。这样解与他的为人、与他的心境、与他的诗的特点更为切合。

《文心雕龙》中所使用的范畴,由于其渊源甚为复杂,各家思想都有,如此一"气"字,因之解起来颇为麻烦。我想其中的一种解读方法,就是与他所论的作家、作品的具体情况结合起来研究。这样或者能较好地推测他所要表达的本意。

# 刘勰文体论识微

刘勰论文体,涉及两个方面的问题:一是文章体貌;一是文章体裁。此处先论其文章体裁方面,而且仅是其论文章体裁中的一部分问题。

## 一、文体论与目录学

刘勰把文体分为三十四种,即骚、诗、乐府、赋、颂、赞、祝、盟、铭、箴、诔、碑、哀、吊、杂文、谐、隐、史传、诸子、论、说、诏、策、檄、移、封禅、章、表、奏、启、议、对、书、笺记。其中杂文又分为十九种,诏策分为七种,而笺记则包括二十五种,实共八十一种。这八十一种涉及综合目录中的经、史、子、集各部(《论说》:"昔仲尼微言,门人追记,故抑其经目,称为《论语》:盖群论立名,始于兹矣。"可见彦和把《论语》看作"论"这种文体之始。《史传》:"夫子闵王道之缺,伤斯文之坠,静居以叹凤,临衢而泣麟,于是就太师以正《雅》、《颂》,因鲁史以修《春秋》,举得失以表黜陟,征存亡以标劝戒;褒见一字,贵逾轩冕;贬在片言,诛深斧钺。"他显然以《春秋》作为史之楷模,而《论语》与《春秋》,在综合目录中都属于经部。故知彦和论文体,不惟涉及子、史、集诸部,实亦涉及经部)。仅从文章体裁看,彦和的文体论,显然是属于杂文学的文体论。

对于文章体裁的最初认识，似是在目录分类中得到的。《七略别录》原貌已不可知，是否论及文体，无从判断。《汉书·艺文志》之《诗赋略》已按体裁分类，可明显看出辨别不同体裁之痕迹。刘申叔论《汉书·艺文志·诗赋略》，谓："观班志之分析诗赋，可以知诗歌之体与赋不同，而骚体则同于赋体。"此论可谓深得《汉志》分类之用意。《诗赋略》总序是明确说明诗、赋区别之由的："春秋之后，周道浸坏，聘问歌咏不行于列国，学《诗》之士，逸在布衣，而贤人失志之赋作矣。大儒孙卿及楚臣屈原，离谗忧国，皆作赋以风，咸有恻隐古诗之义。其后宋玉、唐勒，汉兴枚乘、司马相如，下及扬子云，竞为侈丽闳衍之词，没其风谕之义……自孝武立乐府而采歌谣，于是有代、赵之讴，秦、楚之风。皆感于哀乐，缘事而发，亦可以观风俗，知薄厚云。""赋"之起始，是贤人失志而抒怀，而歌诗则以感于哀乐、缘事而发为起始。赋又分而为四，何以如此分法，序未明言，而从收目看，则标准隐约可见。顾实称："此屈原赋之属，盖主抒情者也。""此陆贾赋之属，盖主说辞者也。""此荀卿赋之属，盖主效物者也。""此杂赋尽亡，不可征。盖多杂诙谐，如《庄子》寓言者欤？"①顾实这一说法，大体是符合班《志》原意的。可见，赋分为四，主要着眼于其表现形式。当然，班《志》《诗赋略》之区分诗、赋，从文体的角度考察，并不全面，也不科学，但用来说明目录学从它最初的时候起，便不得不隐约涉及文体问题，理由似尚可成立。

综合目录发展至专科目录，与文体分类的关系便更为密切

---

① 陈国庆编《汉书艺文志注释汇编》页 183—185、170、173、176、178 引顾实《汉书艺文志讲疏》，中华书局 1983 年版。

些。挚虞的《文章流别论》二卷,可能就是《文章流别志》同时的产物,而与《文章志》四卷的编制有关。《文章流别论》已经论及文体源流,解释体名含义,提出基本要求。从佚文看,文体分类已相当细密,对于各种文体的产生和演变,对于各种文体的基本特点,已有了相当清晰的认识。李充《翰林论》的性质与《文章流别论》相似,都可以看作专科目录向文体论发展的产物。而挚虞《文章流别论》与李充《翰林论》论文体,已经很接近刘勰的文体论了。

刘勰文体论与目录学的关系,更重要的是在叙述体式上。班《志》已经有了辨章学术、考镜源流的特色。这辨章学术、考镜源流的特色,对刘勰论文体的"原始以表末,释名以章义,选文以定篇,敷理以举统"的表述方式实有明显的影响,试举例以明之。

班《志》六略的总序或小序,都有考镜源流一项,如《兵书略》总序:

> 兵家者,盖出古司马之职,王官之武备也。《洪范》八政,八曰师。……下及汤武受命,以师克乱而济百姓,动之以仁义,行之以礼让,《司马法》是其遗事也。自春秋至战国,出奇设伏,变诈之兵并作。汉兴,张良、韩信序次兵法,凡百八十二家。删取要用,定著三十五家。

《方技略》总序:

> 方技者,皆生生之具,王官之一守也。太古有岐伯、俞拊,中世有扁鹊、秦和,盖论病以及国,原诊以知政。

《诸子略》儒家类小序：

> 儒家者流，盖出于司徒之官，助人君顺阴阳明教化者也。

道家类小序：

> 道家者流，盖出于史官，历记成败存亡祸福古今之道，然后知秉要执本，清虚以自守，卑弱以自持，此君人南面之术也。

小说家类小序：

> 小说家者流，盖出于稗官。街谈巷语，道听途说者之所造也。……闾里小知者之所及，亦使缀而不忘。如或一言可采，此亦刍荛狂夫之议也。

总序与小序考镜学术源流，大抵如此。这种体例，明显地被刘勰应用于文体溯源上。差不多每一种文体，刘勰第一步的工作，便是明其所自来，如"赋"，他先说明赋是由诗的一种表现方法发展而来的："诗有六义，其二曰赋。赋者，铺采摛文，体物写志也。"接着他又说，赋的产生与赋诗言志之风也有关系："《传》云：'登高能赋，可以为大夫。'……刘向云明不歌而颂……"班固对"登高能赋，可以为大夫"的解释是："言感物造端，材知深美，可与图事，故可以列为大夫也。"他的此一种之理解，似是兼赋诗言志而言的。但只从诗之一种表现手法与赋诗言志来解释作为一种文体的赋的起源,把赋看作"古诗之流",刘勰认为还不确切,还没有发展成赋的一种完整形态。所以他又说:"及灵均唱骚,始广声貌。"屈赋出来,作为一种文体的赋才成就了自己的天地。所以他又说:"赋也者,受命于诗人,拓宇于楚辞也。"而作为一种文体,给予明确命名的,则是荀况的《礼赋》、《智赋》,宋玉的《风赋》、《钓赋》,至此"爰赐名号,与诗画境,六义附庸,蔚成大国。……斯盖别诗之原始,命赋之厥初也"。他清楚地说明了"赋"这种文体出现的全过程。

又如"颂",他先说"颂"的出现,是以舞容颂神,"容告神明谓之颂"。纪昀评云:"此颂之本始。"①后来由告神而渐及人事与咏物,扩大了颂的表现范围,刘勰认为这是颂的变体。到了"秦政刻文,爰颂其德;汉之惠景,亦有述容"之后,颂体被历世沿用,这才正式成为一种文体。可以看出,与"赋"一样,刘勰在说明"颂"这种文体的起源时,也阐述了它发展的全过程。

三十四种文体,论其起源,都是这样一种方法。文体论,如果作为一种文学体裁的性质与特点阐述,不作史的回顾也能办到。事实上曹丕和陆机正是这样做的。他们论文体,仅论其特点,而置史的发展脉络于不顾。相比之下,可以看出刘勰论文体起源,受着目录学上"考镜源流"的学术思想的影响。

班《志》六略的总序或小序,除叙源流之外,又解释各部类的含义并论其功用,如《六艺略》《书》类小序:

　　书者,古之号令。

---

① 引自黄霖《文心雕龙汇评》页38,上海古籍出版社2005年版。

《诗》类小序：

> 故哀乐之心感，而歌咏之声发。诵其言谓之诗，咏其声谓之歌。

《春秋》类小序释《书》、《春秋》：

> 左史记言，右史记事。事为《春秋》，言为《尚书》，帝王靡不同之。

《孝经》类小序：

> 夫孝，大之经，地之义，民之行也。举人者言，故曰《孝经》。

《六艺略》总序论六艺之功用：

> 六艺之文，《乐》以和神，仁之表也。《诗》以正言，义之用也。《礼》以明体，明者著见，故无训也。《书》以广听，知之术也。《春秋》以断事，信之符也。五者，盖五常之道，相须而备，而《易》为之原。

这种体式在刘勰文体论中也得到了应用。《铭箴》：

> 铭者，名也，观器必铭焉。正名审用，贵乎慎德。……箴者，所以攻疾防患，喻针石也。

　　夫箴诵于官,铭题于器,名目虽异,而警戒实同。

## 《诔碑》:

　　诔者,累也。累其德行,旌之不朽也。
　　碑者,埤也。上古帝王,纪号封禅,树石埤岳,故曰碑也。……又宗庙有碑,树之两楹,事止丽牲,未勒勋绩;而庸器渐缺,故后代用碑,以石代金,同乎不朽,自庙徂坟,犹封墓也。

## 《哀吊》:

　　哀者,依也。悲实依心,故曰哀也。以辞遣哀,下流之悼,故不在黄发,必施夭昏。
　　吊者,至也。……君子令终定谥,事极理哀,故宾之慰主,以至到为言也。

## 《奏启》:

　　奏者,进也。言敷于下,情进于上也。
　　启者,开也。……陈政言事,既奏之异条,让爵谢恩,亦表之别干。……又表奏确切,号为谠言,谠者,无偏也。王道有偏,乖乎荡荡,矫正其偏,故曰谠言也。

## 《议对》:

议之言宜，审事宜也。

又对策者，应诏而陈政也。射策者，探事而献说也。

列举过繁，大体解释文体含义，论其功用，与班《志》六艺略之体式近似。

至此，我们可以看到从《汉书·艺文志》至挚虞《文章流别论》、李充《翰林论》、刘勰文体论的发展线索，从书籍的分类，到文章体式的辨别，主要的着眼点，在考镜源流、正名释义、论略功用上，更多的是文体分类学的问题。在这些方面，文学与非文学的界限并不受到特别的重视。他们所面对的，是所有文章体式，至少可以说，是子、史、集三部的各种文章体式。即使发展到挚虞、李充、刘勰等人，除考镜源流、正名释义、论略功用之外，已经重视对于表现形式上的种种特点与要求的研究，但是，在研究不同文体的表现形式上的要求与特点时，目录学学术思想传统的影响，亦并未消除。这就可以理解，为什么刘勰的文体论包含如此之广。它不是狭义的文学的文体论，而是广义的泛指一切文章的文体论。如果用今天的话说，似可称之为杂文学的文体论，或者称之为文章体式论。

# 二、文体论与文学的自觉

文体论的最初出现固然与目录学有关，但是它之得到较为充分的发展，却是在文学自觉之后。目录学影响于文体的，主要从功用着眼，区分、溯源、特点，大多是从功用说的。对于每种文体的艺术风貌，则并未认真涉及。随着文学自觉的到来，文学的抒情特征，它的艺术特质，它的种种艺术表现的功能的不断被创造、被发现、被体认,文体论也就在功用之外,更多地涉及艺术风貌方面的问题。虽然论及的一些文体在我们今天看来其实并非文学,但是不论什么文体,只要可能,文体论者便把文学的意味带进来了,从不同的艺术风貌上区分文体,从艺术风貌上对不同文体提出不同的要求等等。至此,文体论才接近真正意义上的文体论。

　　最早把文学自觉的信息带到文体论中来的,当然是曹丕。曹丕并没有用力于阐释各体文章的起源与功用,而是集中论其体貌特征。"夫文本同而末异,盖奏议宜雅,书论宜理,铭诔尚实,诗赋欲丽。此四科不同,故能之者偏也,唯通才能备其体。"所谓文之本,似指文气而言。各体文章,都应有"气",所以接下去他说"文以气为主",气是本。所谓末,似指风貌而言,即"雅"、"理"、"实"、"丽"。雅,就是正,结言端直;理,善于说理,合于逻辑;实,叙述合于事实,"铭诔尚实",近于后来刘勰在《铭箴》中论铭时说的"其取事也必核以辨",论诔时说的"论其人也暧乎若可觌",都是说写的要符合事实;丽,则纯然是文辞方面的问题。四者虽然有的涉及内容,但仅指内容在呈现风貌方面的意义,是就表现风貌说的,而并非论述对于内容方面的要求。当然其中隐含有对各体文章的功用的认识。或者说,他对各体文章的风貌所提出的要求,是建立在对各体文章的认识基础上的。但是,他并没有论述其功用,而是直接论其风貌。而且,从行文看,他也并没有把功用放到根本的位置上来看待,所谓"夫文本同而末异","本"显然并非指文之功用而言,而是指"气"。而"末",在这里也显然没有贬义,而仅是相对于内在的"气"的外在风貌而言。四类文体的"文",要求具备不同的风貌,不同的表现方法。善于掌握这四种不同的写作要求的人是很少的,他认为只有通才才能做到。

　　曹丕着眼于文体的艺术风貌,衡之于他的整个文学思想,衡之于建安的文学思潮,说似可通。文学的自觉,把文学的艺术特质提到很重要的地位上来。其时衡量文之优劣,往往以其文采优劣为准的。魏文帝赞赏繁钦"其文甚丽"。曹植称赞吴质的文采"晔若春荣,浏若清风"。吴质称赞曹植文采"巨丽"。卞兰和陈琳,都以辞采是否美丽为批评之准的。曹植《前录自序》提到了对赋的艺术风貌的要求:"俨乎若高山,勃乎若浮云;质素也如秋蓬,摛藻也如春葩,泛乎洋洋,光乎皓皓,与雅颂争流可也。"这些都说明,政教之用、功利目的,被淡忘了;重艺术风貌,已成为其时文学自觉之一种表现。文体论带有这一文学思潮的印记,也就是很自然的事。

　　到了陆机,以艺术风貌论文体又得到了进一步的发展。他对十种文体提出了明确的艺术风貌方面的要求:

　　　　诗缘情而绮靡,赋体物而浏亮,碑被文以相质,诔缠绵而凄怆,铭博约而温润,箴顿挫而清壮,颂优游以彬蔚,论精微而朗畅,奏平彻以闲雅,说炜晔而谲诳。

绮靡是华美,缘情而且华美,近于曹丕的"诗赋欲丽"。浏亮,清明之状,指风貌言。被文相质,黄侃谓:"文其表而质存乎里。"缠绵,指情思之婉恋;凄怆以言悲感。缠绵凄怆,指感情格调与感情表达方式,都是艺术风貌问题。温润、清壮、优游、朗畅、闲雅、炜晔,也都指文章风貌。他描绘的是这十种文体所应具备的风貌类型。对这十种风貌类型的描述,已经很近似于后来对于风格类型的描述了。完全从风貌着眼,是一种传神的描述。这当然与人物品评的影响有关,有着人物风、神、骨、相品评术语的某些影像。但是,更主要的,是文学特质的发现和发展。文学的意味日益广泛地进入各种文体中,为文体艺术风貌的不同特点提供了感性认识的基础。这是在两汉以前不可能做到的。胡应麟说:"《文赋》云:'诗缘情而绮靡。'六朝之诗所自出也,汉以前无有也。'赋体物而浏亮。'六朝之赋所自出也,汉以前无有也。"①他很确切地说出了文学发展史的这一事实。没有文学自觉带来的诗、赋等文体的新的风貌,不可能有理论上的新的表述。可以说,文学自觉使文体论着眼艺术风貌的探讨,其实是很自然的事。

　　刘勰当然也不例外。他的文体论有着目录学影响的明显痕迹,但也有文学自觉时代的印记。他在论述各种文体时,用了不少篇幅评论各体在体貌方面的特点,提出了对不同文体的不同艺术风貌方面的基本要求。

　　《明诗》提到诗的理想风貌:"至于四言正体,则雅润为本;五言流调,则清丽居宗。"

　　《诠赋》提到赋的理想风貌:"原夫登高之旨,盖睹物兴情。情以物兴,故义必明雅;物以情观,故辞必巧丽。丽辞雅义,符采相胜,如组织之品朱紫,绘画之著玄黄,文虽新而有质,色虽糅而有本,此立赋之大体也。"

　　《诔碑》提到碑的理想风貌:"夫属碑之体,资乎史才。其序则传,其文则铭。标序盛德,必见清风之华;昭纪鸿懿,必见峻伟之烈,此碑之制也。"提到诔的理想风貌:"详乎诔之为制,盖选言录行,传体而颂文,荣始而哀终。论其人也,暧乎若可觌;道其

———————
① 胡应麟《诗薮》外编卷二,页146,上海古籍出版社1958年版。

哀也,凄乎若可伤。此其旨也。"

《铭箴》提到铭、箴的理想风貌:"箴全御过,故文资确切;铭兼褒赞,故体贵弘润。其取事也必核以辨,其摛文也必简而深,此其大要也。"

《颂赞》提到颂的理想风貌:"原夫颂惟典雅,辞必清铄,敷写似赋,而不入华侈之区;敬慎如铭,而异乎规戒之域;揄扬以发藻,汪洋以树义,虽纤曲巧致,与情而变,其大体所弘,如斯而已。"

《论说》提到论的理想风貌:"原夫论之为体,所以辨正然否,穷于有数,追于无形,钻坚求通,钩深取极;乃百虑之筌蹄,万事之权衡也。故其义贵圆通,辞忌枝碎,必使心与理合,弥缝莫见其隙;辞共心密,敌人不知所乘,斯其要也。"提到说的理想风貌:"凡说之枢要,必使时利而义贞;进有契于成务,退无阻于荣身。自非谲敌,则唯忠与信。披肝胆以献主,飞文敏以济辞,此说之本也。"

《奏启》提到奏的理想风貌:"必使理有典刑,辞有风轨,总法家之裁,秉儒家之文,不畏强御,气流墨中,无纵诡随,声动简外,乃称绝席之雄,直方之举耳。"

考察他对这十种文体基本风貌的要求,可以看到这样一个共同点,这就是把文学的意味带到文体论中来了。

陆机提出诗缘情因之要细密华美,刘勰也提出清丽为五言诗之正宗。清丽不是汉前论诗的标准。儒家论诗,标准是兴讽怨刺,都是指功用而言的。纪昀评雅润清丽之说,谓:"此论却局于六朝习径,未得本源。夫雅润清丽,岂诗之极则哉!"[1]纪评

---

① 黄霖《文心雕龙汇评》页30。

虽难称公允,但谓局于六朝习径,却大有见地。清丽是文学自觉之后的一种审美趋向。上举曹植赞吴质的文采"晔若春荣,浏若清风",庶几近于清丽之风貌。清丽不只是清新,而是清新华美。他举以为清丽的代表作的,是张华和张协的五言诗:"茂先凝其清,景阳振其丽。"在《时序》中他又说:"茂先摇笔如散珠。"此当亦指其诗之华美而言。具体诗作他没有举。《文选》选录张华五言诗五首,张协五言诗十一首。《文选》选录作者与作品,不少与《文心雕龙》选评的作家作品相同,虽然尚无确据可证《文选》选目受到刘勰的影响,但在选录标准上的某些近似之处却是无待史料的确证也可以一目了然的。从《文选》所选张华、张协五言诗,似可大体窥见刘勰所说的"清丽"究何所指。

张华诗,有一种清虚秀逸的情思流注其中。《答何劭》二首,向往摆脱世务,从容于自然之中,心境超脱,而情思悠远:"散发重阴下,抱杖临清渠。属耳听莺鸣,流目玩鲦鱼。从容养余日,取乐于桑榆。"《情诗》二首,亦情思绵长而真挚。《诗源辨体》称:"茂先如……'佳人处遐远,兰室无容光';'巢居知风寒,穴处识阴雨,不曾远别离,安知慕俦侣'等句,其情甚丽。"钟嵘论张华诗,所谓"其体华艳,兴托不奇",似即指其情思之清虚秀美而言。甚丽之情,构成华艳之体,纯系情思之自然流露,所以说"兴托不奇";所以说:"疏亮之士,犹恨其儿女情多,风云气少。"这些都可以看出,刘勰对张华的评论,正是从他的作品的情思格调着眼的:"凝其清"者,盖指其清丽之情思所呈现之艺术风貌之特色。

《文选》所选张协《杂诗》,情思微婉,而辞采流丽,写景逼真而富于情思韵味。忧念岁月流逝,人生匆匆,而写秋色所引起的芳华不再的感觉,极有神韵:"浮阳映翠林,回飚散绿竹。飞雨

洒朝兰,轻露栖丛菊。龙蛰喧气凝,天高万物肃。弱条不重结,
芳蕤岂在馥。"竹木虽犹然翠绿,虽尚有兰菊芬芳,而秋风秋雨
已然来临,最后之一片生机,同时也就意味着生命之流逝。用
"浮阳",用"回飙",与"翠林"、"绿竹"相映衬,不只显出来对于
芳华将逝之惋惜情思,且用词省净,显出来锤炼之功夫。钟嵘说
他"文体华净少病累,又巧构形似之言";又说他"风流调达,实
旷代之高手。词采葱倩,音韵铿锵,使人味之,亹亹不倦"。这
就是指他辞采流丽,写景逼真而又富于情思而言的。这正是张
协诗的主要特色。从张协诗的这一特色,我们就可能理解到刘
勰所说的"振其丽",实并情思与辞采而言,指由辞采与情思构
成之艺术风貌之特色。丽,近于《诗源辨体》论张协诗时说的
"华采俊逸"。

　　刘勰论诗而提出来"五言则清丽居宗",从这一点(仅从这
一点)看,他与陆机论诗是一致的,都是重视文学特质的文学自
觉思潮的产物。

　　我们再来看刘勰论赋。上引刘勰对赋的理想风貌提出的
要求,有两点可注意,一是他把情放在很重要的位置上,赋之
作,是睹物兴情;一是重视辞采的美。这又是文学自觉之后追
求抒情与辞采之美的一种表现。汉赋在创作上追求华丽,所谓
"虚辞滥说","铺张扬厉",都是指辞采描写之美。但是汉人论
赋,却并不面对赋作之现实,而为当时重功利之文学思想所左
右。他们大抵强调讽谏之义。班固在《汉书·司马相如传赞》
中说:"相如虽多虚辞滥说,然要其归,引之于节俭,此与《诗》之
讽谏何异?"他在《两都赋序》中也说:"赋者……或以抒下情而

通讽谕，或以宣上德而尽忠孝，雍容揄扬，著于后嗣，抑亦雅颂之亚也。"①《汉书·王褒传》引汉宣帝对赋的看法："辞赋大者与古诗同义，小者辩丽可喜。辟如女工有绮縠，音乐有郑卫，今世俗犹皆以此虞说耳目，辞赋比之，尚有仁义风谕，鸟兽草木多闻之观，贤于倡优博弈远矣。"②王褒随从汉宣帝狩猎，所幸宫馆，辄作赋为颂，议者谓其为淫靡之辞，故宣帝有上引为之辩解的话。虽比之于绮縠，比之于郑卫，然立论之主旨，乃在于仁义讽谕。对赋的作用的这种看法，到建安时期有了很大的转变。赋转向抒情，成为一种普遍倾向。东汉后期抒情小赋出，变大赋之铺张扬厉为一抒情怀。建安之后，抒情似已成为一种自觉之追求。曹丕所谓"诗赋欲丽"，是就其艺术风貌说的，而赋之作，目的实在于抒情。建安作者，未见有论赋之作，然从创作实际中已经可以十分明白地感受到这一点。建安小赋，非抒情则体物。曹丕的许多赋，感情浓烈，而未见有任何讽谕之义。他在不少赋的序中，明确说明作赋之目的乃在一抒难以抑制之情思。《悼夭赋序》："族弟文仲亡，时年十一，母氏伤其夭逝，追悼无已。予以宗族之爱，乃作斯赋。"这赋是写得很重情的：

　　　　气郁结以填胸，不知涕之纵横。时徘徊于旧处，睹灵衣之在床，感遗物之如故，痛尔身之独亡。……悲风萧其夜起，秋气憯以厉情，仰瞻天而太息，闻别鸟之哀鸣。

《感物赋序》：

① 《文选》卷一，页1—2，上海书店1988年影印胡克家刻本。
② 班固《汉书》卷六十四下，页2829，中华书局1962年版。

　　　丧乱以来,天下城郭丘墟,惟从太仆君宅尚在。南征荆
州,还过乡里,舍焉。乃种诸蔗于中庭,涉夏历秋,先盛后
衰,悟兴废之无常,慨然永叹,乃作斯赋。①

这《序》里流露的是一种战乱之中的伤感,一种人生无常之感
喟,与讽谕美刺、政教之用了无干系。曹植《离思赋序》也说过
他作赋的目的:"意有怀恋,遂作离思之赋。"《释思赋》、《愍志
赋》、《叙愁赋》也有类似的序。曹植的有些赋,如《离缴雁赋》、
《鹞雀赋》等,虽因物感怀,有所发抒,然亦仅只感怀而已,非有
意于讽谕。重抒情与辞采,是文学自觉之后赋之一明显变化。
曹丕以"丽"衡量赋,陆机以"浏亮"衡量赋,都敏锐地反映了这
一变化。刘勰在抒情与辞采方面对赋的认识,显然也反映了这
一变化。

　　刘勰论碑文,赞赏蔡邕所作的碑:"其叙事也该而要,其缀
采也雅而泽;清词转而不穷,巧义出而卓立;察其为才,自然而至
矣。"既肯定其事义之表述,亦肯定其辞采的运用,谓其文采典
雅而润泽,称赞其清词。陆机认为,碑文应该文质相副,在这一
点上刘勰与陆机一致。刘师培《文心雕龙诔碑篇口义》说:"彦
和'其序则传'一语,盖谓碑序应包括事实,不宜全空,亦即陆机
《文赋》所谓'碑披文以相质'之意,非谓直同史传也。"刘师培看
到刘勰论碑文与陆机相一致处,即都主张文质相称。但是,刘勰
在碑文的表现能力方面,比陆机更进一步注意到了文字表现的
生动性。

　　刘勰论诔,谓诔应该写得"凄焉如可伤",与陆机"诔缠绵而

---

① 《艺文类聚》卷三十四,页599、600,上海古籍出版社1965年版。

凄怆"说同；而更增加"论其人也，暧乎若可觌"，强调了描述之真。这描述之真，当然也包括着形象生动之意。有生动的形象，才能仿佛如见。

刘勰论奏，而提出"气流墨中"、"声动简外"，则是十分明显地把风貌格调放到很重要的位置上了。他对于没有文采的"奏"，颇有非议："秦始立奏，而法家少文。观王绾之奏勋德，辞质而义近；李斯之奏骊山，事略而意径；政无膏润，形于篇章矣。"他称赞杨秉和陈蕃的奏"骨鲠得焉"。他提出按劾之奏，"必使笔端振风，简上凝霜者也"。这"气流墨中"，"声动简外"，"骨鲠得焉"，"笔端振风，简上凝霜"，都与他崇尚风骨的倾向有关。如果我们比较一下蔡邕论"奏"，便可看到差别有多么大。蔡邕只是作为一种官方实用文体说明"奏"的性质与写作款式：

> 凡群臣上书于天子者，有四名：一曰章，二曰奏，三曰表，四曰驳议。
> 　奏者，亦需头，其京师官但言稽首，下言稽首以闻，其中者所请。若罪法劾案，公府送御史台，公卿校尉送谒者台也。①

蔡邕从实际应用着眼而论其程式；刘勰则于理之外更求其文，顾及气概情思辞采风貌。这也只能用文学自觉思潮的影响来解释。文学自觉思潮的影响，把文学的意味不知不觉地带到应用文体的写作中来，带到文体论中来。

上述种种，似可说明，文学自觉使文体论有了真正的发展。有了文学的自觉，才进入全面辨析文体的阶段，不仅从功用，从

---

① 蔡邕《独断》卷上，文渊阁四库全书本。

义理,且亦从艺术风貌区分文体,论其特色。似亦可说明,从《文心雕龙》文体论看,刘勰的文学思想不可避免地接受着文学自觉思潮的影响,在这个意义上说,也是文学自觉思潮的产物。把他的文学思想与文学自觉时代之前的儒家文学观等同起来,至少说,是不确切的。

# 三、文体论与文学自觉之后的沉思

但是,刘勰的文体论,又不完全是文学自觉思潮的产物。我们说文学自觉思潮,主要是指对于文学特质的发现、认识与追求,特别是文学的抒情特征,它的辞采之美和声韵之美。有了这些,才能把文学与学术著作区别开来。魏晋之际,文学自觉思潮兴起时,有一种完全摆脱传统重功利的文学观的倾向。这种倾向,后来也还有所发展。但是文学自觉之后向何处去?在已承认文学的艺术特质的同时,它是否也必须具备其他的因素,例如它的功利目的?传统的重功利的文学观与文学自觉的潮流是否可能统一起来?这些问题,不管它们对于当时士人来说是否已经清醒地意识到,它们作为一种思潮发展的共生物,事实上是存在的。不仅存在,而且常常以各种各样的形式表现出来,比如说,文采过分华丽是不是好?技巧过分雕琢是不是好?感情的抒发过分流荡是不是好?无益于教化是不是好?等等。所有这些问题,都是文学自觉思潮发展过程中很自然提出来的问题。这些问题归结到一点,便是文学向何处去。回答这些问题,可以采取极端的、即与文学自觉思潮相反的态度:简单地复归,如与刘勰差不多同时的裴子野,后于刘勰的苏绰、李谔、王通诸人就是这样做的。但也可以是另一种态度,那便是吸收、融合。但不管采取何种态度,它都是一种对于文学自觉思潮的反思。

在《文心雕龙》里,处处有着文学自觉之后沉思的痕迹。从全书结构看,刘勰为什么要在《宗经》之后加上《正纬》、《辨骚》?为什么在宗经的同时又专篇论述声律、丽辞、夸饰、事类、练字,而且在论述这些问题时持基本肯定的态度?学界普遍认为刘勰文学思想的基本倾向是反对形式主义的,应该说,这种认识并不正确。刘勰只是在文学自觉思潮发展到一定程度之后,面对着这一思潮在文学创作中造成的局面、所带来的种种问题,回顾历史,思索是非,提出自己的见解而已。《序志》明言他面对当时的文风,作历史之回顾:

> 唯文章之用,实经典枝条,五礼资之以成,六典因之致用,君臣所以炳焕,军国所以昭明,详其本源,莫非经典。而去圣久远,文体解散,辞人爱奇,言贵浮诡,饰羽尚画,文绣鞶帨,离本弥甚,将遂讹滥。……于是搦笔和墨,乃始论文。

不仅回顾历史,衡量是非,而且"咀嚼文义",探讨为文之义理。而在回顾历史、论定是非、探讨义理时,他并不持极端的态度:"及其论列成文,有同乎旧谈者,非雷同也,势自不可异也;有异乎前论者,非苟异也,理自不可同也。同之与异,不屑古今,擘肌分理,唯务折衷。"他力图说明他对待新说与旧说的不偏不倚的态度:兼采新旧说,关键只在于"势自不可"、"理自不可",理应如是,不得不然,遑论新旧。而立论之基础,则是对于历史的回顾与思索。对于历史的回顾与思索,集中地表现在从《明诗》到《书记》的二十篇里。二十篇文体论,是一部分体文学史。毕竟后面创作论、批评论种种理论命题的提出,与对各体文章作历史回顾与思索有关,就是各体文章的规范,亦与此甚有关系。似乎是这样:既回顾历史,思索各体文章发展过程中的是非,而在这种历史的思索与判断中,又时时有着他面对的现实的影子。换句话说,他是在文学自觉之后的沉思中回顾与思索历史的,而这种回顾与思索,又是为了提出一种新的规范,指出发展的方向。

从文体论各篇中,我们可以感受到这种回顾与思索的痕迹。例如,"颂"在发展过程中从内容到形式都发生了很大的变化。从美功德以告神到讽颂兼备,更而及于人事,以至于细物,颂之对象与功用由单一而渐趋庞杂。由于颂之对象与功用之不同,"颂"之写法因之亦异。魏晋迄宋,留下来的"颂"并不多。从这不多的"颂"中,可以看出"颂"体之写作已经失去初始之准则。左芬《郁金颂》与《菊颂》,实托物以见志。《郁金颂》:

> 伊此奇卉,名曰郁金,越自殊域,厥珍来寻。芬香酷烈,悦目欣心。明德惟馨,淑人是钦。窈窕妃媛,服之襜衿,永重名实,旷世弗沉。[1]

以郁金香芳香酷烈之品质,喻己崇尚名实相符美德之怀抱。孙绰有《聘士徐君墓颂》,《序》称:"余以不才,忝宰兹邑,遐宗有道,思揖远风。乃与友人殷浩等,束带灵坟,奉瞻祠宇。虽玉质幽潜,而目想令仪;雅音永寂,而心存高范。徘徊墟垅,仰眄松林,哀有形之造化,悼令德之长泯,忾然有感,凄然增伤。夫讽谣生于情托,雅颂兴乎所钦,匪于咏述,孰寄斯怀!"是则"颂"之为用,乃是"援翰托心",以一抒钦慕缅怀之情愫。到了王融写《净

---

① 《艺文类聚》卷八十一,页 1394。

住子颂》，"颂"便变成了阐释佛理的哲理诗了。至于表现手法，更是多种多样，已经不全是四言。挚虞《文章流别论》已指出："昔班固为《安丰戴侯颂》，史岑为《出师颂》、《和熹邓后颂》，与鲁颂体意相类，而文辞之异，古今之变也。扬雄《赵充国颂》，颂而似雅；傅毅《显宗颂》，文与周颂相似，而杂以风雅之意。若马融《广成》、《上林》之属，纯为今赋之体，而谓之颂，失之远矣。"刘勰也指出颂而有似序引、有似赋的种种表现。王褒《圣主得贤臣颂》、刘伶《酒德颂》，显然都是颂而有似序引的实例。颂而似赋，则可举出傅嘏《皇初颂》、陆机《汉高祖功臣颂》等等例子，它们都是极尽铺写之能事的。谢镇之《重与顾欢书》所附之颂，则有似骚体：

　　　　运往兮韬明，玄圣兮幽翳，长夜兮悠悠，众星兮晳晳。太晖灼兮升曜，列宿奄兮消蔽，天轮拁兮殊材，归敷绳兮一制。苟专迷兮不悟，增上惊兮远逝。卞和怮兮荆侧，岂偏尤兮楚厉！良刍蒇兮般若，焉相责兮智慧。①

王融《净住子颂》则并用四、五、七言。用五言的如《断绝疑惑篇颂》、《十种惭愧篇颂》等等；用七言的篇数不少，如《回向佛道颂》：

　　　　悠悠九土各异形，扰扰四俗非一情，驱车秣马徇世业，市交嚣义衔虚名。三墨纷纭殊不会，七儒委郁曾未并。吉凶拘忌乃数术，取与离合实纵横。朝日夕月竟何取，投岩赴

---

① 严可均辑《全上古三代秦汉三国六朝文·全宋文》卷五十六，页2742，中华书局1958年版。

　　火空捐生！咄嗟失道尔回驾,沔彼流水趣东瀛。①

颂的这种写法,距离颂的最初风貌已十分遥远。从颂体写作的
目的、功用和写法的这些变化中,我们可以看到一种现象:除了
有所赞颂这一点还共同存在之外,其余几个方面都已发生了很
大的变化,变得丰富、多样起来。尤其是写法上的变化,其中显
然包含着文学自觉之后重技巧的思潮的影响。这些都说明,颂
除了有所赞颂这一点之外,它的一切规范均已被打破。对文体
发展中的这种现象持何种态度,实在是一个必须解决的问题。
刘勰对“颂”体在发展过程中的这种变化,持一种折中的态度,
既承认发展中的部分内容与形式,又主张回归颂之正体。他为
颂提出了一点规范:内容应该雅正,文辞应该明丽,虽铺写而不
华靡,虽止肃而不规戒。这一规范,对于过分铺写华靡与形式的
无限制的变化,明显地起一种限制的作用。

　　对于刘勰为颂提出的这一规范,应该作何种之评价,暂且勿
论。有一点应该肯定的,是他提出的规范中,包含着一种回归的
思想:在文学自觉思潮之后,回过来强调功用。典雅,不要过于
华靡等等要求,都是从颂的功用着眼,从“美盛德而述形容”的
基本目的出发而提出的,是对重形式与重功用的一种折中。

　　文体论其他各篇,大抵与论颂相似,同样表现出对于文学自
觉思潮的一种反思,在历史的回顾与思索中提出各种文体进一
步发展的方向,一种以功用为本,同时重视形式的折中的方向。
从这一角度来理解刘勰的文体论各篇,便可能明白地确认《通
变》篇思想之所由来。

————————

① 严可均辑《全上古三代秦汉三国六朝文·全齐文》卷十三,页2863。

# 刘勰文体论识微(续篇)

刘勰文体论的"体"的又一含义,是文章体貌。他对文章体貌的论述,有何种之价值,似有诸多问题值得探讨。

一

刘勰论及文章体貌时,大抵包括三个方面的内容:一是某一历史时期的文章的总体风貌特色,如论两晋文风,谓:"自中朝贵玄,江左称盛,因谈余气,流成文体。"这时期文体的特征,便是"辞意夷泰","诗必柱下之旨归,赋乃漆园之义疏"。论魏末文风,谓其"篇体轻淡"(《时序》)。论宋初文风,谓"宋初文咏,体有因革"。这时的体的特点,便是"俪采百字之偶,争价一句之奇,情必极貌以写物,辞必穷力而追新"(《明诗》)。上述数例的"体",均指一个时期的文章风貌而言。这一个方面的论述大都较为明确,本文不拟理论。二是指体貌类型,我们此处暂且放下,留在后面再谈。三是对于作家或作品的体貌的品评。让我们先来讨论这一个方面的问题。

在刘勰之前,论作家或作品体貌的,我们可分之为两类,一类是以抽象之辞语,表述作品之体貌特色,如班固论屈原之作,称其"弘博雅丽"①。王逸则称其"优游婉顺"②。曹丕论应场,称其文"和而不壮";论刘桢,称其文"壮而不密"③。弘博指其内容,雅丽状其文辞,"优游婉顺"指其以诗为讽之态度而言,"和而不壮"和"壮而不密",均指其作品之感情格调与文辞之表现特色。另一类,是以具体形象为比喻,描述体貌之特色,如曹植《前录自序》:"故君子之作也,俨乎若高山,勃乎若浮云,质素也如秋蓬,摛藻也如春葩,泛乎洋洋,光乎皓皓,与雅颂争流可也。"④这是曹植对理想的赋的体貌的描述,其实也可看作是他对自己的赋的体貌的描述。当然,我们可以认为"秋蓬"是比喻其内容之质实,"春葩"是比喻其文辞之华丽,但是"高山"与"浮云"的确切所指,似就难以断定。这类评论,往往只可由形象作模糊之联想,而难以进一步确证。"秋蓬"就其在传统诗文中的用法而言,乃状飘零之感,何以能用来形容内容之质素?由是可见,此一类之评论,往往带有评论者更多之审美经验之意味。此一类评论方式,最早似见于书法理论。崔瑗《草书势》状草书,谓:"崔焉若沮岑崩崖。"⑤后来在人物品评中被广泛应用,人所共知,此处不赘。

　　刘勰对作家或作品的体貌特色的评论,主要属于前一类,以抽象之辞语,表述作品之体貌特色。

　　他对于作家或作品体貌特色之评论,着眼点并不一致。我

---

① 班固《离骚序》,《楚辞》卷一,四部丛刊影明翻宋本。

② 王逸《楚辞章句序》,同上书。

③ 曹丕《典论论文》,《文选》卷五十二,页720,上海书店1988年影胡克家刻本。

④ 赵幼文《曹植集校注》卷三,页434,人民文学出版社1984年版。

⑤ 房玄龄等《晋书》卷三十六《卫恒传》引,页1066,中华书局1974年版。

们把他的有关评论,分为四组列举如下:

第一组,兼及文章之情思事义与文采两方面之特色:

（1）文举之荐祢衡,气扬采飞。（《章表》）

（2）至于陈思《客问》,辞高而理疏。（《杂文》）

（3）陆机之《移百官》,言约而事显。（《檄移》）

（4）观王绾之奏勋德,辞质而义近。（《奏启》）

（5）庾敳《客咨》,意荣而文悴。（《杂文》）

（6）及刘歆之《移太常》,辞刚而义辨。（《檄移》）

（7）匡衡之《定郊》……理既切至,辞亦通畅。（《奏启》）

（8）蔡邕《释诲》,体奥而文炳。景纯《客傲》,情见而采蔚。（《杂文》）

（9）管、晏属篇,事核而言练。（《诸子》）

（10）研夫孟、荀所述,理懿而辞雅。（《诸子》）

（11）刘向之奏议,旨切而调缓。（《才略》）

此一组中,一方为气、理、事、义、情、旨,属内容方面;一方为辞、采、文、言、调,属形式方面。其中（1）至（8）例,论一篇作品中此两个方面之特色,可称之为作品之体貌。（9）至（11）例,论作家创作中此两个方面之特色,可称之为作家创作之体貌。

第二组,偏指义、理、情、志之特色,而未及文辞者:

（1）唯嵇志清峻,阮旨遥深。（《明诗》）

（2）昔潘勖锡魏,思摹经典,群才韬笔,乃其骨髓峻也。相如赋仙,气号凌云,蔚为辞宗,乃其风力遒也。（《风骨》）

（3）子云《甘泉》，构深伟之风。延寿《灵光》，含飞动之
势。（《诠赋》）

（4）刘琨雅壮而多风。（《才略》）

在这一组里，风属情，骨属结言端直之事义。（1）、（2）、（3）例显
系论作品中情志事义之表现特点。（4）例既论其人，亦论其文。

第三组，偏指文辞之表现特色而未及情志事义者：

（1）张衡《七辨》，结采绵靡。（《杂文》）

（2）班固《宾戏》，含懿采之华。（《杂文》）

（3）扬雄覃思文阁，业深综述，碎文琐语，肇为连珠，其
辞虽小而明润矣。（《杂文》）

（4）宋发夸谈，实始淫丽。（《诠赋》）

第四组属泛指，状作品或作家之创作体貌，而并未确指体貌
中之何种因素：

（1）潘勖《九锡》，典雅逸群。（《诏策》）

（2）张衡《怨》篇，清典可味。（《明诗》）

（3）故平子得其雅，叔夜含其润，茂先凝其清，景阳振
其丽。（《明诗》）

（4）张华短章，弈弈清畅。（《才略》）

此一组中除第（3）例中"丽"有可能作辞采华美解之外，其余均
泛指作家创作或作品体貌之基本格调，为体貌之一种总体描述。

上述四组共二十三例，有的是评论作家创作总体体貌特色，

有的是评论某一篇作品之体貌特色。从这些评论看,他对"体貌"之观察似未有统一之视角,有时只衡量其情志事义,有时只衡量其文辞,有时又审察其总的格调,对于"体貌"之标准构成成分,他似未有明确之认识。

二

我们要探讨的第二个问题,是刘勰对于"体"的分类。《体性》篇论"体"之种类,谓:

> 若总其归途,则数穷八体:一曰典雅,二曰远奥,三曰精约,四曰显附,五曰繁缛,六曰壮丽,七曰新奇,八曰轻靡。

关于这段论述,研究者多认为,他讲的是风格类型。但何以是讲风格类型的,则多未加申述。我以为尚可略加阐发,但我不想用"风格类型"这个概念,而想以"体貌类型"称之。

这里似乎应该分两个层面来讲。这八体中的每一体,如果用来评论某一位作家的创作风貌,当是指他的作品的共同体貌特色而言。当我们说某一位作家的作品典雅或者远奥的时候,是指他的一篇一篇的作品,都具有一种典雅或远奥的基调。这一篇一篇作品的典雅或者远奥的基调一次次地给我们留下印象,我们才用典雅或者远奥给了概括与判断。这典雅或者远奥,当然就是他的诸多作品的类的归属。这是第一个层面。但是,刘勰在区分此八体的时候,似并非从此一层面着眼。他是从另一层面说的。他不是指作家创作的独特的体貌特征,而是指若干创作特色相近的作家所共属的体貌类型,是从更大的范围说的。他解释"典雅"，是说"熔式经诰，方轨儒门者也"。那么什么是"熔式经诰，方轨儒门"呢？《宗经》篇说："故文能宗经，体有六义：一则情深而不诡，二则风清而不杂，三则事信而不诞，四则义贞而不回，五则体约而不芜，六则文丽而不淫。"从情、风、事、义、体、文六个方面说明宗经而后可以达到的体貌特色。这个范围便十分的广泛，只要宗经，不止一个作家，而是很多作家都可以达到。其他各体亦然。所以他在说"各师成心，其异如面"之后，便说："若总其归途，则数穷八体。"就是说，论文章之体貌，除此八体之外，更无其他。既然其异如面，不同之创作个性，不同之体貌特征，可以多至无穷，为何又说此无穷之体貌"数穷八体"呢？就是因为此八体不是指作家之创作之独特体貌，而是说不同之种种体貌，均可归入此八体之中。八体是指大的体貌类型，每一体，又包含着基调相近之若干体在内。这从《文心雕龙》对于作家或作品体貌特征之品评中可以得到证实。本文前四组二十三例可资说明。此二十三例之外，又有更多的不同体貌的例子。《文心雕龙》一书，论及作家创作或作品之体貌时，提到疏与显、约与繁、清典、淫丽、明润、清峻、缛丽、轻清、清靡、伟丽、直、野、温雅、弘丽、繁缛、闲畅、清通、疏通、清畅、夸艳等等。这些不同的"体"，如何纳入"八体"之中，他没有说。在《才略》篇中，论不同作家之不同才、性、学、习所形成的不同的体貌特色，他列举了十二种。这十二种如何纳入"八体"中，他也没有说。从这些都可以推测，他对于这八个大的体貌类型中之每一个，究应包含哪几种更为具体的"体貌"，似并未有明晰与详密之考虑。

在前面我们谈到他对作家或者作品的品评并未有统一之审视角度，由是推知他对作家或者作品的体貌构成成分未有明确之认识。与此相一致，"八体"之体的构成成分，他也并无明确之认识。这一点，只要看他对此"八体"之解释，便可一目了然。他释"典雅"，兼及情、风、事、义、体、文六端。对感情提出的要求是深而不诡。诡，是诡异，不正；不诡，就是正，要求感情深厚而雅正。对风提出的要求是清而不杂。风指风力，就是作品中感情流动产生的力，与气有关。杂，是不纯，清而不杂，就是清明纯正①。对事的要求是信而不诞。诞，是虚诞不实，不诞就是真实，言事要真实可信。对义的要求是贞而不回，贞，也是正，义理要雅正。对体的要求是约而不芜，体，是结体的体，文章的组织结构要简练而不芜杂，不芜杂也是纯正②。对文的要求是丽而不淫。淫，是过分，不淫是不过分、适量、适中，也是正。这六个方面，都含有雅正的基质，所以这一体便称为"典雅"。可见"典雅"这一体，是从作品的内容和形式的各种成分提出的一种共同基质的要求。从内容和形式提出要求的，还有远奥、显附、壮丽、新奇、轻靡各体。他解释"远奥"，是"复采曲文，经理玄宗者也"。这是说，"远奥"要求文必隐复而深曲，义必幽远而深隐。

---

① "风清而不杂"的"风"，研究者解释歧义甚大，如周振甫解为"风格"（见其《文心雕龙选译》页40，中华书局1980年版），此解欠妥。"体有六义"的"体"指体貌，类于风格，而作为体的六义之一的"风"，当然就不应再训为风格。牟世金释为"教训"（见其《文心雕龙译注》下，页30，齐鲁书社1981年版），此解亦不妥。六义中情、事、义、体、文均属构成因素，而"教训"乃指功用而言，非属同一层次之问题。彦和不至于混淆此不同层次之问题以统论体貌。且若论"教训"，则情与义，当更属于起教训作用之部分，不应离情志事义而别谈教训。

② "体约而不芜"的"体"，各家解释亦歧义甚大。周振甫训为"语言"，此一解与六义之第六"文丽而不淫"的"文"重复，显然不妥。牟世金训为"风格"，此一解又与"体有六义"之"体"重复，亦不妥。

可见,"远奥"之构成因素,包括辞与义两个方面所应具有之特色。释"显附",是"辞直义畅,切理厌心者也"。包括辞与理。释"壮丽",是"高论宏裁,卓烁异采者也"。兼及义理与文采。"新奇"同此,谓"摈古竞今,危侧趋诡者也"。摈古竞今与危侧趋诡,不仅指文辞上之求新求奇,也指立意与事类上的求新求奇。释"轻靡",是"浮文弱植,飘渺附俗者也"。弱植,软弱不能自树立,似指义理柔弱浮泛,是则此一体之要求,亦含文辞与义理两端。以上六体,均就内容与形式之各种成分言。

　　但是,对"精约"与"繁缛"的解释,则仅从形式而言,并未包括内容之各种因素。释"精约",谓:"核字省句,剖析毫厘者也。"核字省句,是指文辞的精练,可无疑义。而剖析毫厘,有研究者谓属于思想内容方面的特点①。这是不确的。剖析毫厘,指其对义理之剖析精密细微,是义理的分析方法与特点,而不是义理本身,仍然属于表现手段方面。释"繁缛",谓:"博喻酿采,炜烨枝派者也。"是说比喻丰富与文采纷披。文采纷披当然不属于内容方面,比喻也是一种表现手法。有研究者以为"酿采"与"炜烨枝派"很难划入修辞方法的范围②。这也是不确切的。炜烨枝派是指比喻与文采之纷披错出,状比喻与文采之风貌;酿采当然要据情志事义表现之需要,但它也不是情志事义本身。从以上对八体之构成成分之分析中,可以看出刘勰对体貌类型的成分构成亦无明确之认识,各体之审视角度也不是一致的。

---

① 张可礼《〈文心雕龙·体性篇〉"八体"辨析》,《文心雕龙学刊》第一辑,页245,齐鲁书社1983年版。
② 同上注。

这种特点,正是中国传统的文章体貌论之一特色,或从作家之总体格调言,或从作家之文字特色言,或从作品之境界言,或从作品之情思义理之特征言,等等。对每种体貌类型究应具备何种之成分,并无统一之要求。后来皎然论诗之十九体,各体之审视角度亦不相同,各取一端而已。司空图论诗之二十四种体貌,更是如此。其中"委曲"、"洗炼"、"形容"诸品,实属表现方法之问题。要之,自刘勰之后,论体貌类型者多如此。什么是体貌,它应包括作品中之何种成分,并无一个明确的规范。这种特点,可以说自刘勰的体论始。

刘勰之前,体貌类型之思想似未见提出。班固、王逸,虽论及作家作品之体貌特色,然未涉体貌类型。曹丕提及雅、理、实、丽,类于体貌类型,然其所指,为文章体裁之体貌,非指作家或作品之体貌。陆机虽加敷演,亦仍属体裁之体貌。挚虞对文章体裁有详细之分类,对作家作品体貌之评论也较他之前为细腻而具体,但从现存的文字看,他亦未涉体貌类型问题。刘勰提出"若总其归途,则数穷八体",把一切不同的文章体貌,尽归入此八体中,可以说是把文章体貌类型化了。这在我国的文章体貌论上是一个发展。

# 三

刘勰论文章体貌的一个重要观点,便是强调体貌与才性的关系。他以为,有什么样的才性学养,便有什么样的文章体貌,"因内而符外","各师成心,其异如面"。

作者之才性与作品之表现有关,刘勰之前多已论及。司马迁论屈原，谓："其志洁，故其称物芳。"①王充谓："大人德扩，其文炳；小人德炽，其文斑。"②"有实核于内，有皮壳于外。文墨辞说，士之荣叶皮壳也。实诚在胸臆，文墨著竹帛，内外表里，自相符称。"③汉末赵壹以气质论书法，谓："凡人各殊气血，异筋骨，心有疏密，手有巧拙，书之好丑，在心与手，可强为哉？"④曹丕似已认识到作家才性与作品之体貌有关，所以他说："徐幹时有齐气。"⑤所谓"齐气"，既指其性格之舒缓，亦指其文体之舒缓。他说王粲体弱，"不足起其文"⑥。是则文章体貌，又与气质有关。曹丕论才性气质，重天赋。葛洪对才性与文体之关系，也有论述，他说："才有清浊，思有修短，虽并属文，参差万品。"⑦"格言不吐庸人之口，高文不堕顽夫之笔。故披《洪范》而知箕子有经世之器，览九术而见范生怀治国之略，省夷吾之书而明其有拨乱之干，视不害之文而见其精霸王之道也。"⑧今存挚虞《文章流别论》与李充《翰林论》片断，未见论才性与文章体貌之关系者。是则刘勰之前，虽有论才性与作家作品之关系者，率多片言只语，各从一端言之，系统全面对此一问题作阐述，实自刘勰始。

　　刘勰提出作者之才、性、学、习直接影响作品之体貌特征，

①司马迁《史记》卷八十四《屈原列传》，页2482，中华书局1972年版。
②王充《论衡》卷二十八《书解》篇，文渊阁四库全书本。
③同上书卷十三《超奇》篇。
④张彦远《法书要录》卷一引，文渊阁四库全书本。
⑤曹丕《典论论文》，《文选》卷五十二，页720。
⑥曹丕《与吴质书》，《文选》卷四十二，页590。
⑦葛洪《抱朴子外编》卷四十《辞义》，杨明照撰《抱朴子外篇校笺》页394，中华书局1997年版。
⑧同上书卷十五《审举》，《抱朴子外篇校笺》页407。

《体性》篇称：

> 是以贾生俊发，故文洁而体清；长卿傲诞，故理侈而辞
> 溢；子云沉寂，故志隐而味深；子政简易，故趣昭而事博；孟
> 坚雅懿，故裁密而思靡；平子淹通，故虑周而藻密；仲宣躁
> 竞，故颖出而才果；公干气褊，故言壮而情骇；嗣宗俶傥，故
> 响逸而调远；叔夜俊侠，故兴高而采烈；安仁轻敏，故锋发而
> 韵流；士衡矜重，故情繁而辞隐。触类以推，表里必符。岂
> 非自然之恒资，才气之大略哉！

这里举了十二位作者的才、性、学、习与其作品体貌特征相对应
的例子。俊发、傲诞、沉寂、简易、雅懿、躁竞、气褊、俶傥、俊侠、
轻敏、矜重，均主要指才性品格而言，"淹通"主要指其学识之修
养。当然在才性品格中，有的也明显包含有学养的成分，如称扬
雄"沉寂"，既指其性格之沉默，亦含有形成此沉默性格之学养
在内，《杂文》篇所谓"扬雄覃思文阁，业深综述"者是。才性中
当然也包括气质，如称阮籍"俶傥"，刘桢"气褊"，均指此二人重
气之特点，《才略》篇所谓"阮籍使气以命诗"，"刘桢情高以会
采"者是。而称贾谊"俊发"，则显然指其性格之特点，亦兼指其
才华之洋溢。《才略》篇所谓"贾谊才颖，陵轶飞兔，议惬而赋
清"者是。至于所举十二种体貌特色，则似是就各人作品之主
要体貌特征言，而并非指其体貌之全部特色。如论张衡，此处称
其"虑周而藻密"，显然是就其义理论述之周全与行文组织之严
密言，而《明诗》篇中所说"张衡《怨》篇，清典可味"、"平子得其
雅"，《杂文》篇中所说"张衡《应间》，密而兼雅"并未包括在内。
"淹通"指其学识广博。学识广博为其主要特色，由是而形成他

作品"虑周而藻密"的主要特色。作者才、性、学、习在这里只偏指某一方，相应的体貌特色也偏指某一方面。这十二位作者中，尚可举出类似张衡的例子。由是言之，十二种不同之文章体貌，与他在《体性》中说的"数穷八体"的"八体"，不是对等的概念。这十二种体貌，只是"个别"，犹如我们今日所说的作家独特的创作个性，而"八体"则是类型。

刘勰从才、性、学、习四个方面，论作者与作品之关系，《体性》篇谓：

> 夫情动而言形，理发而文见。改沿隐以至显，因内而符外者也。然才有庸俊，气有刚柔，学有浅深，习有雅郑，并情性所铄，陶染所凝。是以笔区云谲，文苑波诡者矣。故辞理庸俊，莫能翻其才；风趣刚柔，宁或改其气；事义浅深，未闻乖其学；体式雅郑，鲜有反其习。各师成心，其异如面。

他这里提出了作者影响文章体貌的四个要素：才、气、学、习。才与气，刘勰多处提及。才，是才华；气，是气质。他以为，才是天生的，《神思》："人之禀才，迟速异分。"《体性》："才由天资。"而才之不同，源于不同之气质，《体性》："才力居中，肇自血气。"气质或属阳刚或属阴柔，又决定着文章情趣的或阳刚或阴柔的美。气质的刚柔，亦禀于天赋。才气属先天所有，这种思想，非刘勰所首倡。可注意的是，他认为才由天资的同时，又认为这天赋之才，可经由后天的学习加以补充，"将赡才力，务在博见"（《事类》）；"酌理以富才"（《神思》）。博见是阅历与学问的产物。这后天可补足之"才"，就又区别于他之前以才为天禀的思想，是他的一种进步。

更重要的是他提出学、习在决定文章体貌上的作用。学影响事义,而习则影响格调之高下。习,是陶染。刘勰把它看作是一件很重要的事。学,要人一开始便养成好的习惯,"学慎始习"(《体性》)。习惯不好,便不易改过来了,"于是习华随侈,流遁忘反"(《风骨》)。"斫梓染丝,功在初化;器成彩定,难可翻移"(《体性》)。把"习"强调到如此重要的地位,在文论中刘勰又是首创。

由于重视学与习对体貌的影响,他便也认为作者的创作体貌是可能变化的。他提出"八体屡迁"(《体性》)。这既是指各人情性不同,因之体貌千变万化,又是指各人的学习不同,因之存在前后创作体貌不同的情况。这一思想,又是刘勰的创造,而且应该说是相当深刻的。

# 四

刘勰论体貌而涉及"势",把"势"这一概念引入文论中,把它与体联系起来,这又在中国古代文论史上开出一全新之境界。

《文心雕龙·定势》的"势",究何所指,学界有各种各样之解释。它与"风骨"范畴一样,同是《文心雕龙》中最难解也是歧义最多的范畴。对于"势"这样一个范畴在《文心雕龙》中的含义是什么,此处不拟作全面之论证,因为我以为那是需要另立一个题目来专门论述的问题。这里要涉及的,只是一个侧面,即它与体的关系问题。

有的研究者,反对把势与体联系起来,认为势不属于风格论的范围。"势"是不是风格论,可以讨论,但我以为,势与作品的体貌有关,却是毫无疑义的。

　　势与体的关系,《定势》篇一开头,就说得十分清楚:"圆者规体,其势也自转;方者矩形,其势也自安。文章体势,如斯而已。"圆是体,圆体易于自转。这自转,便是"势"。但是转动中的圆体仍是体,只不过是动中之体而已。方体也是体,它比较稳定。这稳定便是它的"势",但稳定中的方体仍是体。这就是说,体与势其实是不可分的。体是从它的形貌上说,而势则是从动态上说,是动中的体,或者说,是动态中呈现出来的体。

　　"势",是一个动的概念。战争的形势、态势,是指一种力量对比的趋势。在自然界中,势也是一个动的概念。平原大江,必缓慢而前行;高涧飞瀑,必奔腾而直下,这就是自然之势。在书法里,笔势是指运笔结体的趋势,是力的流动。李世民论王右军的书法,称:"观其点曳之工,裁成之妙,烟霏露结,状若断而还连;凤翥龙蟠,势如斜而反直。"①这烟霏露结,凤翥龙蟠,便是王右军书法的"势"。事实上,笔势是作者才性情思流注于笔端、于点曳结体中表现出来的笔致,既体现动态,亦体现于动态中之字的整体形象。在文论里,它是指动态的体,也可以说,是体中的情思气韵在行文中表现出来的一种趋势。体与势,是统一的,一自静态言,一自动态言,因此说"即体成势"。情致(《定势》篇说的"情致异区"的"情致",其实也就是指作者的思想感情才性学养诸端言,因骈文行文之对应简洁,不可能详说,简言之曰情致。彦和《文心雕龙》行文常有此特点)不同,这不同的情致,便决定了作品的不同体貌。不同的体貌,便要求有不同的势。譬如典雅之体,它的情思的流动,义理的推演,行文的节奏,便应该都是雅正的。这流动、推演、节奏的雅正,便是它的势。这势是

————————

① 房玄龄等《晋书》卷八十《王羲之传赞》,页 2108。

雅正的体的要求。如果其中杂入庸俗诙谐、繁弦促节,便是"雅郑共篇","总一之势离"。体有刚柔奇正,故势也有刚柔奇正。每一位作者,都可以运用或刚或柔或奇或正之"势","并总群势"。但是,在一篇作品中,既是情思义理表达之需要,确定了"体","势"便只能是一种,不可以刚柔杂糅,奇正杂糅。"势"在"体"之内运行,而"体"又是借助于"势"才活起来,所以说"形生势成,始末相承"。一自静之形说,一自动之力说。正因为如此,所以《定势》篇所论,常与《体性》篇两两对应。例如下:

> (1)《定势》:"综意浅切者,类乏酝藉。"
> 《体性》:"奥与显殊。"

二者同样以隐奥与显切对比。

> (2)《定势》:"断辞辨约者,率乖繁缛。"
> 《体性》:"繁与约舛。"

同样是繁与约对应。两篇涉及的都是同样的体貌类型,不过一从体说,一从势说。

> (3)《体性》:"习"可以影响体,因此主张"学慎始习"。
> 《定势》:"所习不同,所务各异。"

二者一自"习"之影响"体"说,一自"习"之影响"势"说。

> (4)《体性》主才、气、学、习与"体"有关。

　　《定势》亦言情致影响"势"。

两篇何以如此多的地方论述角度相似,就因为它们论述的对象同是体貌问题,不过是体貌的不同状态而已。体实而势虚,体呈现为形貌,而势呈现为形貌中力的流动。

　　论体进而论势,使体论在更深的层次上展开,这正是刘勰的独特贡献。自"势"的概念引入文论之后,它便成了文论中的一个重要范畴,并被作了种种的理解与种种的运用,不过这已经不是此处论述的范围了。

# 说"情"

　　读《文心雕龙》者,多注意彦和文学思想的宗经一面,而较少注意他对于情的有关论述。他写有《情采》篇,专论情与采的关系。但是他对"情"的更多的看法,则分散于其他各篇之中。对于情之为物,对于情在为文之时的作用与表现,对于情在文中的位置,他虽然没有集中的论述,但是,从那些分散的论述中,我们可以窥见他对这些问题的看法。而了解他对这些问题的看法,将有助于我们对他的文学思想的更为全面的理解。

一

　　在《文心雕龙》一书中,刘勰在谈论写作时,既承认"人禀七情,应物斯感;感物吟志,莫非自然"。承认人的自然情性。但是,他对于文章所要表现的情,又要求经过道德的约束,情性需要"雕琢"。我们先来说前一点。
　　我们先来看他下列的两组论述:

（一）
　　人禀七情,应物斯感;感物吟志,莫非自然。(《明诗》)

　　原夫登高之旨,盖睹物兴情。(《诠赋》)

　　登山则情满于山,观海则意溢于海。(《神思》)

　　夫情动而言形,理发而文见,盖沿隐以至显,因内而符外者也。(《体性》)

　　春秋代序,阴阳惨舒,物色之动,心亦摇焉。……岁有其物,物有其容;情以物迁,辞以情发。(《物色》)

## (二)

　　故魏文称"文以气为主,气之清浊有体,不可力强而致"。故其论孔融,则云"体气高妙",论徐幹,则云"时有齐气",论刘桢,则云"有逸气"。公幹亦云:"孔氏卓卓,信含异气;笔墨之性,殆不可胜。"并重气之旨也。(《风骨》)

　　公幹气褊,故言壮而情骇。(《体性》)

　　情与气偕,辞共体并。(《风骨》)

第一组是说因物兴感,谓万物尚且因四时之变化而有所感应,物色之变化引发感情的变化也是很自然的事。这里值得注意的是"人禀七情,应物斯感"一句。《礼记·礼运》谓"七情":"喜、怒、哀、惧、爱、恶、欲。"①孔颖达《正义》引《左传》之六情解释此七情,谓:

　　昭二十五年《左传》云:天有六气,在人为六情,谓喜怒

---

① 《礼记》卷二十二《礼运》:"何谓人情? 喜、怒、哀、惧、爱、恶、欲。七者弗学而能。"

哀乐好恶①。此之喜怒及哀恶，与彼同也。此云欲，则彼云乐也；此云爱，则彼好也。谓六情之外，增一惧而为七。熊氏云："惧，则怒中之小别，以见怒而怖惧耳。"六气谓阴阳风雨晦明也。按彼《传》云，喜生于风，怒生于雨，哀生于晦，乐生于明，好生于阳，恶生于阴。其义可知也。②

六情是喜怒哀乐好恶，比七情少一"惧"。而"惧"其实包括在"怒"中，是"怒"之轻者。六情与七情是相同的。孔颖达对昭二十五年传此一段话的解读，是从天人一体的思想着眼，把六情与六气联系起来，谓六情生自六气。因之，七情也就与天地之气相同。这样，我们就可以理解，《礼记》之"七情"与《左传》之"六情"，都有一个共同点，就是承认"情"为天生所具有。情既与生俱来，因外物而兴感，此一种之思想，来源甚早。郭店楚墓竹简《性自命出》已有此一种之表述：

> 凡人虽有性，待物而后作，待悦而后行，待习而后奠，喜怒哀悲之气，性也，及其见于外，则物取之也。（1、2简）

喜、怒、哀、悲是性。性是本然之气。它的表现，须待外物之引

---

① 《左传》昭二十五年传，子大叔回答赵简子的一段话："民有好恶、喜怒、哀乐，生于六气，是故审则宜类，以制六志。哀有哭泣，乐有歌舞，喜有施舍，怒有战斗；喜生于好，怒生于恶。是故审行信令，祸福赏罚，以制死生。生，好物也；死，恶物也。好物，乐也；恶物，哀也。哀乐不失，乃能协于天地之性，是以长久。"子大叔是从天人一体的角度理解六情的，他把六情与六气联系起来，六情源于天地之性。

② 《礼记正义》卷二十二，《十三经注疏》页1422，中华书局1980年版。

发,就是"待物而后作","物取之也"。喜、怒、哀、悲之性既外现
之后,须"待悦而后行",就是愿意了才会付诸行动;"待习而后
奠","奠",裘锡圭先生释为"定"。性虽出自本然,然亦可因习
而改变。因习以定性,反过来又证明性出自本然。《性自命出》
又由性而说到情:

> 性自命出,命自天降,道始于情,情生于性。始者近情,
> 终者近义。(2、3 简)

天→命→性→情→道,命来自天。这个"天",似应理解为天然
之天,本然未受人为影响之"天",如《庄子·秋水》"牛马四足,
是谓天"的"天"。命自天降,是说命由其本然之存在。此一种
之理解,类似于对《老子》"道法自然"之理解,非谓道之上有一
自然,而是说道本身就是自然,它是自然的存在。命由天降,是
说命来自其本然之存在。由命生性,故性亦出自本然;由性生
情,就是 1 简说的性须待物而后作,而后作的是情。就是说,情
的本然存在的状态就是性,因外物之触动而引发时,就是情。关
于情与性的关系,后来理学家作了各种各样的阐释。程颐引
《中庸》:"喜怒哀乐之未发,谓之中。"解释说:"中也者,言'寂
然不动'者也。"朱熹注此称:"喜怒哀乐未发,无所偏倚,此之谓
中。中,性也。'寂然不动',言其体则然也。……喜怒哀乐之
发,无所乖戾,此之谓和。和,情也。"①程颢也承认性即气,气即
性。他说:"生之谓性。性即气,气即性,生之谓也。人生气禀,
理有善恶,然不是性中元有此两物相对而生也。有自幼而善,有

---

① 陈荣捷《近思录详注集评》页 5,台湾学生书局 1992 年版。

自幼而恶,是气禀有然也。"①他在性中加入了善恶,加进了道德内容,已非自然人性之七情。朱熹也认为七情为气之发。他也把七情与道德内容联系起来。他说:"所以为性者五,曰仁义礼智信;所以为情者七,曰喜怒哀惧爱恶欲。"②但是承认情出于性,性即气,因物而动,动则为情,此一点与自然人性说则是相同的。程颐还特别强调感应。他说:

> 有感必有应。凡有动皆有感,感则必有应。所应复为感,所感复有应。所以不已也。感通之理,知道者默而观之可也。③

王阳明在这一点上说得更为明白。他说:"性即未发之情,情即已发之性。"④而性即是气,"'生之谓性','生'字即是'气'字,犹言气即是性也。……孟子性善,是从本原上说。然性善之端须在气上始见得,若无气亦无可见矣。恻隐羞恶辞让是非即是气,程子谓'论性不论气不备,论气不论性不明',亦是为学者各认一边,只得如此说。若见得自性明白时,气即是性,性即是气,原无性气之可分也"⑤。恻隐羞恶辞让是非是气,那么未发之性原本就具有道德之内涵。此种思想实来自孟子。《孟子·告子上》:"恻隐之心,人皆有之;羞恶之心,人皆有之;恭敬之心,人

---

① 王孝鱼点校《二程集》页 10,中华书局 1981 年版。
② 黎靖德编《朱子语类》卷五十三,页 1296,中华书局 1986 年版。
③ 陈荣捷《近思录详注集评》页 15。
④ 《王阳明全集》卷五文录二,页 194,上海古籍出版社 1992 年版。
⑤ 同上书卷二语录二,页 61。

皆有之;是非之心,人皆有之。恻隐之心,仁也;羞恶之心,义也;恭敬之心,礼也;是非之心,智也。仁义礼智,非由外铄我也,我固有之也,弗思耳矣。"①此种道德之内涵与七情都存在于性中,也都禀之于气。王阳明之情论存在内在之矛盾,此种矛盾涉及问题较多,我在拙著《明代后期士人心态研究》已有专章论述,此处不再赘说。

在文学创作中,强调感物动情、极重抒情的倾向在东汉末年以来成为一普遍之潮流。桓范《世要论》中于此有所论述:

　　　夫人生而有情,情发而为欲。物见于外,情动于中,物之感人也无穷,而情之所欲也无极。②

他是从节欲的角度说的,但我们从中也可看出其时重情之状况,因动情,故研究情之利弊。我们都知道魏晋时期士人的生活情趣与人格趋向,他们任情纵欲。因重情为一时之思潮,故有"圣人有情无情"之论辩。此一论辩意在探讨情之存在之合理性问题。我们从《世说新语》中即可看到那时士人重情之生活风貌,所谓情之所钟,正在我辈,所谓情何以堪,所谓情动而不可已已,所谓情痴,都是例子。《世说新语·轻诋》记一事,称王坦之不为支道林所知,"乃著《论沙门不得为高士论》。大略云:'高士必在于纵心调畅,沙门虽云俗外,反更束于教,非情性自得之谓

①朱熹《四书章句集注·孟子集注》卷十一,页328,中华书局1983年版。
②严可均辑《全上古三代秦汉三国六朝文·全三国文》卷三十七,页1261,中华书局1958年版。

也．'"①这是说，凡高士必任情之所之，达到情性自得之境界，支道林受佛教义理之约束，做不到纵情，所以不是高士。我们看东汉以后文学作品强烈的抒情性，也可明了此一点。东汉以后，还有以"情"字为赋者，如《定情赋》、《释情赋》、《静情赋》、《慰情赋》、《闲情赋》等等。可见，上举第一组刘勰所论人禀七情，因物生感的论述，乃是东汉以来重情思潮的一种理论表述。类似的表述与他同时的钟嵘也有。《诗品序》称："气之动物，物之感人，故摇荡性灵，形之舞咏。"刘勰和钟嵘的论述，与后来的理学家所言虽同属物感说，但他们所指的"情"，主要指人的自然情性，并不包括道德内容，与后来的理学家有别。

上述所举第二组，进一步说明情与气的关系。气也是性。情生于性。情与气偕，气之特点影响情的特点。说刘桢气褊，所以情骇。气褊，指气之褊激。因气之褊激表现为感情之激动。王叔岷《文心雕龙缀补》引颜师古注《汉书·扬雄传》称："骇，动。"情骇，就是感情爱激动。《才略》篇称"刘桢情高以会采"，"情高"，当亦指其感情之激昂而言。曹丕《典论论文》称刘桢"壮而不密"，壮，指其感情之壮大，义亦近高扬激越。钟嵘评刘桢，称其"仗气爱奇，动多振绝，真骨凌霜，高风跨俗"。这第二组说明各人禀赋之气不同，因之情亦各各不同。

承认自然禀赋的情的存在，而且承认此种禀赋之情因人而异，这是文学思想中一个很重要的问题。情之真，乃是文学作品成功之一大关键。情真，本之于情性之无遮蔽之流露。真，乃能感人，能动人。一部中国文学史，最动人的作品，一个最为重要的条件，就是情真。有研究者认为，我国的古代文学，最大的特

①余嘉锡撰《世说新语笺疏》页845，中华书局1983年版。

点是政教之用。这一说法不全面、也不确切。在我国古代的文学思想中,提倡文须有益于政教的言论虽不绝,但真正能起到政教之用的作品,离不开真感情。文学作品的政教之用,只有建立在真感情的基础上才有可能。我国古代文学的最大的成就,是抒情传统的绵延不绝,最好的作品,无不真情感人。刘勰文学思想中重视真感情自然流露的思想,正是他的文学思想的最为精彩处。他论体性、论风骨、论势、论情采、论养气,无不体现此一思想。而他认识到感情气质人各不同,此种不同,又影响着文学作品的风貌,则是他感情论的又一大贡献。此一思想,有助于作家作品体貌论的进一步发展。

## 二

但是,刘勰的情论还有另一面,那就是在有的地方,明确地要求情之雅正,要求情受道德的约束,需要陶冶,需要雕琢。

《宗经》篇提出文能宗经,则体有六义。六义之一,就是"情深而不诡"。不诡,就是正,感情应该雅正。感情雅正的准则,是遵循圣人之教诲,依经树则。感情的雅正也包括信实。在《史传》篇中,他说史之著述,"必贯乎百氏,被之千载,表征盛衰,殷鉴兴废,使一代之制,共日月而长存,王霸之迹,并天地而久大……是立义选言,宜依经以树则;劝戒与夺,必附圣以居宗"。他说史之著述,必使"析理居正"。正,就是公正不偏,不能以个人感情之好恶论定是非。他说:"然史之为任,乃弥纶一代,负海内之责,而赢是非之尤。秉笔荷担,莫此之劳。"他说即使像司马迁、班固那样博通古今的良史,也屡遭后人的诋毁,如果放任个人感情的好恶来写史,那就更危险了,"若任情失正,文其殆哉!"不要任情,就是要控制感情,使归于正,归于无私。在《征圣》篇中他提出"情欲信",也是这个意思。

情信的榜样,就是圣人。他专门写了《征圣》篇,意亦在此。曹学佺评论此篇,谓:"其征圣以情,即体性于习也。"①《征圣》篇说:"夫作者曰圣,述者曰明。陶铸性情,功在上哲。"

对待情的态度,道家持无情论,反对嗜欲,认为嗜欲伤生。庄子主张心斋,心空明无所有,既与道为一,我忘我之身与心,如枯木死灰,当然也就不存在情的问题。既不存在情的问题,当然也就不需要抑情,不存在情与礼的冲突问题。

但是,在我国古代的许多思想家那里,节制情欲,却是一个被普遍关注的问题。性善论者与性恶论者,都讲求道德的修持。孟子是主张性善的,他认为性虽善,亦应扩而充之。他认为,人皆有恻隐、辞让、羞恶、是非之心,但此四端,应该扩而充之:

> 恻隐之心,仁之端也;羞恶之心,义之端也;辞让之心,礼之端也;是非之心,智之端也。人之有是四端也,犹其有四体也。……凡有四端于我者,知皆扩而充之矣,若火之始然,泉之始达。苟能充之,足以保四海;苟不充之,不足以事父母。②

荀子主张性恶,性既恶,则情亦贪。他说:

> 人之情,食欲有刍豢,衣欲有文绣,行欲有舆马,又欲夫

---

①转引自黄霖编著《文心雕龙汇评》页18,上海古籍出版社2005年版。
②《孟子·公孙丑上》,朱熹《四书章句集注·孟子集注》卷三,页238。

余财蓄积之富也,然而穷年累世不知足。是人之情也。①

　　故人之情,口好味而臭味莫美焉,耳好声而声乐莫大焉,目好色而文章致繁、妇女莫众焉,形体好佚而安重闲静莫愉焉,心好利而谷禄莫厚焉;合天下之所同愿兼而有之,皋牢天下而制之若制子孙,人苟不狂惑戆陋者,其谁能睹是而不乐也哉!②

因欲望不可穷尽,若顺情之自然,必引发祸害,因之他主张通过教化来节制情欲,达到教化的目的,而归之于治:

　　今人之性,生而有好利焉,顺是,故争夺生而辞让亡焉;生而有疾恶焉,顺是,故残贼生而忠信亡焉;生而有耳目之欲,有好声色焉,顺是,故淫乱生而礼义文理亡焉。然则从人之性,顺人之情,必出于争夺,合于犯分乱理而归于暴。故必将有师法之化,礼义之道,然后出于辞让,合于文理,而归于治。③

他说:"纵性情而不足问学,则为小人矣。"④

　　稍后的吕不韦也主张情而有节,《吕氏春秋·情欲》篇谓:

　　天生人而使有贪有欲,欲有情,情有节。圣人修节以止

① 王天海校释《荀子校释》卷二《荣辱》,页150,上海古籍出版社2005年版。
② 同上书卷十一《王霸》,页501。
③ 同上书卷十七《性恶》,页934。
④ 同上书卷八《儒效》,页330。

欲，故不过行其情也。故耳之欲五声，目之欲五色，口之欲
五味，情也。此三者，贵贱愚智贤不肖欲之若一，虽神农、黄
帝其与桀、纣同。圣人之所以异者，得其情也。①

"得其情"，陈奇猷先生引高诱注称："圣人得其不过节之情。"这
是说，情的存在是可以的，但不应过度，应该有节。

董仲舒是主张天人一体的，在《春秋繁露·为人者天》篇
中，谓："人之性情，有由天者矣。"《深察名号》篇亦称："天地之
所生，谓之性情。性情相与为一瞑。情亦性也。谓性已善，奈其
情何？……身之有性情也，若天之有阴阳也。言人之质而无其
情，犹言天之阳而无其阴也。"性情一体，咸为天赋。此种天赋
之性情，需要节制。《保位权》篇："故圣人之制民，使之有欲，不
得过节；使之敦朴，不得无欲。无欲有欲，各得以足，而君道得
矣。"他认为，光说性善还不够，性本善的"善"，只是善的发端，
还应该引导到至善。《深察名号》篇说："性有善端，动之爱父
母，善于禽兽，则谓之善。此孟子之善，循三纲五纪，通八端之
理，忠信而博爱，敦厚而好礼，乃可谓善。此圣人之善也。"在
《天道施》篇中他亦提出以礼制情："夫礼，体情而防乱者也。民
之情，不能制其欲，使之度礼。目视正色，耳听正声，口食正味，
身行正道，非夺之情也，所以安其情也。"②王充也主张人之有
情，乃是自然之理，他批评老子的恬淡寡欲以养生的观点："草
木之生何情欲，而春生秋死乎？夫草木无欲，寿不逾岁；人多情

①陈奇猷校释《吕氏春秋校释》卷二，页84，学林出版社1984年版。
②苏舆撰、钟哲点校《春秋繁露义证》，依次为页319、298—299、174、303—
304、469—470，中华书局1992年版。

欲,寿至于百。此无情欲者反夭,有情欲者寿也。夫如是,老子
之术,以恬淡无欲延寿度世者,复虚也。"①他也主张以礼防情:
"富贵皆人所欲也,虽有君子之行,犹有饥渴之情。君子则以礼
防情,以义割欲,故得循道,循道则无祸。小人纵贪利之欲,逾礼
犯义,故进得苟佞,苟佞则有罪。"②有意思的是,作为玄学家的
王弼,提出来圣人之情说。他是在反驳何晏的圣人无喜怒哀乐
论时说的:"以为圣人茂于人者,神明也,同于人者,五情也。神
明茂,故能体冲和以通无;五情同,故不能无哀乐以应物。然则,
圣人之情,应物而无累于物者也。"③所谓应物而无累于物,就是
情不过度。

除佛、道二家排除情之合理存在之外,诸家尽管对于情性关
系、对于情之性质看法存在差异,但是都承认情的存在的合理
性,同时又认为此自然存在之情需要加以节制。如何节制,以什
么去节制,此 问题在思想史后来的发展中,也 直是 个探讨
的问题。刘勰提出"陶铸性情,功在上哲",提出"圣人之情"的
最高准则,正是此种对情的认识的继续。

从刘勰对情的理解看,至少在此一问题上,他不属佛、道二
家,而更像儒家的情论。

# 三

情的问题,不仅属于文学创作,更属人生之一重要内容;不

---

① 王充《论衡》卷七《道虚篇》,文渊阁四库全书本。
② 同上书卷十一《答佞篇》。
③ 陈寿《三国志·魏书》卷二十八《钟会传》裴注引何劭王弼传,页795,中
　华书局1959年版。

仅关系个人,且亦关系社会之发展。

前贤上述之诸种见解,说明情之存在为一客观之事实。此一点,乃是稍具人生常识者所能理解。违背此一客观存在之事实,以道学之名完全否定情欲之合理存在,于是有假道学出现,有心口不一、二重人格之极坏风气之弥漫。此一种心口不一、二重人格之极坏风气,乃是对民族性格之甚大破坏。

而放任情欲之自由泛滥,则必定造成社会之混乱,造成道德之沦丧,最后又必然回到另一极端、即假道学上来。在我国古代,此两种之现象都存在过,不过表现形态比较的复杂。魏晋风流,个性张扬,情欲放纵,虽然摆脱了道学的束缚,思想得到多元的发展,但是最后也没有解决个人感情欲望的合理存在与社会责任、道德约束的问题。晚明也有过放纵个人情欲的思潮,虽然也带来思想的活跃,但也同样没能解决个人与社会的关系问题。随着明亡而此一思潮也就消退,留下了无尽的评说。

感情存在、个人欲望存在的合理性,必有一个前提,那就是度。前贤将此一个度解读为情而有节。情而有节,是一个原则的提法。什么才是有节,节至何处,以什么为节,都存在着不同的标准。王弼提出"性其情"的观念。我们知道,他是合名教于自然的,他的感情论也就较为复杂。他是有情论者。我们前面所引他论圣人有情的话已可证明此一点。他认为人之有情,乃本之于自然:"夫喜、惧、哀、乐,民之自然,应感而动,则发乎声歌。"但是情应该正,"情正实,而后言之不作"。因此要性其情,"不性其情,焉能久行其正,此是情之正也。若心好流荡失真,此是情之邪也。若以情近性,故云性其情。情近性者,何妨是有欲。若逐欲迁,故云远也;若欲而不迁,故曰近。但近性者正,而即性非正;虽即性非正,而能使之正。……能使之正者何?仪也,静也"①。从此一段论述看,他所说的"性其情",就是以性制情,目的是使"欲而不迁",就是使情欲不要流荡忘返。如何能使之不流荡忘返,就要"仪"和"静"。"仪"是礼仪;"静",是回归本性。王弼以性静情动、性体情用、体用一元为说。从这里,我们可以看到他合名教于自然的又一表现,既约之以礼,又不亡返归自然。既承认情的合理存在,与其时重情之思潮相符合,又有区别。

王弼提出"性其情",程颐用其语而加以改造,把"性"明确表述为仁、义、理、智、信。他说:"天地储精,得五行之秀者为人。其本也真而静,其未发也五性具焉,曰仁、义、理、智、信。""性其情",就是以仁、义、理、智、信约束感情。他接着说:

> 形既生矣,外物触其形而动于中矣。其中动而七情出焉,曰喜、怒、哀、乐、爱、恶、欲。情既炽而益荡,其性凿矣。是故觉者约其情使合于中,正其心,养其性。愚者则不知制之,纵其情而至于邪僻,梏其性而亡之。……仁义忠信不离乎心,"造次必于是,颠沛必于是",出处语默必于是,久而弗失,则居之安,动容周旋中礼,而邪僻之心无自生矣。②

程颐的见解可以说是后来儒家以性节情的典型话语。

以道德约束情,以何种之道德标准、约束至何等之程度才既合人性之正常需求,又有利于社会之和谐发展,仍然是一个复杂

---

① 王弼《论语释疑》,楼宇烈《王弼集校释》页 625、631、632,中华书局 1980
　年版。
② 陈荣捷《近思录详注集评》页 68。

的、不易解决的问题。在现代社会,如何处理情与法之关系,似亦颇为复杂。而且,情的表达,除道德约束与法的制约之外,还有没有格调、趣味的不同层面的问题,也同样值得探讨。

自文学创作而言,问题似乎更为复杂。

文学之一重要特征,就是以情感人,好的作品无不如此。我国古代文学传统之一大特点,就是抒情。陈世骧先生甚至认为,我国的文学传统,就是一个抒情的传统。当然,也有研究者认为,我国的文学传统,是一个重政教之用的传统。其实,重抒情与重政教之用本身并不矛盾,以情感人的作品往往对人起到潜移默化的作用,于政教亦有助益。

问题的复杂性在于文学创作所反映的感情的包容度。感情是一个极其丰富的领域,喜、怒、哀、乐、爱、恶、欲,都有一个指向问题,此一指向往往也牵涉到感情格调,面对不同的指向和不同的格调,能包容至何种之程度,可能反映着社会的成熟度。将感情的指向与格调限制在狭小的范围内,可能限制人性的健康发展;对感情的指向与格调不加分辨,可能会营造一个是非不分的环境,同样不利于健康人格的培养。对待文学作品的感情表述,实在是一个十分复杂也十分细致的问题。

刘勰重真情,而此种真情的指向是"正",因之主张"陶冶性情,功在上哲";主张"雕琢情性"。他所理解的情的最高境界,是"圣人之情"。他的感情论虽受着重情的文学思潮的影响,但就其主要倾向言,则属儒家而无疑。

# 说史识

《文心雕龙·史传》篇有一段话：

> 若夫追述远代，代远多伪。公羊高云"传闻异辞"，荀况称"录远略近"。盖文疑则阙，贵信史也。然俗皆爱奇，莫顾实理。传闻而欲伟其事，录远而欲详其迹。于是弃同即异，穿凿傍说，旧史所无，我书则传。此讹滥之本源，而述远之巨蠹也。至于记编同时，时同多诡，虽定、哀微辞，而世情利害。勋荣之家，虽庸夫而尽饰；迍败之士，虽令德而嗤埋。吹霜煦露，寒暑笔端，此又同时之枉，可为叹息者也。故述远则诬矫如彼，记近则回邪如此，析理居正，唯素心乎！

刘勰对于史书撰写和史料辨析问题的这些见解，是非常深刻的。他事实上涉及了下列的三个理论问题：我们如何对待史料，如何据史料重构历史和历史研究的主观介入问题。

刘勰提出了史料的真实性问题。他认为，史料因诸种原因之存在，有可能是不真实的。此种原因如：传闻异辞，俗皆爱奇，传闻而欲伟其事；代远多伪，对于史料多伪的远代详说，对于近代反而略说，于是穿凿附会等等。这就是史料讹滥之源。

刘勰的这一论点说到了如何对待史料的根本问题。我们研究历史,不论是文学史、哲学史、思想史和其他各种史,面临的头一个问题,就是如何对待史料。当然我们可以说,广泛搜罗,竭泽而渔,史料越完备越好。这当然是对的。没有完备的史料,不可能描述历史的真实;但是仅有完备的史料,未必就能够认识历史的真实。这样说,是因为存在一个史料的真实性问题。且不说存世史料仅是当年所发生事件之极少的一部分记录,当年发生过无数事象,而记录的或不足万分之一,以此极少之记录,去描述历史之全貌,其真实性可想而知;也且不说存留的史料,是否为当年所发生事象之核心部分,就说存留史料本身之可靠性,就是一个极须重视的问题。刘勰提到传闻异辞的问题,我们可以举出众多的例子,来证明他说到了要害处。同是一件事,从甲地传到乙地,往往就变了样;甚至同在一地,对于事实的描述亦异说纷陈。这些纷陈的传闻各各被记录下来,给史料真实性的判断增加了很大的困难。我曾在另一处举过晚明作家屠隆的例子。万历十二年十月,他正在礼部仪制司主事任上,遭到刑科主事俞显卿的弹劾,称他与西宁小侯宋世恩淫纵。他因此而被削籍为民。他究竟是否与宋世恩及其夫人淫纵,史料记载就不相同。从《明神宗实录》记载看,此事为实有;王世贞当时在南京,他写信给王稚登和魏懋权,也相信此事为实有,并且认为屠隆属于文人无行的那一类人。而《明史》和《国榷》有关记载的暗示,则此事似非实有。更重要的是,俞显卿的弹劾称屠隆在纵酒之后淫纵,而许多的材料证明屠隆根本就不会喝酒。直至此事发生的二十多年后,袁小修到北京访及此事,民间也相信淫纵非事实。这是一件涉及面小的事,论史者不大注意。涉及重大事件的,史料的真真假假也所在多有。我也曾举过一个王阳明的例子,我把这个例子再引在下面:

　　王阳明平定宸濠叛乱,流言随之而起,说他与宸濠事先有勾结。审问宸濠时,宸濠供词称阳明与之先有谋议。当年审问宸濠的记录,并没有留下来,宸濠供词内容不得而知。我们今天只从时任兵科给事中的齐之鸾《蓉川集》中的一篇奏疏里,得知此一信息。《疏》为阳明辩护,意谓阳明平叛,宸濠恨之入骨,故反咬一口,阳明与宸濠勾结绝不可能。……但《明武宗实录》记此事,却婉曲影射,意谓宸濠乱前,阳明已与其交通;宸濠叛乱,望阳明助之;乱平之后,阳明又曲意庇护宸濠之国师刘养正。①

《实录》如此记录,而平叛之后,阳明因平叛之功,于正德十六年封新建伯。修《实录》在此事定案之后,既如此记载,则阳明之与宸濠勾结,当为事实;既为事实,何以又封新建伯? 加上阳明于宸濠乱前,曾派一最为亲近之弟了至宸濠处,此人后来以参与叛乱罪被杀。种种之材料,扑朔迷离。这个时候,就需要研究者的史识,而不只是材料是否完备所能解决。有不少的历史事件,由于史料之扑朔迷离,终成千古谜案。我们有时相信事件当事人之回忆,其实,那也靠不住。当事人或因利害关系,或因记忆之差错,或因爱恶好憎,有的有意,有的无意,而致记录有所偏颇。方志、笔记等等,此类史料,问题也所在多有。河南的一个县志,说那里有唐人司马承祯的炼丹炉,而我们知道,司马承祯是炼内丹的,根本就不可能有炼丹炉之事。史料的搜罗并不是史料工作的结束,辨别真伪,史料的选择才是史料工作的核心部分。刘勰提出史料的真伪问题,说明他对于历史研究的理解,是

_____

① 《明代后期士人心态研究》后记,页542,南开大学出版社2006年版。

相当深刻的。

　　刘勰的史识所涉及的又一问题,与如何重构历史有关。他说由于撰史者态度之不公,"勋荣之家,虽庸夫而尽饰;迍败之士,虽令德而嗤埋。吹霜煦露,寒暑笔端"。撰史者对于历史之描述既存在着由于不公而失实的问题,我们据史料以重构历史,当然也就存在着如何重构历史,才接近于历史的真实。

　　重构历史当然离不开史料,但史料上的是非褒贬,往往影响着我们对于历史真实面貌之理解。对于事件或者人物的描述,都存在着这样一个问题。由于史料记录者选择的倾向性,事件之真相与人物的真实面貌有可能被遮蔽起来。我们研究历史,就存在一个历史还原的问题。

　　历史还原的一个很重要的工作,就是尽力回到历史语境中去,研究一个事件的起因、发展、结束,整个的过程是如何展开的;一些话语,是在何种环境下说的;一些行为之所以发生,有何种之原因诱发,等等。有的历史事件和历史人物,由于史料记录者的思想倾向,由于他们看问题的角度,记录下来的不一定就是历史的真实。《明实录》中关于建文帝与永乐帝的记载,关于"大礼议"事件、张居正"夺情"事件等等,要究其所以,都必须回到历史语境中去才有可能。回到历史语境,对于思想史(如文学思想史)的研究显得更为重要。一种文学理论的提出,不与其时的创作实际联系起来考察,不与其时的生活风貌、社会思潮以至提出者提出时之语境联系起来,就不可能理解其理论之确切所指。

　　刘勰史识涉及的又一问题,就是以何种之思想原则治史。他说,要做到历史描述的公正,就要用"素心"。"素心",就是本心,纯净无私之心。此种无私之心,在刘勰来说,就是遵循圣人的教导,依圣人的教导认识历史。他提到史书撰述的重要性时说:"原夫载籍之作也,必贯乎百氏,被之千载,表征盛衰,殷鉴兴废,使一代之制,共日月而长存;王霸之迹,并天地而久大。"因为史书撰写关乎国家成败兴废,因之写作的指导思想就十分地重要。他说:"是立义选言,宜依经以树则;劝戒与夺,必附圣以居宗。"他是主张以儒家的思想原则来描述和评价历史的。这在他的文体论中也可以看到他遵循此一原则看待文体发展史的印记。

很多历史学家都说,研究历史,切忌主观因素的介入。主观因素的介入,是历史研究的大忌。这当然是对的。我们不应凭主观随意编派历史。但是,在史料选择、历史面貌描述时,绝对地避免主观因素的介入,事实上不可能做到。前面提到的"大礼议"与"夺情"事件,就是很好的例子。尽量做到回归历史语境,还原历史的本来面貌,除了受到史料的限制之外,我们还面临着我们的人生经验、思想倾向、思维方法的制约。我们的思想倾向,是非标准,思维方法,与古人有很大的不同,我们不可能用古人的思维方法去解读古人,差异必然存在。那就是主观因素的介入。刘勰说以素心对待历史,也是主观因素。他主张依经、附圣,就是他的标准,因此他体谅"尊贤隐讳"。我们当然不可能与他持同样的原则。我们用我们的思维方法,我们的知识结构,我们的是非标准,我们的语言,去解读历史,去再现、去重构历史,这就是我们的主观介入。

这样,我们就面临着两难的境地,一方面要尽量客观地还原历史,一方面又不可避免地存在主观因素的介入。我们能够做的,就是"尽量",尽量做到接近历史的真实。我们无法说我们的历史还原就是绝对的历史的本来面貌。正因为如此,所以同一个历史现象,前人解读过,今人还在解读,将来也还会不断地解读下去。就说《文心雕龙》吧,有多少人解读过,今后也还要解读下去。其他课题也一样。当然在研究过程中,随着新材料的发现,可能会提出新问题,提出前人没有想到、没有提过的问题。但是,面对固有的材料,我们没有发现的问题,学养深厚的学者发现了,提出来了,这类例子是很多的。这就是一个史识的问题。我们每个人都以自己的理解力去理解历史,同一个历史事件,在每个人眼前重现的面貌必定是有差异的。能够一眼看穿历史真实面貌的人,他必须具备许多条件,如知识结构、理论素养、才气等等,但最重要的一点,他必是一个有主见、不随波逐流的人。

对历史的解读还存在一个感情介入的问题,就是以深切的同情去读历史,与古人心灵沟通。不过,这又涉及另外的一些问题了。

附　录

# 工具角色与回归自我

## ——我国古代文学思想的当代价值认同问题

我国古代文学思想传统的基本内涵是什么,在全球化的大背景下,它要不要与当代文学思想衔接? 能不能与当代文学思想衔接? 在什么地方衔接? 这些都是学术界所关心的问题。这些问题当然不是局限在文学思想的范围内所能单独解决的,它牵连到社会生活的诸多方面。

这都是一些很大的问题,非本文之所能说清。本文要探讨的,只是我们的文学思想传统的当代价值认知问题。所谓价值认知,就是说,我们固有的文学思想中,哪些是最具价值的核心的部分,哪些在当代还有可能承接下来。当然,要对所有这些问题给予系统的论述,在我来说,几乎是不可能的。我只是提出几个问题,以供讨论而已。

一

我提出的一个问题,是我国古代文学思想是不是存在一源二流。

　　所谓一源,是说我国最早的文学思想观念,对于诗文的基本看法,对于它的社会身份、对于它的价值所在,是从功利目的出发的。我国最早的文,是应用文体。最早的诗,有言怀的,多来自民间。里巷男女有言怀之讴歌,则从采诗之说中可推知。《礼记·王制》:"天子五年一巡守……命大师陈诗,以观民风。"郑玄注:"陈诗,谓采其诗而视之。"①《汉书·艺文志》:"故古有采诗之官,王者所以观风俗,知得失,自考正也。"②《汉书·食货志》也有类似记载:"男女有不得其所者,因相与歌咏,各言其伤。""孟春之月,群聚者将散,行人振木铎徇于路,以采诗,献之大师,比其音律,以闻于天子。"③采诗之说,为历代论者所接受。《春秋公羊传》宣公十四年初税亩,唐人徐彦疏称:"男女有所怨恨,相从而歌。饥者歌其食,劳者歌其事。男年六十,女年五十,无子者,官衣食之,使之民间求诗,乡移于邑,邑移于国,国以闻于天子。"④刘勰《文心雕龙·乐府》也说:"匹夫庶妇,讴吟土风,诗官采言,乐胥被律。"元人朱倬《诗经疑问》附录引宋人赵惠说:"自有天地有万物,而诗之理已具。……文至周而大备,故诗之咏歌,于斯为盛,而采诗之官,所以首见于周也。"⑤民间讴歌,或有曲调。采诗当亦并采其曲。所谓孔子返鲁而后乐正,或指删诗并删改所采之乐曲。这在近年出现之楚竹书中,可以得到证明。楚竹书有佚诗之曲目,马承源先生说:"官方采风,

①《礼记正义》卷十一,《十三经注疏》页1328,中华书局1980年影印原世
　界书局缩印阮元校刻本。
②班固《汉书》卷三十,页1706,中华书局1962年版。
③同上书卷二十四,页1121、1123。
④《春秋公羊传注疏》卷十六,文渊阁四库全书本。
⑤朱倬《诗经疑问》附录,文渊阁四库全书本。

乐官更应有记录,'采'包括了记录和进呈的程序。……本篇就内容而言,可能是经过楚国乐官整理的采风歌曲目录的残本。"
"从曲目的一般内容而言,现存的至少有一部分为下里巴人之类'属而和者'甚众的乐曲,有一些放任性的语词,可能如同郑卫之风,这是生活的真实,却不合儒家礼的标准。"①民间的诗,当以抒怀为主。这就是说,诗最早扮演的角色,带着抒怀的特色。自诗之观念而言,它并不是政治的载体。

　　但是当它为采诗官所采,献之于乐官之后,它的角色就转换了。诗和乐经过整理,以适应礼的要求,用之于官方的各种礼典的演奏②。成为治道之一工具,它就扮演了工具的角色。《周礼·春官·大师》:"教六诗:曰风,曰赋,曰比,曰兴,曰雅,曰颂。"③教六诗,是教瞽蒙,是乐教。诗是乐章,演奏用于各种礼典。虽然历代论者对六诗的解读仍然存在分歧④,但是教瞽蒙

---

① 马承源《〈采风曲目〉说明》,马承源主编《上海博物馆藏战国楚竹书(四)》,页 161、163,上海古籍出版社 2004 年版。

② 何以称"礼典",参见沈文倬先生《略论礼典的实行和〈仪礼〉书本的撰作》,见其《宗周礼乐文明考论》,浙江大学出版社 2001 年版。

③《周礼注疏》卷二十三,《十三经注疏》页 796。

④《诗大序》孔疏引《郑志》云:"张逸问:'何诗近于比赋兴?'答曰:'比赋兴,吴札观诗已不歌也。孔子录诗,已合风雅颂中,难复摘别。'"同上书,同上页。有人据此解读为六诗皆体。宋人王质《诗总闻》卷二上谓:"《礼》:风赋比兴雅颂六诗,当是赋比兴三诗皆亡,风雅颂三诗独存。"(文渊阁四库全书本)这是说,六诗皆体,只不过赋比兴诗皆亡而已。章太炎也主六诗皆体说。他引《郑志》之后说:"此谓比赋兴各有篇什。"(《检论·六诗说》,《章太炎全集(三)》页 390,上海人民出版社 1984 年版)郭绍虞也主张六诗皆体,他认为风雅颂与赋比兴的差别,只在于合乐与不合乐(《"六义"说考辨》,《照隅室古典文学论集》下(转下页注)

是乐教,是六诗的演示,以便在礼典上演出,则是无法否认的。六诗为礼典之组成部分,便与治道不可分。这样,诗便由民间进入庙堂,成了礼的一部分。《左传》僖公十一年:"礼,国之干也。"①《国语·晋语四》(宁庄子言于文公):"夫礼,国之纪也,亲民之结也……国无纪不可以终,民无结不可以固。"②礼是政治生活的重要内容。诗乐融入政治,成为宗周礼乐文化的重要组成部分。

　　诗不仅用于礼典,也是教学的重要内容。《周礼·春官·大司乐》:"以乐语教国子:兴、道、讽、诵、言、语。"③乐语是诗,以六种不同的方式授国子(卿大夫子弟)以诗,便于他们以后从政之用。孔子说:"不学诗,无以言。"无以言,就是无以为政之意。在政治、外交、军事场合,不懂得诗的含意,就难以办事。我们读《左传》、《国语》,常惊异于其时列国诸侯大夫对诗的熟识程度。赋诗断章取义,断章所取,存在着多种解读的空间,不是对诗的熟识到了应用自如的程度,在重大的场合,就会有严重的后果。《左传·襄公十四年》:"诸侯之大夫从晋侯伐秦……及

----

(接上页注)编,上海古籍出版社 1983 年版)。章必功则认为六诗皆用,它们的区别只在于教学内容由低到高的过程(《"六诗"探微》,《文史》第二十二辑)。王昆吾则认为六诗是西周乐教的六个项目(《诗六义原始》,《中国早期艺术与宗教》,东方出版中心 1998 年版)。周策纵则认为六诗是古巫的一种工作(《古巫医与"六诗"考——中国浪漫文学探源》,台湾联经出版事业公司 1986 年版)。与六诗皆体说不同的是三体三用说,唐人孔颖达已持此说。三体三用说由六义说而起,在后来相当流行。但那已与六诗之原义不同了。

①杨伯峻《春秋左传注》页 1008,中华书局 1981 年版。
②《国语》卷十,页 123,上海书店复印商务印书馆 1934 年版。
③《周礼注疏》卷二十二,《十三经注疏》页 787。

泾,不济。叔向见叔孙穆子,穆子赋《匏有苦叶》,叔向退而具
舟。"①《匏有苦叶》所写与军事行为毫无干系,大军至泾水,不肯
渡河,赋此诗叔向就明白必须过河,回去准备渡河工具。断章所
取,其实只是诗中"深则厉,浅则揭"两句,与全诗意旨无关。不
仅卿大夫对于《诗》甚为熟识,诸侯列国之君,对《诗》也极熟
识②。自西周至战国初期,诗被广泛应用于政治军事生活的各
个方面③。有学者指出,"从来没有一个时代有如此广泛地用
诗,《诗经》在文学之外的天地里发挥着政治、军事、外交等巨大
的社会作用"④。

　　春秋以后,礼崩乐坏,诗不再用于礼典,聘问歌咏不行于列
国,战国初赋诗之风消歇,诸子继起引《诗》以骋其雄辩⑤。
《诗》也就离开乐,以义为用。于是有六义说出来。《诗大序》
说:"诗有六义焉:一曰风,二曰赋,三曰比,四曰兴,五曰雅,六
曰颂。"孔颖达疏谓:"六义次第如此者,以诗之四始,以风为先,
故曰风。风之所用,以赋比兴为之辞,故于风之下,即次赋比兴,
然后次以雅颂;雅颂亦以赋比兴为之。既见赋比兴于风之下,明

---

① 杨伯峻《春秋左传注》页 1008。
② 曹道衡先生曾举楚庄王熟识《诗》之一例,见其《读战国楚竹书〈孔子诗
　论〉》,《北京大学学报》2002 年第 3 期。
③《国语》记引诗以议政起自西周穆王时,而终止于鲁哀公二十六年,四百
　六十余年记言语引诗和赋诗言志共 39 例。《左传》记言语引诗和赋诗
　言志共 227 例,止于定公四年。《战国策》记赋诗言志仅 8 例。说明战
　国初赋诗言志之风已渐消失。
④ 傅道彬《〈孔子诗论〉与春秋时代的用诗风气》,《文艺研究》2002 年第
　2 期。
⑤《论语》引诗 6,《墨子》引诗 10,《孟子》引诗 36,《庄子》引诗 1,《荀子》
　引诗 84,《韩非子》引诗 5。

雅颂亦同之。……然则风雅颂者,诗篇之异体;赋比兴者,诗文之异辞耳。大小不同,而得并为六义者,赋比兴是诗之所用,风雅颂是诗之成形。用彼三事,成此三事,是故同称为义,非别有篇卷也。"①这就是三体三用说。三体三用说的出现,与《诗》之以义为用是紧密相联的。以义为用之后,虽然赋、比、兴不再被看作诗体,而是被当成了诗的表现方法,但诗仍然是重在政教之用。《诗大序》所说的诗用以"经夫妇、成孝敬、美教化、移风俗","正得失、动天地、感鬼神",继承的是孔子兴、观、群、怨,事父、事君的诗歌理念。此一种之诗歌理念,遂奠定儒家诗歌思想之基础,不惟成为其后儒家所遵循的诗歌创作之准则,且亦成为批评之标准。白居易的讽谕说当然是很典型的例子;而有关之言说几乎无代无之。当然,此一诗歌理念在发展过程中也在不断变化,从宗周政治的一部分,到聘问列国之言说工具,到讽谕以辅政;在诗歌批评里发展为附会政治(此一点清代不少诗评家可为例证,如程梦星、冯浩解读李商隐的一些爱情诗,往往与政治牵扯在一起)。诗之工具性质在诗论史上以各种面目出现,从未中断。我们是不是可以这样说,作为成形的文学思想观念,诗就其社会角色而言,一开始就具有工具的性质。

　　文的工具角色与诗的工具角色一样早。《易·贲卦·彖辞》:"观乎天文,以察时变;观乎人文,以化成天下。"②文的初始含义当然非指文章,但它的最初的形态已经与天道连在一起。它的工具的性质就已经确定了。自创作实际而言,《易》、《书》、《春秋》、《礼》,都是实用文体,功利目的十分明确。大多数文体

---

① 《毛诗正义》卷一之一,《十三经注疏》页 271。
② 《周易正义》卷三,《十三经注疏》页 37。

的产生,皆出于功利之目的。刘勰论及 81 种文体之产生,多归结于实用①。文之工具性质,在汉代定儒术于一尊之后得到进一步的加强。这与圣人崇拜、内圣外王的观念的建立有关。与此一种观念之联结,促使文与政教形成更为紧密的关系。黄侃就曾说过:"夫六艺所载,政教学艺耳。文章之用,隆之至于能载政教学艺而止。"②文的政教之用是儒家思想的产物,它与内圣外王的观念是不可分的。我国早期的圣人,非仅指儒家。《老子》中所说的"圣人",没有具名,不知何人,但他所指,是无为的圣人:"是以圣人处无为之事,行不言之教。"③《管子》中所说的圣人,近道家。《列子》中的圣人无定指,或指孔子,或指庚桑子,他说:"圣人无所不知,无所不通。"④让人没有想到的是,圣人万能说竟然出自《列子》。当然他所说的万能的圣人,并非专指儒家圣人。《庄子》内七篇中所说的"圣人",是与道为一体的圣人。这一类的圣人,与政教没有关系。他们也从不提文的政教之用。

圣人特指儒家,从孟子始。孟子才提出从尧、舜、禹、汤、文、武、周公到孔子的圣人统系,这是特指一个行仁政、施仁义的圣人统系。他甚至把伯夷、伊尹、柳下惠也列入圣者的系列,因为他们的道德品格、他们的行为属于"仁"。到了荀子,就把圣与王联系在一起了:"圣人也者,道之管也。天下之道管是矣,百

---

① 《文心雕龙》论及颂、赞、诔、碑、祝、盟、哀、吊、铭、箴、诏、策、檄、移、封禅、章、表、奏、启、对策、书记(中又含 23 种)之产生,均缘于实用之需要。
② 黄侃《文心雕龙札记·宗经》注,页 13,中华书局 1962 年版。
③ 朱谦之《老子校释·道经》第二章,页 10,中华书局 1984 年版。
④ 杨伯峻《列子集释·黄帝篇》页 84—85,中华书局 1979 年版。

王之道一是矣。"①到了董仲舒的《春秋繁露》和班固的《白虎通德论》，圣人与经书、与治道便成了三位一体。崇圣宗经、内圣外王，成了后来文的工具角色的思想观念的源头。

　　文的政教之用的思想，反映在两个方面：一是文以明道，文以贯道，文以载道。此一方面，所要明的、贯的、载的道，是明确无误地指儒家之道。明是阐明，贯是贯注，载是承载，文都是载体，是工具②。此一方面，是从教化说的，文是用来进行教化的工具。从王通到韩愈，之后无代无之。如宋代的古文家。元人李继本论此，称："六经载道之文也，诸子明道之文也。载道之文，如日丽乎天；明道之文，如水行乎地而出无穷。其有功于国家，其有功于吾道，岂小补哉！"③也是元人的许有壬亦重明道："夫文以明道而假乎辞也，文而不至道，将焉传？"④宋濂和他的学生方孝孺，都是明道说的有力提倡者。方孝孺说："文章之用，明道记事二者而已。"⑤清代文论，主明道说者就更多。

　　二是文作为为政的工具。此一点，历代都有，有的表现得直接些，有的表现得隐约些。大家常举的一个例子，是隋代的李谔

------

①《荀子校释》卷四《儒效》，页296—297，上海古籍出版社2005年版。
②有论者强分三者之不同，谓明道是文道一体，是一元论，是指文与思想内容一体。贯道与载道是文、道分，是二元论。这是不确的，明道所要明的道，无论从文学创作，还是从理论批评着眼，都并非指一般的思想内容，而是指儒家思想。而且，明道是借文以明道，文仍然是工具。明、贯、载三者不存在本质之差别，三者也不存在一元与二元的问题。
③李继本《一山文集·序》，文渊阁四库全书本。
④许有壬《江汉集序》，《至正集》卷三十二，文渊阁四库全书本。
⑤方孝孺《题刘养浩所制本朝铙歌后》，《逊志斋集》卷十八，文渊阁四库全书本。

上书止文体。这是一个想以行政手段改变文风的实例,但对其时之文风几乎没有起到什么影响。我们可以举一个以行政手段改变文风成功的实例,以说明在我国的文化传统里,政教与文存在着天然结合的可能性。

这个实例就是明太祖朱元璋对洪武朝文学思想的影响。建立明王朝之初,为恢复被战乱破坏了的社会秩序,他尊孔崇儒,制礼作乐,严格等级关系,重新规范社会秩序。洪武三年,他修定礼书①。洪武七年,他命翰林侍臣撰回銮乐歌,明示"应寓讽谏之意"②。洪武十七年六月,他对礼部侍臣再次表达了他恢复古乐、尊崇典雅的诗乐观。称:"古乐之诗章和而正,后世之歌词淫以夸。……而欲以格天地、感鬼神,岂不难哉!"③洪武六年二月,诏礼部申禁戏剧中"毋得以古先圣帝明王忠臣义士为优戏,违者罪之"④。他对文的态度,就是这整个重建秩序、服从政教利益的措施的一部分。洪武二年三月,他对翰林学士詹同说:"古人为文章,或以命道德,或以通当世之务……近世文士,不究道德之本,不达当世之务,立辞虽艰深而意实浅近,即使过于相如、扬雄,何裨实用? 自今翰林为文,但取通道理、明世务者,无事浮藻。"⑤洪武四年七月,他提出了一条非常明确的标准:"科举初设,凡文字词理平顺者,皆预选列。"⑥洪武九年十二月,刑部主事茹太素上书,文长一万七千字,言及正题的只有五百

---

① 《明太祖实录》卷五十五,页 1076,台湾历史语言研究所校勘本。
② 《明太祖宝训》卷四,页 271,台湾历史语言研究所校勘本。
③ 《明太祖实录》卷一百六十二,页 2521。
④ 同上书卷七十九,页 1440。
⑤ 同上书卷四十,页 810—811。
⑥ 同上书卷六十七,页 1258。

字。朱元璋因其浮辞乱听,下令将他痛打一顿,然后命中书制定建言格式,颁示中外,使直言得失,无事浮辞①。洪武十五年十月,他又说:"虚辞失实,浮文乱真,朕甚厌之。自今日有以繁文出入人罪者,罪之。"②洪武二十九年,又因诸司表笺多骈丽词语,朱元璋再次命学士刘三吾等制定表笺格式,颁示天下。他反复多次利用政治手段推行质实文风。此一种之文风,从朝廷与各级政府机构的应用文体开始,而及于学校、及于科举考试,进而影响其他文体的文风。

朱元璋还通过赠诗侍臣,与侍臣唱和,无形中影响了当时的一部分诗人的诗风。当时一些入仕朝廷的诗人,如吴伯宗、杨基、宗泐、魏观、史谨、练子宁、林鸿等人,都有一部分诗写得雍容典雅,有开国气象。此一种之诗风,似尚未引起明代文学研究界之重视。而此种诗风所反映的诗歌思想,在明初出现,其中值得思索之处尚多。宋濂和练子宁,都有与此有关的诗歌关乎政教的论述。

诗文成为政权运作之一部分,或者以教化为目的,我们似可以把此一种之文学观念,称为工具论的文学观。此一种之文学观,各个时期虽表现形态或有不同,但自其基本理念而言,却是一贯的,自宗周以迄晚清,从未中断。

此一种之文学观,有其相应之理论表述。自文学之职能与功用言,有兴寄、美刺、讽谕、兴观群怨、原道、宗经、文以明道、文以贯道、文以载道、辅时及物、明心见性等说;自审美趋向言,有

①《明太祖实录》卷一百一十,页 1829—1830;《全明文》卷十三;《明史》卷一百三十九《茹太素传》;《国榷》卷六。
②《明太祖实录》卷一百四十九,页 2354。

思无邪、雅正、文质彬彬、乐而不淫、哀而不伤、温柔敦厚、发乎情止乎礼义等说。这些理论的共同着眼点，是文学从属于政教，基础是儒家思想。而理论表述一般说较比明晰，义界清楚。

此一种之文学观，由于文学与政治的紧密关系，由于着眼点主要在政治的利益，因之它受到重视。它常常成为一种正统言说，也常常在政权运作中起到作用（如上举洪武朝之实例）。但是，此一种之文学观念，由于着眼点在政治之利益，或者由于作者干预政治，或者作品本来并无干预政治之意图，而由于工具论观念之作怪，而被认定有干预政教之实，作者因此罹祸。乌台诗案、朱元璋《大诰》中提到的"作诗诽谤"案、清代的文字狱更是人所共知的事例。工具论之于文学，一方面把文学与政治紧密联系在一起，它由是有益于政教，受到当政者的重视；一方面又由于此种联系，给自身带来不少的麻烦，于是有文字狱。真可谓"成亦萧何，败亦萧何"！

## 二

回归自我的创作倾向与理论主张，占据着我国文学发展的重要地位。所谓回归自我，是指回归文学自身，让文学独立于其他学科，并且脱离其工具的身份。此其一。所谓回归自我，也是指文学创作成为个人的人生体验、人生感悟的一种表达方式，重在个人对于生活、对于人生的感悟与理解，重在个人情怀之发抒。重自我，重个性，将一己之喜怒哀乐，将一己之向往与追求，发之于作品中。当其创作或者评论之时，并无政教之用的目的。此其二。

重个人情怀之抒发，与工具论其实有着共同之源头。前已述及,诗被用于礼典之前,它是个人抒怀之产物。诗被广泛用于礼典,用于政治、军事、外交之后,功利的目的掩盖了它抒情的性质。但是,它的抒情的性质,其实仍然隐藏在"诗言志"的言说中。言志,其实是包括言情在内的。《左传》有好、恶、喜、怒、哀、乐六志,孔颖达《正义》称:"此六志,《礼记》谓之六情。在己为情,情动为志,情志一也。"①情志都本之于心。《礼记·乐记》:"诗言其志也,歌咏其声也,舞动其容也,三者本于心,然后乐器从之。"《诗大序》:"诗者,志之所之也。在心为志,发言为诗。情动于中而形于言。言之不足,故嗟叹之;嗟叹之不足,故咏歌之;咏歌之不足,不知手之舞之,足之蹈之也。"志之所之,是由于情动于中,也就是孔颖达所解读的在己为情,情动为志。诗言志之最初含义,是兼情志而言之的。不过言情的传统,在《诗》之后虽有楚骚出来,但它并未形成一种思潮,亦未在社会生活中发挥作用。由于《诗》之用,诗的工具的价值掩盖了它的抒情的价值。随着东汉末年儒家一尊思想约束的松动,随着用诗之风的消歇,随着文学的发展,它的抒情的特质才在创作中不断被发现、被重视,在文学批评中被强调。我们都知道先是从诗的创作开始,古诗十九首,已完全褪尽工具印迹,回归个人情怀之发抒。然后是曹魏的诗与小赋,抒情成了惟一目的。曹丕于是提出了文以气为主的主张,气与个性情怀有关;陆机提出诗缘情说,开始了诗的工具论与诗缘情的分流。自此一点而言,我们可以把回归自我的文学思想倾向与工具论的文学思想观念并存之现象,看作我国文学思想史上的二流。

　　文学之回归自我,自文学创作言,是回到独抒个人情怀。抒

---

① 此点朱自清先生在《诗言志辨》中已引用过。

情性,这是我国文学中最为重要的一个传统①,是文学思想中最有价值的一种倾向。

此种脱离功利目的而凭个人对生活的理解、对人生的感悟的创作倾向,完全是属于自我的,是自我的内心世界的展现。它的核心,是个人情怀的抒发。它的表现,不受制于文体,不同的文体都可以找到情思发抒方式。它也不限于题材,情之所感,无论题材之大小,都可能创作出非常出色的作品。此一种独抒个人情怀之创作传统,自情思之界域言,大体有几个大的系列:乡国情怀、亲情主题、描写社会百态、感悟人生哲理。

乡国情怀是我国古代文学的永恒主题,也是一个作品极多的系列。乡土情结,表现对于故园的深沉情愫;国家观念,表现对于国家命运的关怀。在国家民族危急存亡之际,此一点表现得特别突出,情之所至,有时表现为深情婉恋,有时表现为惊心动魄。而当乱离之世,往往着眼于生民疾苦,抒发悲感与同情。乡土情怀的泛化,是对于山水之美的描写与赞颂。

亲情主题。在我国古代的各体文学中,爱情是一个永恒的主题,这一部分作品,诗文小说戏剧都有非常优秀之作。友情也是一个永恒主题,行旅怀思,赠答送别,道同则生死与共、抚尸痛哭、临危赴难;道不同则绝交。亲情主题中还有一部分以孝为抒写对象的,反映着我们的文化传统中以家庭为社会核心的观念。

描写社会百态。赞美善良,嘲讽丑恶,抨击社会黑暗,指斥社会不公,伸张正义。这一部分作品以叙事文体最为出色。

感悟人生哲理。此一类作品往往思索时光之流逝、生命之

---

① 陈世骧先生在《中国的抒情传统》一文中首先提出了中国文学的抒情传统,《陈世骧文存》,志文出版社 1972 年版。

价值,寻求人生之理想归宿。

此四大思想感情系列,都贯穿着对人生的关怀,大至重大事件之反应,小至生活小情趣之追求,无不如是。表现的是"我"对人生的理解,"我"对善恶的态度,"我"的价值观,"我"的生活情趣。写的是人生,而其实写的也是"我",一个真实的"我",和这个真实的"我"眼中真实的世界。抒情传统的最优秀的作品,无不展现人性的光辉。此一种倾向之创作,虽非出自教化之目的,而它的魅力,它感动人心的力量,它对于政教的助益,有非政教目的论者所始料不及者。它常常在客观上起到了有益于政教的作用。它在道德理想的张扬、健康人格的培养上,往往起着潜移默化的作用。

创作上重抒情的倾向,也就重文学的艺术特质的理论探讨。东汉末年重抒情取代功利的创作倾向出现之后,理论上就出现了重视人的气质、个性、情感的主张:"文以气为主。"接着便是缘情说出来。以后以人拟文的一系列范畴、术语便相继出现,如神、体性、风骨、性灵、格调、妙悟、本色等等,这些范畴又衍生出一系列的范畴与观念,如神,与之相关的有神思、神气、神妙、神韵、神采、神情、神理。又如气,与之相关的有气象、气格、气韵、气概、气骨、气势、骨气、体气等等,几乎每一个范畴都能够衍生出相关的众多子范畴①。这些以人为拟的范畴与术语,是我国古代文学思想最具特色的部分。它是在抒情传统的文学创作基础上产生的。它是回归自我、重视人的价值的文学观念的最为生动的理论表述。创作中的抒情传统在理论上还探讨与之相应

--------

① 此一问题,汪涌豪在《中国古代文论范畴的统序特征》有论述,可参阅,该文刊于《文学评论》2000年第3期。

的艺术表现方法问题,由是而产生一系列范畴、观念、术语,如味、滋味、韵味、韵外之致、味外之味、意象、象外之象、境、意境、境外之境、有我之境、无我之境等等。对于作家作品的品评,也产生了一系列范畴、术语,如雄壮、飘逸、寒、瘦之类,刘勰提出八种风格类型,司空图提出二十四种。这一类建立在长期审美经验的积累、来自感性直观、主要是图像思维基础上的术语,更带个人感受之特色,内涵与外延较为模糊,义界大多具较大弹性,留下了较大的解读空间,因之,同一个术语,同一个范畴,在不同时期有不同所指,同一时期不同人使用起来含义也不同,甚至同一个人,在不同语境中使用含义也不同。也就是郭绍虞先生所说的"各指其所指,没有固定的含义"①。

回归自我的文学思想传统,既回到自我真性情之表述,也回到文学自身艺术特色之追求上来,在创作上如此,在理论上也如此。

# 三

把我国古代的文学思想表述为工具论与回归自我两部分,只是从大的方面说。在其发展过程中,情况要复杂得多,其中有互相渗透、互相吸收。同一个作家、同一个理论家,或者他此时是工具论者,彼时又非工具论者;或者他主要是独抒怀抱、远离政教为用说,而在某一方面、某一个时期,又有一二工具论之言说。文学思想的发展,与整个思想领域的发展过程一样复杂。

我国古代文学的工具角色与回归自我的创作实际及其思想

① 郭绍虞《正确理解,作好准备》,《文艺报》1961 年第 11 期。

观念,有其文化传统之深刻背景。

　　自工具角色言,前已述及,我国自汉代以来,儒家思想是历代治国的思想主流。我国古代士人出仕入仕,与政局有千丝万缕之联系,一部分士人既是文学作品的作者,又是负有重要责任的官员,定儒学于一尊之后,宗经致用的思想为他们之所共同遵从,工具论的文学观为他们所接受,并且成为公开场合论文时之主流话语,这是很自然的事。

　　与工具论之产生有关的一点,是我国古代文学的泛文学传统,此种泛文学传统中的相当一部分文体,属应用文,此种应用文体,便于实用。我国古代文学有一个发展过程,从文史哲不分到文学独立成科,不分之前的"文"当然是泛指,一切文章都称为文。分科之后,泛文学的特色依然存在。虽曾有过文笔之辩,但那次论辩没有继续下去,对于什么是文学、什么不是文学的问题,始终没有明确的界说。几乎所有的文体,都称为"文"。刘勰《文心雕龙》论及之不少文体,如谱、籍、薄、录、方、术、占、式、律、令、法、制、符、契、券、疏、关、刺、解、牒等,在我们今天看来,与文学无关,但刘勰依然把这些文体当作论文之一部分加以论述。后来有关政府文书、科举文字、子、史论著,何者应属于文学,何者不属于文学,亦很难有一个明确的界定。章表属政府文书,但有的章表感情浓烈、辞采美丽,如诸葛亮前后《出师表》;奏疏亦属政府文书,而陆贽奏议,写得情感真挚恳切,辞采节奏极具文学之特色。似乎可以说,由于我国古代文学之泛文学性质,诗、词、小说、戏剧当然可以认定为文学作品,但散文之各体,就甚难有一个明确的划分文学与非文学的界线。既然难以根据文体划分文学与非文学,那么就应该有另外的划分标准。比如说,以是否具有艺术特色为标准。而何者为艺术特色,则是一个弹性极大的概念。出于泛义学的文学历史,工具角色的文学身份,它为政教服务也就成为可能。直接服务于政府的多数是应用文体。应用文体当然要服从于朝政之需要,如前举明代洪武朝之实例。工具角色由应用文体之文风要求,扩大到其他文体之文风要求,与宗经致用、明道教化之思想一体,乃是工具角色的文学思想观念得以延续之一原因。可见,工具论文学观念,除了儒家宗经致用的思想在起作用之外,与我国泛文学的历史也有关系。

文学回归自我的思想观念,与传统文化也存在必然之联系。传统文化的问题甚为复杂,非我所能驾驭,也非三言两语所能说清。但就其与回归自我的文学思想的关系而言,似可用数语略说之。回归自我的文学思想,核心是人,人是主体。在我国的思想传统里,孔子讲礼,也讲仁。礼建立在仁之上①。仁不仅指仁心以待人,也是对于自我人格的一种要求。仁心以待人,首先是自己要有仁心。因此仁也是对于人格的一种自信。以后的王阳明讲自性良知,讲人人皆可为圣人,也与此一点有关,而更发扬了个人自信的一面,以至引发出晚明重个人情性之思潮②。儒家讲致用,因之导引出文学的工具论。但儒家重视人性的一面,又与文学之回归自我不无关系。当然,回归自我之文学思想,与道家有着更为直接的联系。道家讲物我两忘,讲与道为一体,其

①徐复观先生《人性论史(先秦篇)》:"此一人格内在的世界,可以用一个'仁'字作代表。春秋时代代表人文世界的是礼,而孔子则将礼安放于内心的仁;所以他说'人而不仁,如礼何?'(《八佾》)此即将客观的人文世界向内在的人格世界转化的大标志。"页61,上海三联书店2001年版。
②关于此一引发之过程,拙著《明代后期士人心态研究》有所论述,该书已于2006年6月由南开大学出版社出版。

实是讲摆脱人为的一切束缚,使人处于一种完全自由的精神状态。此种之精神状态,从事文学创作,当然就与工具论完全地脱离了关系。

回归自我的文学思想,无论创作还是理论批评,与我们的文化传统中更重视生命价值有关,因之它更重视人的生存状态、人的内心世界的挖掘与表达。无论诗文还是小说戏剧都如此。它所重的是真,真实的感动、真实的内心世界、真实的感情,是真而非伪。一切发自内心,情真意真,心画心声,思风发于胸臆,言泉流于唇齿,情动言形、不平则鸣、发奋著书、情欲信、为情造文等等。与之有关,它重气。重气也是重生命力的表现。气的意涵虽然复杂,它既属于生理之本有(万物一气在人身上的表现,所谓精气、元气、生命力),也可能由养而得(这又包括道家的养气说与儒家的养气说)①。文学思想中重气,是重作品中的生命力。文以气为主,风力、风骨等等命题,都是为此而发的。它还重神。重神是重创作的想象空间,重思理之变化莫测。神思和与之有关的一系列命题,就为此而发。它还重味。味,是情趣韵味。味是由含蕴的笔致所呈现的多层的情趣。情在言外,旨冥句中;近而不浮,远而不尽;味外之味,韵外之致等等言说,都是就此而发的。

回归自我的文学思想,与传统的认知方式、思维习惯有关。自创作而言,追求含蕴深厚,用最少的语言表达最多的意蕴。言

———————

① 涂光社在《原创在气》一书中,对"气"有深入的辨析。他说:"气是精妙入微变幻莫测的,在传统的艺术思维论和心理学中,'气'不仅被视为生命力的本源,也常作为神秘的渊薮、智慧的精灵、创造的动因。"见该书页 244,百花洲文艺出版社 2001 年版。

不尽意论是此种观念之思想基础。象外之意，系表之言，是难以表述的，而文学所要追求的，正是要借助极少的语言，去表述此种难以表述之境界。为此追求语言的简洁大容量，为我国古代文学之最高境界。自批评言，则感性认知为一普遍之现象。此一种之认知方式，不是借助义理的抽绎与逻辑的推理，而是一种借助于情感与图像的思维形式。此一种之思维方法，在作品批评时，借助直观感觉，情感的流动与图像的呈现并行，交错着情绪记忆与图像记忆，类比、评价而得出判断。此一种之判断，有时借助比喻、有时借助描述表现出来，生动而边界模糊，为接受者留下了巨大的解读空间。此一种之批评方式，有的做得极其成功，如对于孟郊、贾岛的诗的风格，苏轼只用"郊寒岛瘦"四字，即成为千古定评①。有的可能做得极不确切，几近胡说八道。成功与否，与批评者的才气、素养、审美经验丰富与否有关。

回归自我的文学思想，与我们的传统观念中更重视人格、重道德力量有关。文如其人的命题虽不确切，有时文并不如其人。但是，作为一个衡量作者人格高下与作品品格高下有关的命题，自有其重要之价值。与此一命题有关，是重视作者的道德修养。与此一命题有关，还有一系列论题，如论作者之才性器识，襟抱性情；论作者之人生际遇，与该种际遇对其作品之影响，所谓知人论世；甚至论作者之风神气度与其作品艺术风貌之关系，等等。

当然，回归自我的文学思想，最为根本的一点，是人禀七情，应物斯感。人生而有情，有情就需要有表达的空间、表达的方

————————

① 关于此点，拙作《我国古代诗歌风格论中的一个问题》有详细论述，刊于《文学评论丛刊》第五辑，中国社会科学出版社 1980 年版。

式,文学就是表达方式之一种。这才是回归自我文学思想产生之本源。

工具论与回归自我的文学思想,在有关艺术表现、艺术方法的探讨方面,也常常互相交叉。例如可能共同讲究声律、兴象,可能共同讲究意象、意境,而各有不同之要求。如,工具论讲气,重其道德内涵;回归自我的文学观讲气,则重其情之强烈,等等。

# 四

上面极简略地提及我国古代文学思想的一些层面,此种文学思想之层面,在当代如何继承,一直是一个受到普遍关注的问题。要不要继承的问题,似乎没有更多的分歧,应该继承;能不能继承和如何继承,则似有不同之认识。

在谈及此一问题时,似有几个前提需要考虑。

前提一,时移世异,古今不同。此种不同表现在各个方面,如社会生活环境不同,处于商业社会,处于面临全球化的环境中,思想观念、生活方式、生活情趣、价值准则,都已经发生了很大的变化,要完全回到古代的传统中去,是不可能的。要照搬古代文学思想的理论体系、批评术语,也是不可能的。在这一意义上说,我们无法照搬传统。

前提二,我们也无法割断传统。我们的思想血脉,风俗习惯,都存留着传统的印记。文化基因的密码,仍然保存在我们的意识里,不管你愿意还是不愿意,它都这样那样、或多或少、或隐或显地存在着。我可以举一个当代的例子。当代天才诗人海子,他说过:"因为我恨东方诗人的文人气质。他们苍白孱弱,自以为是。他们隐藏和陶醉于自己的趣味之中。他们把一切都变成趣味。这是最令我难以忍受的。"①他这里所说的东方诗人，当然也包括我国古代的诗人，他提陶渊明为例。看来他对于古代诗歌中那种宁静情思非常反感。但其实他的诗里，却常常难以掩饰地露出传统的印记，如乡土情结，如庄子思想的影响，李贺诗意象的影响等等②。

前提三，传统是发展变化的。就以思想传统来说，先秦儒家与程、朱，与王阳明就有很大不同，与当代新儒家更不同。如果说继承儒家传统，我们继承谁呢？都是传统，五四以前的传统与五四以后的传统更不同。我们今天的一切，也将成为后代的传统。文学思想传统也一样，它是动态的。

我们既不能照搬传统，又无法割断传统，而且我们所要继承的传统又是动态的，因此我们在面对古代文学思想传统时，是不是可以考虑其中一些更具精神实质的东西，而不仅仅是话语的利用。哪些是属于精神实质、需要继承的东西，当然需要经过反复的认真的讨论，非一时所能确定。我只是凭借对于古代文学思想的粗浅的了解，提出一些问题，以供讨论。

前已述及，我国古代的文学，属泛文学性质。此种泛文学，乃在我国文化环境中产生，自其产生至整个发展过程，"泛"的特色未曾中断。我们是否还可以接受这样一个传统，如果接受这样一个传统，那么我们对于什么是文学，就应该有一套与之相适应的说法。比如说，不以文体区分文学与非文学，而以另外的一些条件区分文学与非文学。这里可能会涉及当前以至未来时

---

① 海子《诗学：一份提纲》，西川编《海子诗全编》页897，上海三联书店1997年版。
② 参见拙作《论海子诗中潜流的民族血脉》，《南开学报》2002年第2期。

代诸种条件的变化,对文学提出的要求,例如网络文学会朝什么方向发展等等。对于什么是文学的问题,似乎有可能给出一个多侧面、多层次、更富弹性的界说。

我国的文学思想传统中有工具论与重自我感受、自我发抒、回归文学自身这样两条线,这两条线并存,而且时有交错。我们是否还保存此种传统,这就关系到文学的定位问题。我们是不是有一种可能,就是在考虑此一问题时,可以有不同的层面。把文学看作一个多面体,在不同的群落面前,它具有不同的作用和价值。如果是这样,那么对文学的社会角色的阐释,也有可能给出一套与之相适应的更为丰富、更富弹性的说法。

我国的古代文学在其发展过程中,在对它的理论表述和理论批评中,极重抒情,有研究者将此种传统称为抒情传统。重视抒情传统,与重视人的价值、重视个性、关爱生命、感悟人生有关。为此而有一系列的理论表述,如重神、重气、重风骨、格调、性灵等等。我们对于这一传统是否应该给予认同,并且加以发扬? 如果给予认同,那么对与此一传统相关的我们民族的性格、人际关系的处理方式等等特点,是否应该做更为深入的研究? 与此一传统相适应,我们对于文学的创作过程、评论标准,是否应该有适合于当代社会的思维习惯、适合于当代文学发展趋势一系列的原则、范畴?

我们的文学思想传统,无论批评还是理论表述,重在直观感知,形象表述。直观感知中有感情的兴发感动,也有直观把握的理性认知(老、庄可能是此种认知方式的最初理论表述者)。这与我们民族的思维方式,与我们民族的语言特点、语言表述习惯都有关系。我们是否应该考虑,认知此一传统,对于我们民族文化的未来具有什么样的意义? 在现代社会,此一认知方式在文学理论、文学批评中如何呈现？

　　我们的文学思想传统，重视道德评价，因之对作家作品都有相应的要求。我们是否认同此一传统？如果认同，那么也需要有一系列的范畴与相关的阐释。

　　我们正处于社会的转型期，文化积累还不够；文学的式样、它面对的社会环境、消费对象与消费方式都在变动不居之中，要很快建立系统的新的文学思想体系恐怕还有困难。但是我们可以讨论一系列的问题，在讨论中深化我们的认识。我们是否可以采取这样一个策略，就是多元有序。多元，是容许各种观点的提出。文学理论问题牵涉到许多方面，既面对当前的社会环境，又须考虑发展的前景；既与当前的创作实际有关，又与文学传统存在不可分割的联系；既要面对全球化的现实，又要保存民族文化的精髓。我们面对的是迅速发展的现实，对丁己出现或将要出现的新的事物，一时有可能看不清楚。为此需要有一种宽容的精神，容许不同观点的存在，有一个百花齐放的好环境。这就是学理上的多元。但是多元还要有序。有序，就是容许批评，严肃的学理的批评。借助批评，弄清是非，建立秩序。

# 《文赋》义疏

对于《文赋》的研究,学界已取得了许多的成果,特别是张少康先生的《文赋集释》,已经把《文赋》的释义工作做得非常细致了。然《文赋》之产生,实与其时之社会思潮、文学创作倾向甚有关系,若从此一角度考察《文赋》,则又似尚有可说者。本文撰写之目的,就是想从这方面做一点工作。凡《文赋》涉及其时之社会思潮与创作倾向之处,均作推演阐释,其余则暂置勿论。

一

余每观才士之所作,窃有以得其用心。夫放言遣辞,良多变矣。妍蚩好恶,可得而言。每自属文,尤见其情。恒患意不称物,文不逮意。盖非知之难,能之难也。

这是《文赋》序中的一段话。这段话,有着玄学思潮的明显影响。

正始玄学的一个重要理论命题,就是言意关系问题。言意关系问题的提出,并非始自正始。此为学界所共知,无须赘述。

然而在正始前后又提出来,却有着现实的意义。

两汉经学是述古,解释圣人的教导,是把经实用化。它需要的是实证、阐释、推理法。经学衰落之后,对人生、对社会、对宇宙万物都作了重新思索。它需要的不是实证,不是从已有的理论中找到根据来指导实践,而是从现实生活中已经出现的问题,来思索宇宙人生,是一种新理论的创立。传统的训诂、疏证已经无济于事,需要找到一种全新的方法。言意问题就是在这样的背景下受到重视、被重新提出并得到深入研究的。这实际上是一种从经验上升到抽象思辨的方法。

实证与义理思辨,是很不一样的。这只要比较郑玄注《论语》与王弼《论语释疑》就可以了解。思辨较之实证,更重意,而不是更重言象,把得意看作是目的,而把言象看作得意的一种手段,得到了意,言象都可以忘。但是,意是不可能完全得到的,更幽微的意,非言象所能表述。欧阳建《言尽意论》托"雷同君子"之口,说:

> 世之论者,以为言不尽意,由来尚矣。至乎通才达识,咸以为然。若夫蒋公之论眸子,钟、傅之言才性,莫不引此以为谈证。①

蒋济论眸子,未见著录。《三国志·钟会传》:"(会)少敏惠夙成。中护军蒋济著论,谓观其眸子,足以知人。会年五岁,繇遣

---

① 严可均辑《全上古三代秦汉三国六朝文·全晋文》卷一百九,页 2084,中华书局 1958 年版。

见济,济甚异之,曰:'非常人也。'"①《太平御览》卷三百六十六存有蒋济"两目不相为视"一段文字,未审为其眸子论之片断否。他论眸子如何引"言不尽意论"为证,已完全不可考。钟会之才性论与傅嘏之才性论,均未存留,亦无从推知其言不尽意之观点。然欧阳建所言,当有所据。这说明,"言不尽意论"为正始前后之一种普遍认识。现在留下来的这个时期"言不尽意论"的最早一段论述,是荀粲的,见《三国志·荀彧传》。荀粲的用意,在于贬儒术,谓夫子既不言性与天道,而只言文章(文献),则儒家典籍乃糠秕耳。粲盖以为性与天道才是精华,才有深奥的义理,而文章(文献)特外壳而已。荀粲崇道家,这样说是可以理解的。而崇儒术的荀俣为了说明圣人亦言天道,于是引孔子说《易》为证,提出了象和系辞可以表达微言的问题。荀俣这一观点,采自《易系辞》,为后来欧阳建"言尽意论"所发挥。他的这一观点,才引出了荀粲"言不尽意"的一番议论。荀粲所要说的是"理之微者"难以用言、象表达。言、象所能表达的,只是表层的意义,即言象本身的含义;而更深层,即象外之意、系表之言,则是难以表达的。这既提出义理有不可能完全认知的部分,也指可认知的部分与语言表达能力之间的差距。其实,这一思想是从《庄子》来的。《秋水》篇:"可以言论者,物之粗也;可以意致者,物之精也;言之所不能论,意之所不能致者,不期精粗焉。"②

　　发展了"言不尽意论"的是王弼。他的贡献,在于用"言不尽意"来解决义理抽象的方法问题。他在《周易略例·明象》

---

①陈寿《三国志》卷二十八《魏书》,页784,中华书局1982年版。
②郭庆藩《庄子集释》卷六下,页572,中华书局1961年版。

中说：

> 夫象者，出意者也；言者，明象者也。尽意莫若象，尽象
> 莫若言。言生于象，故可寻言以观象；象生于意，故可寻象
> 以观意。意以象尽，象以言著。故言者所以明象，得象而忘
> 言；象者所以存意，得意而忘象。犹蹄者所以在兔，得兔而
> 忘蹄；筌者所以在鱼，得鱼而忘筌也。然则，言者，象之蹄
> 也；象者，意之筌也。是故，存言者，非得象者也；存象者，非
> 得意者也。象生于意而存象焉，则所存者乃非其象也；言生
> 于象而存言焉，则所存者乃非其言也。然则，忘象者，乃得
> 意者也；忘言者，乃得象者也。得意在忘象，得象在忘言。
> 故立象以尽意，而象可忘也；重画以尽情，而画可忘也。

这段论述可以看作义理抽象的完整的方法论，有着极为丰富的
内涵。

首先，王弼承认言可明象，象可尽意。从"夫象者"到"故可
寻象以观意"，都是要说明这一点。因为言可以明象，象可以表
意，所以可以由言观象，由象观意。这个"象"，是指具体的象；
这个"意"，是指具体的意。具体的象与意，是可以由言、象去表
现的，例如牛、马。

但只承认这一点还不够。他进一步论述得象忘言，得意忘
象。这里的"得象"、"得意"，已经不是具体的象与意，而是指具
有普遍意义的象与意。他在下面接着论述这个问题时说："义
苟在健，何必马乎？类苟在顺，何必牛乎？爻苟合顺，何必坤乃
为牛？义苟应健，何必乾乃为马？"就是这个意思。《说卦》：
"乾，健也；坤，顺也。"又说："乾为马，坤为牛。"《说卦》是解释

八卦属性与卦象的,乾为天,天行健,乾卦的性质是刚健,故以健行之马象征之。但"马"只是健的一个象征,乾卦的性质,它所代表的义理既是刚健,那么刚健并非只有"马"这一种物象可以象征,其他物象也可以。坤卦的性质是柔顺,"坤,顺也","坤为牛"。坤为地,地道柔顺,牛性亦柔顺,故坤为牛,以牛象征之。但是坤卦的柔顺的性质,并非只有"牛"可以象征,其他物象亦可以。从另一个角度说,如果卦义属"健"和"顺",不一定只有乾卦可以用马象征,其他卦也可以用马象征;不一定只有坤卦可以用牛象征,其他卦也可以用牛象征。邢璹注:"遁无坤,六三亦称牛;明夷无乾,六二亦称马。"这就是说,义理抽象之后,具体的物象与语言都可以舍弃。这就是"得象忘言","得意忘象"。反过来说,如果执着于具体的言和象,就不可能得到具有更普遍意义的象和意。所以王弼说:"是故,存言者,非得象者也;存象者,非得意者也。"最后导致的结论是:"忘象者,乃得意者也;忘言者,乃得象者也。"忘言忘象的目的,就是为了把握住更具普遍意义的象和意。用现代语言说,是从具体上升到抽象。

这样,我们从方法论的角度,考察王弼关于言意关系的论述,可以把他的玄学方法论表述为如下图式:

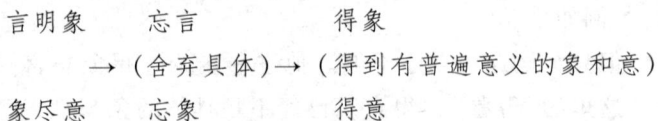

言明象　　　忘言　　　　　得象

　　→（舍弃具体）→（得到有普遍意义的象和意）

象尽意　　　忘象　　　　　得意

王弼处处用这种方法,他注《易》、注《老》,都如此。

至此,我们只是要说明,王弼关于言意关系的论述,是玄学的方法论,并不是有关文艺问题的直接论述。学界以往把它直接引入文艺理论史,是不对的。它对于文艺理论的意义,在方法论本身。

汉人解诗,是实证的,借助于训诂、类比的方法,可以阐释诗义。汉儒论诗论文,重功利,讲实用,用的也是实证的、经验的方法。这种方法,用来论述文学的社会功能、文学的道德内容是适用的。但是,用来论述与文学创作过程相终始的复杂的思维活动(如想象、灵感、构思等等),便显得无能为力了。论述这些问题需要思辨的方法。在《文赋》里,我们已经可以看到这些方法的运用。例如,他论述构思过程时提到收视反听,情与物由朦胧而渐趋清晰,论述灵感问题时对于灵感现象的描述,就都带着思辨的性质。他是借助于思辨,在把握一种空灵的、极难把握的创作过程。在把握这个过程时当然有着经验的成分,但是又不停留在经验上,而是着眼于它的普遍意义。后来刘勰、司空图等人在论述文学创作问题时,都不同程度地采用了这种方法。可以说《文赋》是玄学方法引入文论的开始。

言意之辨对于文学创作的意义,更多的也是方法论问题。当然,它的具体内涵与玄学方法不完全一样。陆机这里说的"意不称物,文不逮意"的问题,已明说包含物、意、文三个方面。对于玄学来说,意是要表达的终极目的,言、象只是手段;而对于文学创作来说,就不能这样说了。陆机把"物"放到很重要的地位。他这个程序是:文→意→物。文要逮意,意要称物。这里有两个概念必须弄清楚。意,并不等同于思想、意义,而是指构思。古人所谓之意,即含有构思之意在内。物,指表现对象。这两个概念弄清了,对陆机这个程序也就容易理解了。文,表现构思;构思,表现物象。他是说,常常担心构思不能与所要表现的对象相同;而文辞又不能完全表现出构思。构思,当然包括意、情与心中的物象。他在《文赋》中就明确提到构思过程中情与心中的物象出现的情形。客观的物象（物）是一个层次；情、意、心中的物象（意）是一个层次；文辞（文）又是一个层次。陆机说的就是这三者的关系。意何以不称物？盖物之情态纷纭万状，人之所见仅得其一斑，不可能完全尽其情态之变化与含蕴。文何以不逮意？盖意既含构思中之种种心灵活动，则理之显者、情之显者自不难表述，而理之微者、情之幽微者则不易表述。心中物象亦如之，有易表述者，有不易表述者。此种不易表述之幽微之理与幽微之情，就是文不逮意之一原因。此其一。其二，构思过程既纯为一种心灵之活动，则其中之幽微奥妙，自是不易把握。陆机举出"应感之会"为例，说"吾未识夫开塞之所由"。既难以把握，自亦难以表述。后来刘勰对此给了另一种之解释，说是"意翻空而易奇，言征实而难巧"。无论是不易表述的理与情，或是不易把握的文思之奥妙，事实上都是文学创作中情思与意象多重性之基础。此种思想，后来便发展为言外意、象外象的理论。

对文、意、物的这种认识，与文学理论的视野转向文学自身，着眼于揭示作为心灵现象之一的文学创作过程有关。从大的方面说，它是重思辨的思潮的一部分。而在方法上，它与玄学方法在注重抽象、注重整体上是相同的。

## 二

遵四时以叹逝，瞻万物而思纷。悲落叶于劲秋，喜柔条于芳春。

　　这是讲物色之变易引起不同的心境,而产生创作冲动。这种思想,遍布于历代文论中。今人有称之为"物感说"者。此种"物感说",实产生于特有之文化传统之中。中国古代的思想家,把人与宇宙万物看作一个整体,看作"气"的不同形式的存在。《管子》卷十六《内业》:"凡物之精,此则为生。下生五谷,上为列星。流于天地之间,谓之鬼神。藏于胸中,谓之圣人。"[1]《庄子》卷七下《知北游》:"人之生,气之聚也。聚则为生,散则为死。若死生为徒,吾又何患!故万物一也……故曰:'通天下一气耳。'"[2]通天下一气,故人与宇宙万物能相感相通。这一点后来王阳明表述得最为明白:

　　　　盖天地万物与人原是一体。其发窍之最精处,是人心一点灵明。风、雨、露、雷、日、月、星、辰、禽、兽、草、木、山、川、土、石,与人原只一体。故五谷禽兽之类,皆可以养人;药石之类,皆可以疗疾:只为同此一气,故能通耳。[3]

阳明是主心外无物的,他的天地万物与我为一体,说的是天地万物在我心中。他说:"天地万物,与人原是一体。"有人问他:"天下无心外之物,如此花树,在深山中自开自落,于我心亦何相关?"他就回答说:"你未看此花时,此花与汝心同归于寂。你来

① 黎翔凤撰、梁运华整理《管子校注》卷十六,页 931,中华书局 2004 年版。
② 郭庆藩《庄子集释》卷七下,页 733。
③ 吴光等编校《王阳明全集》卷三,《传习录》三,页 107,上海古籍出版社
　 1992 年版。

看此花时,则此花颜色一时明白起来,便知此花不在你的心外。"①他的万物一体说,是存于心的一体。与道家的万物一体说不同。道家的万物一体,是一气存于自然而然。但是王阳明在一点上与道家的万物一体说是相同的,就是都承认相感相通。

明代又一位理学家薛瑄,也有万物一体的思想。他说:

一气流行,一,本也,著物则各行各色而分殊矣。②

明代又一位著名理学家吕坤也说:

天地万物,只是一气聚散,更无别个。③
天地人物原来只是一个身体、一个心肠,同了便是一家,异了便是万类。④

此一种之思想,为我国思想史上之一普遍观念。在汉魏之际以一种较为粗糙的形式表现出来,如汉人的天人感应说。

但是,从文学家的角度考察,物我相感的哲学思想基础固然源于万物一气说,而其具体的表现,则为情之交流。万物固是一体,为一气之所生,则当亦同此心,同此情,气既相通,则情亦相通。四时之变易,亦如同人生之迁逝。所以宋玉说:"悲哉秋之

---

① 吴光等编校《王阳明全集》卷三,《传习录》三,页 107、108。
② 孙玄常等点校《薛瑄全集·读书录》卷三,页 1077,山西人民出版社 1990 年版。
③ 吕坤撰、吴承学、李光摩校注《呻吟语》卷四《天地》,页 212,上海古籍出版社 2000 年版。
④ 同上书卷一《谈道》,页 61。

为气也,萧瑟兮草木零落而变衰。"自此,悲秋之主题贯穿于整个中国文学史。万物之盛衰,亦如同人生之荣枯。于是,自汉末以来,有各种咏物诗、咏物赋的出现,有各种登临感物之作。这些作品,大抵皆物我同此一心。曹植《感节赋》:"大风隐其四起,扬黄尘之冥冥;野兽惊以求群,草木纷其扬英;见游鱼之涔潭,感流波之悲声。"①己之孤独,而觉兽亦孤独而求群;己之悲伤,觉鱼与流水亦俱悲伤。物色感召,往往浮想联翩。夏侯湛作《荠赋》,显然以荠喻己之品格:

> 寒冬之日,余登乎城,踌步北园,睹众草之萎悴,览林果之零残,悲纤条之槁摧,憨枯叶之飘殚,见芳荠之时生,被畦畴而独繁,钻重冰而挺茂,蒙严霜以发鲜,含盛阳而弗萌,在太阳而斯育,永安性于猛寒,羌无宁乎暖燠,齐精气于款冬,均贞固乎松竹。②

钟会是讲名理的,他的《菊花赋》便用道德品格来描写菊花:

> 夫菊有五美焉:黄华高悬,准天极也;纯黄不杂,后土色也;早植晚登,君子德也;冒霜吐颖,象劲直也;流中轻体,神仙食也。③

孙楚是崇尚自然的,他便从体任自然的情怀去体认菊花。他的

---

① 赵幼文《曹植集校注》卷三,页 502,人民文学出版社 1984 年版。
② 严可均辑《全上古三代秦汉三国六朝文·全晋文》卷六十八,页 1851。
③《艺文类聚》卷八十一,页 1391,上海古籍出版社 1965 年版。

《菊花赋》：

> 彼芳菊之为草兮，禀自然之醇精。当青春而潜翳兮，迄素秋而敷荣。于是和乐公子，雍容无为，翱翔华林，骏足交驰，薄言采之，手折纤枝，飞金英以浮旨酒，掘翠叶以振羽仪。伟兹物之珍丽兮，超庶类而神奇。①

这种物我的感应实际上是一种移情。后来有许多人都涉及此一问题，如薛瑄：

> 薛子宴坐水亭，忽郁然而云兴，潚然而雨集，泠然而风生，锵然而虫急。羽者飞，秀者植，童者侍，鳞者适，群物杂然而声其声，形其色。薛子窈然深思，独得其所以为是声与色者，而中心悦。②

何以见物色纷纭万状而心中悦，就是因为对其声与色有所领悟，有所"独得"。明人刘炎，也有一段类似的话：

> 夫观钱塘江潮，犹猛士之肝胆决裂，义士之怒发冲冠；观仙都天柱，犹直臣之气，不挠不折，社稷之佐，拓地擎天。为是而来游，来游而慨慕者几何人！③

---

① 《艺文类聚》卷八十一，页 1391—1392。
② 孙玄常等点校《薛瑄全集·读书录》卷六，页 1163。
③ 《迩言》，丛书集成初编本。

不过刘炎是从道德的角度,来体认山川之美而已。他所感悟的,
是道德境界。

这种由移情而生之物我感应说,自魏晋以来,便发展为一种
独特的山水文化的产生,从谢灵运至王维,至苏轼,日渐精致,以
致有卧游山水之说,甚至有以山水画治病者,如秦观。而此种忘
情山水,必得有一个基本的条件,这便是心境了无尘念,处于一
种虚静的状态。宋人罗大经对此有一段十分精彩的论述:

> 唐子西诗云:"山静似太古,日长如小年。"余家深山之
> 中,每春夏之交,苍藓盈阶,落花满径,门无剥啄,松影参差,
> 禽声上下。午睡初足,旋汲山泉,拾松枝,煮苦茗啜之。……
> 从容步山径,抚松竹,与麛犊共偃息于长林丰草间。坐弄流
> 泉,漱齿濯足。……归而倚杖柴门之下,则夕阳在山,紫绿
> 万状,变幻顷刻,恍可入目。牛背笛声,两两来归,而月印前
> 溪矣。味子西此句,可谓绝妙。然此句妙矣,识其妙者盖
> 少。彼牵黄臂苍,驰猎于声利之场者,但见滚滚马头尘,匆
> 匆驹隙影耳,乌知此句之妙哉!①

这其实说到了物感说的特质。物感,必备的条件便是清闲。没
有清闲的心境,没法移情于山水景物,"感"便不可能产生。设
若于追捕逃亡之际,于送丧悲歌之时,于铁血枪林之下,则月色
花香、流泉丛翠之美,于我为何有哉!

物感说的哲学基础是气说。它之成为一种审美现象,是移
情;而其必备之条件,则是清闲之心境。从本质上说,它更属于

———————————————
① 罗大经《鹤林玉露》丙编卷四,页304,中华书局1983年版。

老、庄一系。

# 三

　　其始也,皆收视反听,耽思傍讯,精骛八极,心游万仞。

　　从有感于物,引起创作冲动,到进入创作构思阶段,便接触到了创作时的心理状态的问题。陆机把这时心理状态的特点概括为内视与神思的飞驰,这是一个很了不起的理论创造。

　　内视的提法,来自道家。它的早期说法,是庄子的"心斋"说。所谓"心斋",就是一种空明的悟道的心境,就是心与道泯,我丧我,《庄子·人间世》:

　　　　无听之以耳而听之以心,无听之以心而听之以气。耳
　　止于听,心止于符。气也者,虚而待物者也。唯道集虚,虚
　　者,心斋也。①

创造一种空明的悟道的心境,就要去除视听。《庄子·在宥》说要达到至道的境界,就要做到"无视无听,抱神以静"。《在宥》的这一部分,是论述治身的,但其所要达到的心境,其实与"心斋"是一样的。嵇康在《答难养生论》中也提到"内视反听,爱气啬精"。他是从养生的角度说的,相对于"神驰于利害之端,心鹜于荣辱之涂"而言,指一种无欲望的精神状态。他所说的"内

---

① 郭庆藩《庄子集释》卷二中,147 页。

视反听",近于《庄子》的"无视无听"、"心斋",而不同于儒家（如董仲舒）所说的"内视反听"。嵇康所说事实上也是指一种澄明的心境。

可知,收视反听的提法来自道家。它原本指的是一种悟道的境界。陆机第一次把它引入文学理论中,是用来说明在创作进入构思阶段时必须具备的心境。这包括两层含义,一是排除任何杂念的干扰,也就是后来刘勰所说的"疏瀹五脏,澡雪精神"。一是指离开物象而进入心象的阶段。创作是由物感引起的,具体的物与景就在眼前,那么进入构思阶段之后,就必须舍弃眼前的物象,使心境处于虚静之中,才有可能进入想象的境界。这种情形,后来唐太宗在论书法时,有过类似的论述:"初书之时,收视反听,绝虑怡神。"①只有这样,才能使精神完全进入书法的境界。

进入虚静的心境之后,便是想象驰骋的开始。陆机是第一个描述想象活动特征的人。所谓"耽思傍讯,精骛八极,心游万仞",是说心既已澄明虚静,则纯为艺术想象之天地,运思无所不到,跨越时空,跨越古今。

对于想象的认识,是从驰神运思开始的。甘露年间郭遐叔《赠嵇康诗》四首中已经提到"驰神运思,神往形留"。与陆机同时的索靖,在不少书信里都提到"驰思",如"自我不见,俯仰数年,看涂驰思,言存所亲";"驰心投想,庶能感应";"精爽驰想,登高长仁"。从这些言说里,我们可以推知,其时对于想象可以跨越时空、跨越古今、独立飞翔、神往形留的特点,已经有了比较普遍的认识。

---

① 《笔法论》,《全唐文》卷十,页 123,中华书局 1983 年版。

　　陆机比同时人高明的地方,就是他运用了对于运思的认识于艺术想象的把握中,对想象的过程与特点作了极其生动的描述。他描述艺术想象的特点,包括下列两点:(一)想象逐步展开,在展开过程中伴随着感情活动,而且由朦胧趋向明朗。"情瞳眬而弥鲜,物昭晰而互进。""情"与"物"对应成文,情,指情思;物,物象,指想象中出现的物象,实际就是指心中之象。在想象的展开过程中,情思与心象交错展开。这里有三点值得注意:(1)想象始终伴随着情感活动,也就是他在后面提到的"信情貌之不差,故每变而在颜;思涉乐其必笑,方言哀而已叹"。(2)情思在最初冲动时写什么还朦胧不清,随着构思的深入,才逐渐集中、明朗起来。这实际是承认情思有一个提炼的过程。(3)在构思的过程中,思维方式是图像的更替与组合,"昭晰互进",是指一个个一组组的物象在想象中出现了又消失了。这个出现与消失的过程,实际上就是构思中形象选择的过程。

　　这三点可注意,正反映了中国古代文论从重视文学之功用,转向重视文学的特质。这是一个重大的转变。在陆机之前,还从来没有人如此明确地把注意力转向艺术想象,没有人了解文学创作这一本质现象的真实面貌。这一本质的现象,是陆机给了最初的解释。

　　(二)想象是空灵的,跨越时间与空间的限制,"观古今于须臾,抚四海于一瞬"。

　　对于想象的这种认识,当然最主要的来自文学创作实践的实际经验。没有实际经验,绝不可能有如此真切之描述。而且,这种经验也不可能只是陆机一人的,似应是一种集体经验的积累。但是,想象问题的提出,还有它认识论上的基础,有它的方法论上的基础。这基础,便是道家的思想与方法。庄子讲游心,讲神,已经注意到精神活动问题。《人间世》:"且夫乘物以游心,托不得已以养中,至矣。"①"游心",就是心灵的自由活动。《应帝王》:"汝游心于淡,合气于漠,顺物自然而无容私焉,而天下治矣。"成玄英疏:"可游汝心神于恬淡之域,合汝形气于寂寞之乡。"②可以游神,就很接近于想象了。《庄子》全书,都是驰神运思的很生动的实例。而玄学的思辨方法,也使对于思维活动的剖析成为可能。所以说,陆机对艺术想象的论述,不惟是文学自觉、重视文学的艺术特质之后的产物,而且是玄学思潮的产物。

# 四

是盖轮扁所不得言,故亦非华说之所能精。

这一思想,当然是从庄子来的。庄子讲技艺之出神入化之境界,以神遇,心知而口不能言。但是陆机用它来论述文学创作作为一种精神活动的特色,却是一个了不起的创造。

在《文赋》里,多处涉及文学创作过程的复杂性。他说创作是"课虚无以责有,叩寂寞而求音"。纯属精神之创造。这就把物色与心象区别开来了。诗文写物象,已经不是物象本身,而是心象的创造。这至少有两点值得注意:一是把文学与史区别开来了。在中国的传统里,史讲实录,有了实有的事,才能写。而文史又是不分的,因此在"文"是否能虚构的问题上,便产生了

---

① 郭庆藩《庄子集释》卷二中,页160。
② 同上书卷三下,页294。

种种的不同见解。陆机明确地说,诗文的写作本来就是由无而生有。这当然就为虚构留下了广阔的天地。课虚无以责有,既可以是物象转变为心象的创造过程,当然也就可能有物象本无,而全由心造的形象出现。二是这一思想也含有道家的有生于无的思想成分。

在谈到文学创作的复杂性时,陆机又提到文思有迟速之别的问题:"或操觚以率尔,或含毫而邈然。"当文思流畅时,率尔成篇;而当文思不畅时,则虽苦思冥想也难以成篇。这一点,后来刘勰在《文心雕龙》中有进一步的发挥。

不过,陆机最大的贡献,并不仅在于他接触到文学创作过程的复杂性,而在于他对这种复杂性提出了一种解释。他实际上接触到了文学创作中的灵感现象,虽然对这种现象他并未作科学的阐释,但却作了生动的描述:

> 若夫应感之会,通塞之纪,来不可遏,去不可止。藏若景灭,行犹响起。方天机之骏利,夫何纷而不理。思风发于胸臆,言泉流于唇齿。纷葳蕤以馺遝,唯素毫之所拟。文徽徽以溢目,音泠泠而盈耳。及其六情底滞,志往神留,兀若枯木,豁若涸流。揽营魂以探颐,顿精爽于自求。理翳翳而愈伏,思乙乙其若抽。是以或竭情而多悔,或率意而寡尤。虽兹物之在我,非余力之所勠。故时抚空怀而自惋,吾未识夫开塞之所由。

所谓应感之会,从全段之论述体味,当不仅指物感我应而已,而含有更幽微的意思,是指物触动灵感的瞬间。外物引起创作冲动,物以貌求,心以理应,这是物感说的一般情形。但是创作冲动引发,想象展开之后,有时可能直泻千里,文思汩汩然不可阻遏;有时却可能徘徊迟滞,不能终篇。但是灵感的触动就不一样。灵感的触动,往往照亮了整个心灵,使生活的积累一下子集中起来,贯串起来;使想象、情感、理智一下子调动起来,交错综合,如行云流水般自然涌出。后来署名王昌龄的《诗格》也描述了这种现象:"久用精思,未契意象,力疲智竭,放安神思,心偶照境,率然而生。"这"心偶照境",就是"应感之会",就是触动灵感的瞬间。心偶照境,就"通",文思就纷至沓来;否则就"塞",虽力疲智竭也难以成篇。陆机是我国古代文论中第一位描述文学创作中灵感现象的人,虽然他说自己并不了解此种现象何以出现又何以不出现。

在陆机之后,还不时有人涉及此一论题,如王夫之。但是,没有人在对灵感现象的描述上超越他。

# 五

诗缘情而绮靡,赋体物而浏亮。

在这一段里,他连续提出了十种文体所应具备的不同风貌。我们这里暂且提出诗、赋两种来加以解释。

首先应该了解中国文体论的发展脉络,然后才能了解陆机提出这十种文体应有的风貌所具有的意义。

中国的文体论最初是从目录学发展起来的。目录学直接影响文体分类,而有了文体分类,对不同文体之间差别的认识才成为可能。《七略别录》原貌已难确知,是否论及文体,无从判断。

而《汉书·艺文志》确已涉及文体论。班《志》六略,当然是从源流上区别的,但《诗赋略》却已论及文体,谓诗、赋之区别是:赋之起始,因贤人失志而抒怀;歌诗则源于歌谣,感于哀乐,缘事而发。从另一个角度也可以说,赋起于文人而诗起于民间,因之其写作特点也不同。在方法论上,目录学也给以后的文体论以深远影响。班《志》六略之总序与小序,基本的方法是"辨章学术,考镜源流",解释各部类之含义、源流及功用。此种方法,后来为文体论所汲收,如刘勰的文体论是。

　　然而目录学的文体分类,还不是文学文体论。文学文体论应具备的基本条件,除了解释不同文体的含义,阐释它们的不同功用外,还应该研究不同文体的艺术体式特点。陆机做的正是这一工作。

　　与陆机同时的傅玄、左思、皇甫谧诸人,在论"七"体、"连珠"、"赋"时,既考"赋"之流变,又提出"赋"之基本要求,已与班《志》不同,已涉艺术之特色。然彼等所论,尚处于目录学与文学文体论之过渡形态,仍有着目录学之印记。陆机则完全不涉及考镜源流问题,而着眼于文学体式之风貌特色。曹丕曾论及八体,也是从风貌说的,然其分八体实为四类,"诗赋欲丽",从艺术体式上区分不出诗与赋之不同要求,仍是一种较粗糙的分法。陆机在曹丕的基础上,分得更细密了。这就是陆机文体论在文体论史上所具有的意义。

　　"诗缘情而绮靡",这包括了两个部分的内容:缘情和绮靡。

　　缘情的问题,建安文学已经解决了。诗缘情,乃是建安文学发展之基本趋向。建安之后,正始以迄西晋,缘情的创作倾向并没有变,不同的只是感情基调的差别。建安诗强烈的抒情倾向,感情基调是慷慨悲凉;正始诗的抒情倾向,是哲思情怀;而陆机所处的时代,则以绮丽情思为主,主要是抒世俗之情,借用钟嵘评张华的话说,是"儿女情多,风云气少"。西晋士人,是非常入世的,非常世俗的。他们的诗的抒情,已经没有了高远情调。但是,感情基调虽不同,而抒情的倾向并没有变。陆机只不过是给了理论的表述而已。

对"绮靡",则必须作一番辨析。今人一般释"绮靡"为侈丽。周汝昌先生已论其不确,而释之为"细好、细而精"①。周说实来自李善与黄侃。李善谓:"绮靡,精妙之言。"黄侃谓:"绮,文也;靡,细也、微也。"②其实,周说与李善、黄侃说只从字义释绮靡,而古文论若仅从训诂的角度而不结合其时其人之创作倾向考察,往往是不易确切了解原倡导者的原意的。

其时诗风,用彦和的话说,便是"结藻清英,流韵绮靡"。这当然首先表现在情思的绮丽上。从傅玄的写儿女之情的乐府诗,到张华的《情诗》,到潘岳的《内顾诗》、《悼亡诗》、《哀诗》,可以说发展至淋漓尽致。

"结藻清英,流韵绮靡"的另一表现,便是追求文字的华美与技巧的细腻。陆机无疑是这种诗风的代表人物。历代论者,或以为陆机乃开宋、齐诗风之先驱。他们都提到陆机在文字技巧上的新的追求。葛洪称二陆之文,"犹玄圃之积玉,无非夜光"③。钟嵘称机诗"才高词赡,举体华美"④。许学夷称机诗

---

① 周汝昌《陆机〈文赋〉"缘情绮靡"说的意义》,《文史哲》1963 年第 2 期。
② 转引自张少康《文赋集释》,上海古籍出版社 1984 年版。
③《北堂书钞》引《抱朴子》佚篇,清文渊阁四库全书本。
④ 曹旭《诗品集注》页 132,上海古籍出版社 1994 年版。

"俳偶雕刻,愈失其真"①。胡应麟谓诗至士衡、安仁而一变,"而俳偶愈工,淳朴愈散";"平原诸诗,藻绘何繁,而独造何寡也";"潘、陆俱词胜者也"②。他们之间的价值判断虽不同,而提到潘、陆诗的繁采与俳偶,则是相同的。这些评论都是很中肯的,我们可以从陆机诗中得到证明。

　　陆机写得最好的是乐府,不惟多有新意,且表现技巧有许多新的探索。《君子行》除首尾外,中间十二句全用对句;《猛虎行》中间对句已很工整:"饥食猛虎窟,寒栖野雀林。日归功未建,时往岁载阴。崇云临岸骇,鸣条随风吟。静言幽谷底,长啸高山岑。急弦无懦响,亮节难为音。"《从军行》王粲原题只有个别对句,而士衡此首,除首尾四句外,中间全是对句,而且非常整齐。《折杨柳》、《梁甫吟》、《婕好怨》、《豫章行》、《苦寒行》、《门有车马客行》、《君子有所思行》、《齐讴行》、《长安有狭邪行》、《长歌行》、《悲哉行》、《日出东南隅行》、《前缓声歌》、《塘上行》,都是大量使用对句的。就是说,在陆机的全部五言乐府中,除《驾言出北阙行》没有对句,《吴趋行》、《太山吟》、《棹歌行》、《饮马长城窟行》对句较少,其他诗作对句均占主要篇幅。这些对句,并不讲究声律,但很讲究词义对应。"三荆欢同株,四鸟悲异林","宓妃兴洛浦,王韩起太华",不仅字义对,用典也相对。有的对句技巧已相当成熟,流丽自然,不见雕琢痕迹,如"俯入穹谷底,仰涉高山盘。凝冰结重涧,积雪被岗峦。阴云兴崖侧,悲风鸣树端。不见白日景,但闻寒鸟喧"。但是大多数对句,仍存斧凿痕迹。

---

① 许学夷《诗源辨体》。
② 胡应麟《诗薮》外编卷二,页 143、147,上海古籍出版社 1958 年版。

俳偶在建安诗歌中已出现,但是大量引入乐府诗,陆机则是首创。

陆机五言乐府,除大量运用俳偶外,在形象描写、词语运用上,也有不少的发展。这可以从比较中得到说明。《苦寒行》士衡诗与曹操原诗在内容上并无二致,意象亦从曹诗演化而来。曹诗浑沦一气,以其情思动人,使人忘其辞采之所在。机诗则在辞采刻画上下功夫。曹诗"雪落何霏霏"一句,机诗化为"凝冰结重涧,积雪被岗峦";曹诗"树木何萧瑟,北风声正悲",机诗演化成"阴云兴崖侧,悲风鸣树端。不见白日景,但闻寒鸟喧"。曹诗是写一总体之印象,而机诗则写具体之物景,描绘细致。《门有车马客行》从曹植《门有万里客》演化而来,而远较植诗为丰富细腻,植诗仅言相见时"挽衣对我泣,太息前自陈";机诗则将相见之种种言语行动加以描写:"抚膺携客泣,掩泪叙温凉;借问邦族间,恻怆论存亡。……市朝互迁易,城阙或丘荒。坟垄日月多,松柏郁茫茫。"植诗言相见时之意外,仅说:"褰裳起从之,果得心所亲。"而机诗加以夸大:"投袂赴门涂,揽衣不及裳。"《日出东南隅行》从《陌上桑》古辞演化而来,题旨与古辞略异。《陌上桑》以写女子之美丽著称,它用的是衬托法。机诗却是直接写,在词语修饰上下功夫,象美目以"玉泽",象蛾眉以"翠翰";状其歌舞,谓:"泠泠纤指弹,悲歌吐清响,雅舞播幽兰。丹唇含九秋,妍迹凌七盘。赴曲迅惊鸿,蹈节如集鸾。"这写法在传神上未必胜过《陌上桑》,但在辞采修饰上却确实繁富了。

向来以为,陆机与西晋其他诗人有一种拟古倾向。对这种拟古倾向,给予完全的否定。这是不公平的。陆机与西晋诗人的拟古倾向,无论是古诗还是乐府,拟的是题旨,而在题旨相同或相似的情况下,在辞采上却大大地丰富了。借拟古以寻求更丰富的表现手法,从诗歌发展史的角度考虑问题,这也是一种前进,一种在艺术表现的丰富化上的前进。

从陆机的诗(当然还可举出潘岳、张华、张协等人),我们可以体认到"诗缘情而绮靡"的主张,实是顺应诗歌的发展趋势,表现它的抒情特质,也表现它的华美形式的一种主张,是其时诗歌创作倾向的很好的理论表述。

"赋体物而浏亮",同样与赋的发展趋势有关。从汉末咏物小赋到建安抒情小赋,赋已从汉大赋的夸饰声貌走向写实。左思《三都赋》,则是以咏物赋的写法去写大赋,并在《序》中明确说明自己的写作原则是写实。汉人赋论,强调讽喻,夸饰声貌而不忘讽兴之义。左思却完全撇开了讽喻,唯写实为目的。赋的创作思想是完全变了。陆机之《文赋》,与左思《三都赋》作时相近,正反映了同一思潮。"体物",陈事象事,摹写物象,侧重点是写实。"浏亮",清明爽朗,指风格言。清明爽朗,也是结藻清英一类。此时赋的辞采也是很美的。

可见,从创作倾向看,《文赋》的文体论正反映着其时创作思想的变化。

当然,《文赋》反映其时重技巧、重辞章的文学思想倾向最具体的,是其中大量有关章句、修辞方面的论述。这些论述,大多一目了然,故不再赘述。

# 后　记

　　这本小册子收了十三篇札记和两篇附录,写于不同时期。最早的一篇是《刘勰文体论识微》,刊于 1992 年的《文心雕龙学刊》第六辑;《刘勰文体论识微(续篇)》是在台湾召开的魏晋南北朝文学与思想学术研讨会上宣读的论文,后来刊于该会的论文集《魏晋南北朝文学与思想学术研讨会论文集》(第二辑)上(文史哲出版社 1993 年版);《释"五言流调"》是 1996 年参加在南京大学召开的魏晋文学研讨会上宣读的论文,刊于该次会议的论文集《魏晋南北朝文学论集》上(南京大学出版社 1997 年版);《释"惟人参之"》,刊于《国学研究》第四卷(北京大学出版社 1997 年版),此次更换了个别引文;《释"阮籍使气以命诗"》是参加 2004 年在首都师范大学召开的中国中古(汉—唐)文学国际学术研讨会的论文;《释"文之为德也大矣"》和《释"辞来切今"》则是 2006 年参加在首都师大召开的文心雕龙学会年会的论文;附录的《工具角色与回归自我》,则是在首都师大和香港浸会大学两次讲演记录的综合整理稿。其余各篇,十余年来陆续写成,未发表过。

　　2006 年秋,在首都师大文学院为研究生开《文心雕龙》导读课,是我开设此一课程的最后一次。开罢此最后一课,就想把二十年来开课过程中的点滴体会集中起来,留下一点纪念,于是编了这个小册子。我虽然以研究我国古代的文学思想为本业，《文心雕龙》当然在研究的范围之内。但惭愧得很，我对此书的理解实在很是肤浅。这些肤浅的见解，必定见笑于龙学专家。之所以把它印出来，亦雪泥鸿爪之意。

　　　　　　　　　　丁亥年初春罗宗强记于因缘居
　　　　　　　　　　时年七十有六